MES LOISIRS

OU

CHOIX D'ANECDOTES

CONTES, ROMANCES, CHANSONS

LOGOGRYPHES ET CHARADES

PAR

LE COMTE F. DE BERMONDET DE CROMIÈRES

Colonel de Gendarmerie en retraite, Chevalier de Saint-Louis, Officier de la Légion-d'Honneur, décoré de l'Ordre de Saint-Ferdinand et de la Médaille de Sainte-Hélène.

> Notre vie est un court voyage ;
> L'embellir est nécessité ;
> Pour réussir, nous dit le sage .
> Craignez, fuyez l'oisiveté .

LIMOGES

CHEZ ROCHE-ARDILLIER, LIBRAIRE,

RUE FERRERIE, 5.

1858

MES LOISIRS

MES LOISIRS

ou

CHOIX D'ANECDOTES

CONTES, ROMANCES, CHANSONS

LOGOGRYPHES ET CHARADES

PAR

LE COMTE F. DE BERMONDET DE CROMIÈRES

Colonel de Gendarmerie en retraite, Chevalier de Saint-Louis, Officier de la Légion-d'Honneur, décoré de l'Ordre de Saint-Ferdinand et de la Médaille de Sainte-Hélène.

Notre vie est un court voyage :
L'embellir est nécessité ;
Pour réussir, nous dit le sage,
Craignez, fuyez l'oisiveté.

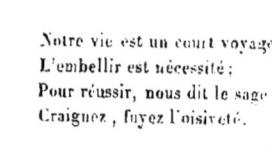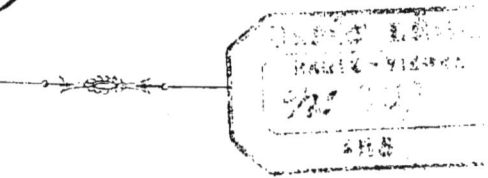

LIMOGES

CHEZ LES MARCHANDS DE NOUVEAUTÉS

1858

LIMOGES. — TYP. J.-B. DE CHATRAS, RUE BASSE-CROIX-NEUVE.

A MA MÈRE.

—∞—

O vous que je chéris ! exemple de bonté !
De la douce indulgence empruntez le langage.
  Ennemi de l'oisiveté,
  J'aime les préceptes du sage :
  J'écris, j'occupe mes loisirs.
Chacun de nous voudrait amuser, surtout plaire ;
Mais qui peut s'en flatter ?... l'esprit est nécessaire !
Il faut s'apprécier et borner ses désirs.
  Ma lyre n'a point d'harmonie,
  Elle ne saurait vous charmer ;
  Mais a-t-on besoin de génie
  Pour dire qu'on sait vous aimer ?
Pour dire à la beauté que, seule sur la terre,
Elle nous fait connaître et goûter le bonheur ?
Un tendre sentiment et m'inspire et m'éclaire :
  Dans mes écrits je fais parler mon cœur,
  Et son langage est ma science.
  Ainsi l'heure qui toujours fuit,
  Souvent, même sans que j'y pense,
  S'échappe à mon œil qui la suit.
Je me dis satisfait !... ah ! j'en aurais un gage
  Qui me flatterait à jamais
Si vous pouviez sourire à ces faibles essais,
Si vous daigniez, ma mère, en agréer l'hommage !

         t..

L'AUTEUR A SES AMIS.

—co—

Toujours chercher à me distraire,
En mettant la plume à la main,
Penser le bien si je ne puis le faire,
Et, sans nuire au présent, songer au lendemain,
Amis, telle est ma constante habitude.
Je laisse le plaisir, s'il existe ici-bas,
A celui qui s'en fait un besoin, une étude;
Je suis triste souvent, je ne m'en défends pas;

Toutefois, je ne saurais dire :
Plaignez-moi, mon sort est affreux.
On cherche le bonheur!... Je le vois me sourire;
Ah! c'est, je pense, une énigme à vos yeux?
Eh bien! dégagez-vous de toute servitude,
D'un plaisir réfléchi sachez vous contenter,
Surtout cherchez, aimez la solitude:
Le bonheur, comme moi, vous pourrez le goûter.

ÉPITRE

DÉDIÉE AU DIRECTEUR DE L'ÉCOLE DE SORÈZE OU J'AI ÉTÉ ÉLEVÉ.

Il est des souvenirs qu'on aime à retracer,
Qui nous flattent toujours, qu'on ne peut effacer :
Surtout les souvenirs qui datent de l'enfance,
Mêlés, comme on le sait, de joie et d'espérance!...
Sorèze, ville antique au renom glorieux,
Collége fortuné que l'on cite en tous lieux,
Dans ton sein j'ai passé le printemps de ma vie :
De ce vieux souvenir, oui, mon âme est ravie;
Déjà cinquante hivers, d'une extrême rigueur,
Ont blanchi mes cheveux, ont assombri mon cœur
Depuis que j'ai quitté ce séjour de la science;
Toutefois, il m'en reste aimable souvenance,
Sans cesse, devant moi, de ce vieux monument,
Je crois encore voir le tableau ravissant :
Sur un large escalier, ayant double travée,
Est le portail servant de principale entrée.
Est-il ouvert!... Alors vient s'offrir à vos yeux,
Sous une belle voûte, un couloir spacieux,
Arcades, grande cour, une fontaine en face,
Où, par les deux côtés, on monte à la terrasse
Bordant, dans sa longueur, un vaste bâtiment
Propre aux divers besoins de l'établissement;
Derrière, parc, bassin d'une grande étendue.
C'est là que, chaque soir, à l'époque voulue,
Comme distraction, surtout pour la santé,
Une ardente jeunesse avec agilité

S'ébat, par mille jeux, dans son onde limpide;
Mais que dis-je! Je vois que ma muse timide
Ne saurait vous offrir, comme fait le pinceau
Dans une habile main, le fidèle tableau
De ces lieux admirés soit par leur élégance
Ou, comme appropriés aux besoins de l'enfance.
Ah! lorsqu'à l'athénée, après bien des efforts,
Jadis je fus admis, peut-être, dis-je, alors
Avec quelque succès, aidé par l'indulgence,
J'aurais pu seconder une juste espérance,
Au moins, me faire lire avec quelque intérêt;
Toutefois, je l'avoue avec un vif regret,
Mon éducation n'était point achevée;
Par mon âge et le sort elle fut entravée.

Sur moi, j'avais encor la poussière des bancs,
Des bancs témoins muets de mille amusements,
Toujours abandonnés par la folle jeunesse
Répétant mille fois : la captivité cesse!...
Quand je quittais Sorèze, à peine dix-neuf fois
J'avais vu reverdir les plaines et les bois,
De toutes parts sonnait la trompette guerrière :
Des armes, il fallut embrasser la carrière.
Alors, je regrettais des moments précieux,
Beaucoup s'étaient passés follement dans les jeux;
Les principes donnés auraient pu me suffire
Pour chercher, par l'étude, à finir de m'instruire;
J'en avais le désir, il n'en était plus temps :
Comme simple soldat, Mars me vit dans ses rangs.

L'Europe était en feu (1), je quittais ma patrie,
Pour être dirigé vers la belle Italie.
Hélas! il m'en souvient, ce cruel premier pas
Me fit verser des pleurs, je ne m'en défends pas.

(1) Années 1806, 1807, 1808, 1809, etc.

La jeunesse, on le sait, par essence oublieuse,
Aujourd'hui se lamente et demain est heureuse;
J'en offris un exemple. A mes devoirs nouveaux,
Bien vite initié (1) par de simples travaux,
Je partis pour le Nord. Les armes de la France,
Sur lesquelles les mots valeur, obéissance
Brillaient, comme un éclair, aux regards étonnés,
Soumettaient vaillamment ces peuples consternés.
Chaque jour annonçait une prompte victoire !
Comme Français, je fus enivré par la gloire !...
Ferdinand gémissait sous un joug oppresseur (2),
Dans les champs d'Ibérie, encor notre valeur
Domptant ses ennemis, consolidant son trône,
Sur son auguste front replaça la couronne;
Mais ces moments fiévreux se calmèrent enfin,
Et la paix vint s'offrir riante au genre humain.

Ainsi, selon le sort, pendant quarante années,
Des armes j'ai suivi les nobles destinées;
Et, si l'on veut savoir quels furent mes succès,
C'était, on pourra dire, un colonel français !...
Cette rumeur des camps, cette vie agitée,
Souriait à mon cœur et je l'ai regrettée,
Lorsque l'âge est venu me rendre citoyen (3).
Je fus triste longtemps; mais j'avais le moyen
D'adoucir mes ennuis !... celui de me distraire !
J'ai repris mon crayon : c'est la chanson légère,
Une fable instructive, et ce qui plaît toujours,
La romance sensible où l'on parle d'amours;
Sur la société, quelques vers de satyre !
Ces riens sont accueillis avec un doux sourire,

(1) L'équitation, le maniement des armes, m'étaient appris à Sorèze.
(2) Année 1823.
(3) Admis à la retraite en 1847.

J'en suis fier!... Qui n'a pas son grain de vanité ?
Comme le sage, enfin, je fuis l'oisiveté.
C'est ainsi qu'inspiré par l'amour de l'étude,
Je m'efforce à calmer ce que l'inquiétude
D'une injustice amère a laissé dans mon cœur!
Mais, que dis-je? Ici-bas, qui n'a pas sa douleur?...

Je m'arrête; je dois, selon toute apparence,
Avoir trop abusé de votre patience.
Veuillez me pardonner, je n'ai pensé qu'à moi;
Mais, de ce que l'on veut, on se fait une loi.
Revoir Sorèze avant de quitter cette vie,
Est un vœu qui sourit à mon âme attendrie;
Pourra-t-il s'accomplir?... Je n'ose m'en flatter;
Toutefois, j'ai voulu par écrit l'attester,
Car, penser, chaque jour, à ce que l'on désire,
C'est calmer son ennui, si ce n'est le détruire.

RÉPONSE

DU DIRECTEUR DE L'ÉCOLE DE SORÈZE A M. DE BERMONDET DE CROMIÈRES.

Sorèze, 20 avril 1856.

MONSIEUR,

J'ai reçu la lettre et les vers que vous avez eu l'extrême bienveillance de m'adresser, en mémoire de l'éducation qui vous fut donnée à Sorèze, il y a cinquante ans. Je vous remercie pour l'Ecole et pour moi de votre bon souvenir.

L'an prochain, au mois d'août, nous célébrerons l'anniversaire séculaire de la fondation de l'Ecole en 1757, par dom Victor de Fougères, et notre intention est d'y inviter tous les anciens élèves. L'invitation sera publiée par la voie des journaux, trois mois auparavant, afin que les anciens élèves qui voudront y assister aient le temps de m'écrire et de m'annoncer leur présence. Si vous pouvez être du nombre, Monsieur, ce sera une occasion pour vous de revoir des lieux qui vous sont demeurés chers, et pour moi une occasion de vous remercier de votre cordial souvenir.

Veuillez agréer les sentiments de considération très distinguée avec lesquels j'ai l'honneur d'être,

Monsieur,

Votre très humble et très obéissant serviteur,

F. HENRI-DOMINIQUE LACORDAIRE,

Des Frères Prêcheurs.

P.-S. — Permettez-moi de joindre à cette lettre un prospectus de l'Ecole pour vous en rappeler les traits.

2

MES LOISIRS

OU

CHOIX D'ANECDOTES, CONTES, ROMANCES, CHANSONS,

Logogryphes et Charades.

ANECDOTE.

Accablé par les ans, par le sort le plus dur,
Je n'en sais pas le nom, un homme respectable,
A Paris végetait dans un réduit obscur.
Sans parents, sans amis, reconnu misérable,
    De sa paroisse charitable
    Il recevait du pain pour exister :
Il en fit une fois demander davantage.
    Le bon pasteur que l'on vint consulter
Fut d'autant plus surpris, qu'il avait pour usage,
    Le dimanche, de visiter
    L'envoi du pain fait pour chaque semaine.
Il écrit, sans tarder, au modeste indigent,
    L'engage à se donner la peine
De venir près de lui ; ce qu'il fit à l'instant.
Bon vieillard, lui dit-il, le pain que l'on vous donne,
    Pour vous nourrir n'est donc pas suffisant ?
J'en sais la quantité, pour lors cela m'étonne,

Ne seriez-vous pas seul ? — Eh ! monsieur le pasteur,
    Vous le voyez, je suis dans la misère ;
Je comptais des amis ; mais, depuis mon malheur,
Tous m'ont abandonné, je suis seul sur la terre !...
    Alors, lui répond le curé,
On vous donne du pain pour votre nécessaire ;
Du surplus, dites-moi, que voulez-vous en faire ?...
Dans tout, l'homme ici-bas doit être modéré,
C'est un puissant devoir, surtout dans la détresse ;
Il est dans la paroisse encor des malheureux :
Nous devons les traiter avec même sagesse.....
Le pauvre homme à ces mots tout en baissant les yeux,
    Avoue en soupirant qu'une bête fidèle,
Un chien, lui reste encore, il voudrait le nourrir !...
    De la bonté parfait modèle,
Il ne peut le donner ni le laisser mourir !...
Le curé l'interrompt, et par un doux langage,
Il lui fait observer qu'il est de son devoir
D'abandonner son chien ; alors, perdant courage,
    L'infortuné s'écrie : Ah ! comment le pouvoir !
C'est mon unique bien ; si je dois m'en défaire,
    Dans ce monde qui m'aimera ?...
Et, prêt à terminer ma pénible carrière,
Mon modeste convoi, qui donc l'escortera ?... (1)
Ah ! gardez votre chien !... ceci le nourrira,
Répartit le curé dont l'âme était si bonne.
Il lui présente alors sa bourse et la lui donne :
Tenez, et disposez de ce qu'elle contient,
Le pain n'est pas à moi, mais cet or m'appartient.

    Douce caresse à tout âge s'envie ;
      C'est un baume consolateur ;
      Il calme les maux de la vie :
    Heureux lorsqu'elle part du cœur !...

(1) Allusion à la jolie gravure du Convoi du pauvre.

Voyez l'enfant près de sa mère!...
Ce charme peut-il s'exprimer?
Ah! tout nous dit, tout prouve sur la terre
Que nous avons besoin d'aimer.

APOLOGUE, IMITATION.

Un honnête vieillard, comme dans notre histoire
    On dépeignait nos bons aïeux,
Un père dont le nom était, je crois, Grégoire,
    Riche et prêt à fermer les yeux,
Voulut, avant sa mort, céder son héritage
    A ses trois fils qu'il aimait tendrement.
Il les assembla donc, leur en fit le partage;
L'équité fut encor son guide en ce moment.
Lorsqu'il eut achevé cet important ouvrage,
    Il les embrasse et leur dit : Mes chers fils :
Vivez, soyez en paix!... Je ne dois pas vous taire,
Qu'il me reste entre mains un diamant d'un grand prix;
Vous l'avez vu, sans doute, à votre pauvre mère...
    Je le destine à celui d'entre vous
Qui, par une action et *noble* et *généreuse*,
Saura le mériter. Allez, soyez jaloux
    D'une faveur si précieuse;
Partez, et près de moi revenez dans deux mois.
    Tous, à ces mots, pleins d'amour et de zèle,
Sans regret, m'a-t-on dit, pour la première fois,
    Quittent la maison paternelle...
Au temps prescrit; devant leur juge, tous les trois
Arrivent, et voici ce que l'aîné raconte :
« Mon père, un étranger en butte à des malheurs,
Mais dont on n'a pas cru devoir me rendre compte,
    Pour s'éviter de nouvelles douleurs,

                                    2..

Abandonna soudain le lieu de sa naissance ;
Il était possesseur d'une fortune immense ,
Et me la confia sans me rien demander :
  Un autre aurait pu la garder !
Je l'ai rendue intacte et le ferais encore.
Cette fidélité, je le pense, m'honore ? »
Mon fils, lui répondit ce père vertueux :
Notre devoir n'a rien de louable à mes yeux ;
De la vie il faudrait faire le sacrifice ,
Si l'on n'écoutait plus l'austère probité !
  Tu viens de faire une justice,
  Mais point de *générosité*.
Le second fils s'avance et plaide ainsi sa cause :
« Dans un état voisin , passant près d'un hameau,
J'entends des cris, j'accours : un jeune enfant dans l'eau
Était prêt à périr : rarement on s'expose !
Eh bien ! sans hésiter , je vole à son secours ;
Des plus affreux dangers je préserve ses jours ;
Je l'ai sauvé ! » Très bien , interrompit le père ;
De ce trait ton bon cœur doit t'offrir le salaire ;
  Dans le monde il sera cité ;
  Mais j'y vois de l'humanité,
Et non point de *noblesse*. Enfin le dernier frère ,
  En ces termes parle à son tour :
« Seul, errant dans un bois , au déclin d'un beau jour,
  Fuyant un monde où je crains l'artifice,
  J'ai rencontré mon cruel ennemi
Qui, sans doute égaré, se trouvait endormi
  Sur le revers d'un précipice.
Le moindre mouvement d'un sommeil agité
Dans ce gouffre, à jamais, l'aurait précipité ;
J'étais maître absolu de sa faible existence !...
  J'ai cru devoir le protéger.
Avec soin je l'éveille, et du lieu de danger,
En lui tendant la main , je l'ai tiré, mon père. »

Ah ! mon fils, s'écria le vieillard transporté,
C'est à toi que revient cette bague si chère.

Près de son cœur, tendrement agité,
Il le presse aussitôt, et l'œil baigné de larmes,
Il ajouta : Grands dieux ! dans mes derniers moments,
Vous me faites encore éprouver bien des charmes !
L'amitié, la vertu dirigent mes enfants !

ANECDOTE HISTORIQUE.

Bon mot, fine plaisanterie,
Sont l'âme des salons, surtout chez les Français ;
C'est un délassement qui nous plaît, qui varie
Nos innocents loisirs et bannit nos regrets.
Aussi, nos bons aïeux, s'il est permis de croire
Mainte chronique et manuscrits du temps,
Disaient le mot pour rire, aimaient plaisante histoire :
Ce plaisir se verra même chez nos enfants.
Pour ne point déroger à cet aimable usage,
Je vais vous raconter un de ces traits piquants,
Qui toujours font sourire et charment le plus sage.
L'an *mil sept cent cinquante*, au mois de mai, je crois,
Femme Leclerc, sur une ânesse,
Se rendait à la ville où résident nos rois.
Elle ne brillait point des fleurs de la jeunesse ;
Mais elle était dans l'âge où parfois les amours
Semblent promettre encore un reste de beaux jours,
Et seule, la simple nature,
Donnait un charme à sa parure :
Enfin, en cheminant de Vanvres à Paris,
Un âne, qui sans doute errait à l'aventure,
Tout à coup vint s'offrir à ses regards surpris.

C'était, comme on l'a dit, dans la saison brillante
    Où la nature avec orgueil,
    A peine libre de son deuil,
Se pare de nouveau de sa robe éclatante.
    Vous le savez, la saison du printemps,
Sur tout ce qui respire a des effets puissants !
Les ânes ici-bas, n'importe leur espèce,
De la commune loi ne sont point exceptés.
Notre baudet, épris des charmes de l'ânesse,
    En bondissant se rend à ses côtés,
Et cherche à lui prouver sa flamme à sa manière.
Dame Leclerc, par crainte et par pudeur, dit-on,
D'un bras mal assuré présente au téméraire
La verge qui servait à corriger Manon,
    Soudain l'en frappe avec colère,
    Mais les ânes, pour l'ordinaire,
Savent se résigner ; craignent fort peu les coups ;
    Eh ! qui peut ignorer de nous,
Que loin de rebuter, si l'amour nous engage,
Les obstacles ne font que rendre entreprenants ?
Les désirs du baudet sont bientôt une rage ;
    Il bondit, s'agite en tous sens,
    Sur la femme Leclerc s'élance,
    La renverse, et des pieds, des dents,
Il allait exercer une affreuse vengeance,
    Quand, près de là, couché sous un ormeau,
    Au son d'un flageolet rustique,
Damis voyait bondir et paître son troupeau ;
    Témoin de la scène tragique,
    Il accourt, et d'un grand danger,
    Préserve la belle inconnue.
    De sa frayeur à peine revenue,
    Femme Leclerc parle de se venger.
Choisir l'âne eût été chose bien naturelle ;
Mais il s'était sauvé sous les coups du berger.

Son maître alors épousait la querelle,
De l'humble serviteur, dans toute occasion,
  Devant être la caution.
  Or donc, sans plus de commentaire,
Elle intente un procès à la veuve Féron,
  Comme étant la propriétaire
  De l'amoureux Áliboron ;
  Et, pour intérêts et dommages,
  Elle exige *quinze cents francs !*
  L'histoire, dans ses doctes pages,
Jusqu'alors n'offrait point de traits aussi plaisants.
On en riait déjà, même en place publique,
Quand un certificat, au moins original,
  Vint achever de le rendre comique.
  Plainte, enquête, procès-verbal
  Furent dressés, et cette affaire
A la veuve Féron donnait chagrin cuisant ;
  En pareil cas, c'est peu que la prière,
  Il faut prouver que l'on est innocent.
  La chose n'était point facile ;
Mais au village on est rusé comme à la ville.
  Pour annuler cette accusation,
La veuve imagina, l'idée était nouvelle,
De se faire donner une attestation
Portant que l'animal, sujet de la querelle,
  Etait de bonne vie et mœurs !
Jugez si cet écrit dût trouver des rieurs.
Des mœurs chez un baudet !... Les ânes de nos pèr s,
  Sans doute, étaient mieux partagés
Que certains beaux esprits du siècle des lumières :
Mais laissons cet avis, nous sommes tous jugés.
  A l'avocat chargé de la défense
  L'écrit plaisant fut envoyé.
  Pour lui donner de l'importance,
  Par le pasteur il était appuyé.

Divers habitants du village
Mirent aussi leur nom au bas de ce message.
L'affaire appelée, au jour dit,
Au tribunal en foule on se rendit ;
Après un plaidoyer où la mâle éloquence
Se trouvait réunie à l'esprit d'un plaisant,
L'avocat donna connaissance
De l'écrit que je vais tracer fidèlement :

Vanvres, le 19 septembre 1750.

Nous, soussignés, prieur de la dite commune,
Et ses principaux habitants,
Attestons sur l'honneur et par notre fortune,
Que la veuve Féron, depuis plus de dix ans,
Possède un âne utile à son service ;
Que, dans cet espace de temps,
Il n'a fait aucune malice,
Et n'a jamais mordu les gens ;
Enfin, qu'il est, dans le village,
Connu sous des rapports les plus avantageux.
En foi de quoi, donnons le présent témoignage,
Qui peut, à qui de droit, servir en temps et lieux,
Sans crainte d'être un jour accusé d'imposture.
Signé PEINTEUL, curé ; PATEN, SENLIS, JANNET,
RÉTORÉ, BONIFACE et Claude CARBONNET.....
Ne devait-on pas rire après cette lecture?

ANECDOTE.

Maître Jean, c'est ainsi, je crois,
Que l'on nommait un riche villageois,
Sans nuls soucis, heureux par caractère,
Près des siens goûtant le bonheur,

A tout le monde avait le don de plaire;
Vif, enjoué, parfois un peu railleur,
Esprit subtil, cadeau de la nature,
Maître Jean, dis-je, était toujours fêté;
On le voyait, quoique vêtu de bure,
Souvent admis dans la société;
Il égayait, en faut-il davantage?...
Un avocat de ses voisins, dit-on,
Le fréquentait, l'aimait d'affection;
Pour le voir, volontiers, il laissait son ouvrage.
          Pauvres cliens, pauvres cliens!...
        Un jour, tous deux, comme il était d'usage,
Près d'une porte assis, regardaient les passants;
          Bon mot, fine plaisanterie,
Rendaient le tête-à-tête on ne peut plus piquant.
On prodiguait à Lise aimable agacerie,
On riait de la laide, encor plus du pédant,
Quand près d'eux vint passer un équipage antique,
          D'une forme toute gothique,
          Et risiblement attelé.
On voyait un coursier d'une taille élevée,
          Frais et dodu, d'un beau gris pommelé,
L'autre était noir, petit, une vraie haquenée.
          L'avocat ne peut y tenir,
          Et partant d'un éclat de rire:
          Ah! maître Jean, veuillez me dire
          A qui peut donc appartenir
          Ce singulier et grotesque équipage?
Je n'ai vu de mes jours un pareil assemblage!...
Cher ami, dont l'esprit n'est jamais en défaut,
Dites-moi donc à quoi semble cet attelage?...
— Vous ne devinez pas, lui répond aussitôt
Le rusé villageois, dans son grossier langage:
Eh bien! ce beau cheval, si gras, si bien portant,
Je pense, est l'*avocat*, et l'autre le *client*.

BOUTADE.

Brillant des plus vives couleurs,
Voyez l'amant ailé de la reine des fleurs,
Avec grâce effleurer, de son aile légère,
La rose, le muguet, le thym, la primevère.
Il est heureux, il règne en souverain ;
Mais, hélas ! quel est son destin ?...
Le blond Phébus a-t-il terminé sa carrière,
Voyez le papillon léger
Entrer dans nos salons, se poser, voltiger,
Surpris, charmé de revoir la lumière ;
Il l'approche, la fuit, revient près d'elle encor ;
Il reconnaît son imprudence,
S'éloigne ; mais soudain reprenant son essor,
Vers le flambeau fatal on le voit qui s'élance ;
Hélas ! il y trouve la mort !...

Telle est de l'univers l'image trop fidèle !
La jeunesse partout bouillante de désirs,
Dans un monde trompeur où tout brille pour elle,
Court, vole, s'abandonne à l'attrait des plaisirs.
Elle a le don de plaire ; on la flatte, on l'admire ;
Mais bientôt les conseils ne sont plus écoutés.
Tout entière à l'ardeur qui sans cesse l'inspire,
Elle marche à sa perte à pas précipités.
Le vice l'environne ; elle tremble, l'évite,
Caché sous des appas, sous de brillants dehors,
On la voit lui sourire ; elle est bientôt séduite,
Et la vertu, ce premier des trésors,
Tout à coup se voit délaissée :
Des chagrins, d'éternels remords

Accablent, sans tarder, cette troupe insensée ;
Les doux plaisirs, le repos, le bonheur
Ne sont plus que dans sa pensée,
Et l'affreux désespoir vient dévorer son cœur.

AUTRE.

Hélas ! comme une ombre légère,
Je vous ai donc vus me quitter,
Compagnons du dieu de Cythère,
Plaisirs ! que je savais goûter.
Privé de vous, dans la tristesse,
Je coule de pénibles jours,
Et votre image enchanteresse
S'efface à mes yeux pour toujours.

Loin de celle qui m'a su plaire,
Non, rien ne saurait me charmer :
Adieu, plaisirs, dieu de Cythère,
J'ai fait vœu de ne plus aimer.
Douce et tendre mélancolie,
Viens, viens me bercer dans tes bras,
Rends à mon cœur, je t'en supplie,
Ce doux repos que je n'ai pas.

HONNI SOIT QUI MAL Y PENSE.

Rarement dans ce monde,
On se dit satisfait ;
Chacun désire, gronde,
Et maudit ce qu'il fait.

3

Ce dieu qui nous engage
Toujours, le tendre amour
Est perfide et volage,
Ne le fût-il qu'un jour !
Mirtis aimait Adèle ;
Il possédait son cœur :
Une rose nouvelle
Offrait moins de fraîcheur ;
Belle, avec l'art de plaire,
Mais ne s'en doutant pas,
Cette aimable bergère
Brillait par mille appas.
Un regard, un sourire,
Baiser donné, repris,
S'aimer et se le dire
Comblait leurs cœurs épris ;
Mais ce tyran de l'âme,
L'impérieux désir,
Bientôt émeut, enflamme,
Nous montre le plaisir !...
Adieu raison, sagesse,
Paisibles sentiments !
Une bouillante ivresse
S'empare de nos sens.
Mirtis demande, prie,
Accuse de rigueurs !...
Adèle est attendrie,
Laisse échapper des pleurs
Et rose désirée,
Hélas ! rose d'amour,
Par Mirtis effleurée,
Disparaît sans retour !
Un amoureux mystère
Voilait si doux transports ;
Vain détour; sur la terre

Tout a le même sort.
Le premier pas nous coûte,
Mais, du plaisir surtout
Si nous suivons la route,
Qui ne va pas au bout ?
Le dieu de la lumière
Trop vite parcourait
Sa brillante carrière;
Adèle en soupirait.
Son amant, non moins tendre
En gémissait tout bas ;
Toujours se voir, s'entendre,
Se presser dans leurs bras,
Sur des lèvres de rose,
Cueillir tendres baisers,
Et de l'amour !... je n'ose
Exprimer mes pensers !
De ce couple fidèle,
Oui, tout comblait les vœux ;
Mais, si la fleur nouvelle
Charme et flatte nos yeux,
En la cueillant, l'épine
Vient s'offrir sous nos doigts :
Le sage la devine,
L'évite chaque fois.
Celui que rien n'étonne,
Pour qui tout est hasard,
En sent les traits : il tonne,
En gémit, mais trop tard !
Plein d'une ardeur brûlante,
Ainsi le dieu des cœurs,
L'amour, qui nous tourmente,
Nous fait verser des pleurs !
Ce charme irrésistible,
Le plaisir du moment,

Du berger trop sensible
Va faire le tourment.
Hélas ! dans la nature,
Oui, tout a ses produits,
Comme la plante obscure,
L'amour offre des fruits !...

Adèle s'en chagrine.
D'une si belle fleur,
Il lui reste une épine'.....
Triste avis au lecteur....

LE 29 SEPTEMBRE.

S'instruire est un devoir, et surtout chez les grands.
Partout de ce principe on connaît l'influence.
    Voyez ces augustes enfants,
Ces deux lys, tendre espoir de la nouvelle France ;
Hier on les admirait encor dans un berceau'!
    En ce moment, de la docte science,
On offre à leurs regards le précieux flambeau.
    Une sublime et rare intelligence
    En leur faveur proclame des succès.
Tout leur est familier : géographie, histoire,
    Mille bons mots, saillie, hauts faits,
    Ornent déjà leur brillante mémoire.

Un jour, dans ces moments accordés aux plaisirs,
Ces nobles rejetons d'une race chérie,
Dans la salle du trône occupaient leurs loisirs.
Mille jeux de l'enfance, aimable raillerie,
Charmaient les spectateurs; et ce royal tableau
Offrait touchant modèle et de grâce et d'adresse.
Se placer sur un trône était plaisir nouveau ;
Il agitait le cœur de la jeune princesse ;

Craintive, elle hésite un moment;
Mais nos désirs sont une loi sévère!
MADEMOISELLE allait céder à son penchant:
Le Duc s'en aperçoit : *Ma sœur, qu'allez-vous faire?*
La loi salique le défend !
Il achevait ces mots, un page
Vint annoncer à ces princes chéris
Qu'ils vont se promener; soudain vers l'équipage
On dirige leurs pas, et mille aimables cris,
Ces cris qu'avec amour le Parisien profère,
Annoncent le départ du couple fortuné.
Vers ce lieu favori que la France révère,
Pour le parc de Saint-Cloud le signal est donné.
Un instant a suffi pour en franchir l'espace.
Dans ce séjour délicieux,
L'agilité jointe à la grâce
Présidèrent encore à leurs aimables jeux.
Près de là, sur un tertre, à la forme sphérique,
Le pinceau, pour faciliter
Une étude géographique,
A l'œil surpris a su représenter
Tour à tour les Etats qui composent le monde.
Par ce nouveau moyen, les augustes enfants,
Dans cette science profonde,
Obtiennent chaque jour des succès étonnants.
Une couleur particulière,
Avec précision distingue chaque objet.
On venait d'achever de peindre l'Angleterre;
De Douvres à Calais traçant le court trajet,
L'artiste s'écria : *Nous voici donc en France !*
Le jeune Duc des jeux suivait la douce loi;
Au nom chéri de *France !* il accourt, il s'élance,
Frappant du pied, criant : *A moi la France ! à moi !*
Moi seul, je veux tracer cette belle patrie !
A moi la France ! augure heureux !

3..

Quelle âme, dites-moi, ne serait attendrie,
A cet enthousiasme, à ce cri glorieux,
A ce cri d'un Bourbon aux portes de la vie?
Le nom seul de la France a fait battre son cœur!
Apprécions l'espoir que cet élan nous donne.
Je vois dans l'avenir un siècle de bonheur!
Français! que notre amour à jamais environne,
Défende, s'il le faut, l'enfant miraculeux!
   Il vient de prouver qu'il nous aime;
En ce jour, répétons ce cri de nos aïeux :
Vive notre bon Roi! vivent les siens quand même!

1er JANVIER 1827.

Ces beaux lieux, leur parure,
Nos amours, nos projets,
Hélas! dans la nature,
Tout s'efface à jamais!
A l'abri de l'orage,
Du temps dévastateur,
Seul, un antique usage
Reste à l'observateur.

Jadis, cette journée
Brillait chez nos aïeux;
Elle était destinée
Aux plaisirs, à des vœux.
Cet usage a su plaire,
Et, comme au bon vieux temps,
Voyez la France entière
En ces heureux moments.

Quelle étonnante ivresse,
Quels tableaux enchanteurs,
Bouquets, baisers, tendresse,
Mille cadeaux flatteurs !
On sourit, on pardonne,
Tout est bonheur, gaîté;
Partout le cœur ordonne,
Lui seul est consulté.

Vers la demeure antique
De nos augustes Rois,
L'allégresse publique
Brille comme autrefois.
Tous, rayonnants de gloire,
Voyez ces fiers guerriers,
Comme au jour de victoire
Montrer leurs fronts altiers !

Français de tous les àges,
Comme on faisait jadis,
Déposent leurs hommages,
Aux pieds de CHARLES DIX.
Partout un peuple immense,
En ce jour solennel,
Appelle sur la France
La main de l'Eternel.

Oui, chacun de nous prie,
O CHARLES ! ô mon Roi !
Oui, la France chérie
Fait mille vœux pour toi.
D'une puissante gloire
La France brillera;
Au temple de mémoire
Ton nom figurera.

Bourbons, race immortelle,
O vous, Princes chéris!
De la France nouvelle
Appréciez les cris,
Le cœur seul les inspire!...
Princes, comme autrefois,
Le Français ne respire
Que pour aimer ses Rois.

ENVOI.

Pour fêter l'aimable Marie,
Je veux lui donner une fleur.
Encore, pour elle, je prie;
Je fais des vœux pour son bonheur.
Si j'avais le pouvoir suprême,
Lui donnant l'art de deviner,
Elle saurait par elle-même
Que mon bonheur est de l'aimer.

ÉLÉGIE.

Pleurez mes yeux, fondez en larmes,
Las! il n'est déjà plus, cet objet plein de charmes,
Cet objet si touchant, digne ouvrage des dieux;
Pleurez, pleurez, mes yeux.

C'était une rose nouvelle;
Un seul beau jour pourtant n'a pas lui pour elle;
Elle avait du plaisir à faire des heureux.
Pleurez, pleurez, mes yeux.

Pourquoi la mort inexorable
Ne m'a-t-elle frappé de sa faux exécrable
Et conservé des jours si beaux, si précieux !
    Pleurez, pleurez, mes yeux.

Hélas ! tout passe dans ce monde,
Du plaisir on se voit dans la douleur profonde ;
On ne sait qui du bien ou du mal vaut le mieux :
    Pleurez, pleurez, mes yeux.

Adieu, ris et jeux ; l'espérance
Ne sème plus de fleurs sur ma triste existence ;
Mes beaux jours sont changés en des jours douloureux :
    Pleurez, pleurez, mes yeux.

COUP D'OEIL SUR LE SIÈCLE.

On ne saurait dire autrement,
Le monde est une comédie ;
Chacun a son rôle en naissant,
Beaucoup en font la parodie.
Éblouir, faire un fracas,
Souvent cacher ce que l'on pense,
Et paraître ce qu'on n'est pas,
Est la vertu par excellence.

Le fripon, à l'aide de l'or,
Se fait passer pour honnête homme ;
Vieille coquette veut encor
Parmi les beautés qu'on la nomme.
Il n'est plus de doute sur rien ;
Aussi, le soldat politique,
Le financier est tacticien,
Le laboureur parle fabrique.

De tout ce que je dois cacher
J'aurais encore bien à dire ;
Mais à quoi sert de rechercher
Des vices qu'on ne peut détruire ?
Tout est fort bien dans l'univers ;
Le mal !... peut-être est nécessaire !...
Moi... je critique... et fais des vers !...
Chacun fait rire à sa manière.

BOUTADE.

Le temps, dans sa course rapide,
Brise, détruit tout à nos yeux ;
Les rois, la bergère timide,
Les tours, les palais somptueux,
Les plus doux objets de nos vœux ;
Comme l'atôme, la poussière,
S'évanouissent à jamais !
Faibles habitants de la terre,
Pourquoi ces superbes projets,
Cette ridicule espérance ?...
L'avenir tardif est trompeur ;
Il n'est point en votre puissance.
Le présent, semblable à la fleur,
Nous échappe et passe comme elle !
Ah ! laissez le puissant vainqueur
Poursuivre une gloire nouvelle,
Plaignez l'avare, l'intrigant ;
L'un, pour de l'or, fait des bassesses ;
Guidé par un faux jugement,
L'autre prodigue des caresses.
Le matelot, quittant le port,

Voit la fortune lui sourire ;
Il la croit sur un autre bord !
L'expérience a beau l'instruire,
Sourd à ses préceptes divins,
Le caprice guide sa tête,
Et bientôt, jouet des destins,
Pour lui, partout est la tempête.
Ah ! croyez-moi, ne cherchez pas
A changer votre destinée ;
Vous faites d'inutiles pas.
Amis, l'existence est bornée ;
L'homme, ici-bas, doit supporter
Le bien, le mal avec courage,
De tout savoir se contenter :
Voilà les préceptes du sage.

FRAGMENT D'UNE ÉPITRE.

Comme une vapeur passagère,
J'ai vu s'envoler mes beaux jours ;
J'ai perdu ma gaîté première,
Plaisirs m'ont quitté pour toujours.
Bercé sur leurs ailes légères,
Je m'enivrais aveuglément
De mille faveurs mensongères ;
J'existais, mais rien n'est constant :
Voyez la rose éblouissante,
A peine le brillant Phébus,
La, de sa chaleur bienfaisante,
Fait naître, elle n'existe plus.
Ah ! que mon erreur est extrême,
Et que n'ai-je un pareil destin !
Elle n'existe qu'un matin,
Mais c'est celui du bonheur même...

ENVOI.

Un jour, favorisé des dieux,
Si j'avais à former des vœux,
Ce ne serait pas la fortune
Qui pourrait faire mon bonheur,
Ni d'une couronne importune
La vaine et brillante splendeur.
Le conquérant, ivre de gloire,
Peut, au milieu de ses guerriers,
Traînant à son char la victoire,
Moissonner de nouveaux lauriers;
Le sombre avare, pâle et blême,
Près de son trésor corrupteur,
Peut en vain chercher le bonheur
Dont il sait se priver lui-même.
O vous, qui régnez sur mon cœur!
Aimable et tendre Mélanie,
Ce n'est point ces biens que j'envie :
Seule, vous me rendrez heureux.
Croyez, croyez mon cœur sincère,
Ah! la vertu seule l'éclaire,
Accordez le vôtre à mes vœux!
Que de votre bouche charmante
J'entende ces mots de douceur :
Je serai fidèle et constante...
Rien n'égalera mon bonheur.

L'ANE ET LE FLAGEOLET.

FABLE.

On m'a conté, je ne sais quand,
   L'époque n'y fait rien, sans doute,
Que dans un pré, tout en trottant, broutant,
Un âne, par hasard, rencontra sur sa route...
Eh quoi! me direz-vous?... Un flageolet charmant,
Perdu par un berger, peut-être de la veille.
   Notre animal à longue oreille
S'arrêta, tout surpris, près du bel instrument ;
Il le tourna, flaira, fit d'une telle sorte,
Qu'il en tira des sons, par hasard ; mais n'importe !
La surprise était grande ; il en fut enchanté ;
   Pour lui, c'était aventure nouvelle :
   Elle piqua si bien sa curiosité,
   Qu'il recommença de plus belle.
O charme! il tire encor des sons, et ces derniers
   Sont plus brillants, plus vifs que les premiers!
Du sot la vanité fut toujours l'apanage,
Cet âne nous le prouve; il se crut des talents!...
« Sur mes pareils, dit-il, quel brillant avantage,
» Avant peu, je vais être au nombre des savants !
   » Verra-t-on encor des profanes,
   » Comme autrefois, dire partout
  » Qu'il n'est aucun talent parmi les ânes,
   » Et que leur musique est sans goût?... »
Notre âne était joyeux, avait-il de quoi l'être?...
Ce récit nous fait voir que, même sans connaître
   Les règles profondes de l'art,
Le sot peut parvenir, mais comment?... par hasard.

FILLETTES, PRENEZ GARDE A VOUS !

Le bonheur est une science,
Heureux qui peut la posséder.
On dédaigne l'expérience !...
Au sort on ne veut point céder !...
O vous dont le cœur est sensible,
Fillettes, prenez garde à vous !...
Un seul pas souvent est nuisible,
Croyez-moi, point de billets doux.

Un entretien peut compromettre,
Toujours il est plus dangereux
De recevoir aimable lettre :
Un écrit reste sous les yeux,
Et produit l'effet qu'on désire.
Les regrets viennent affliger ;
Le cœur bat et puis soupire.
Le mal est fait sans y songer.

Sur un sein de lis et de rose,
Doux écrit est placé le jour ;
La nuit, sous l'oreiller repose,
Ce gage d'un naissant amour.
Avec une prudence extrême
On le cache à l'œil vigilant,
Et si l'homme écrit comme il aime,
C'en est fait, il devient amant !

Croyez-moi, fillette jolie,
Si vous voulez la paix du cœur,
Conserver aimable folie,
Doux repos et votre fraîcheur,

De l'amant qui pour vous soupire,
Déchirez l'écrit amoureux :
Surtout gardez-vous de le lire,
Si l'écrivain est gracieux.

CONTE.

On m'a conté plaisante histoire;
La redire, je crois, pourrait vous amuser;
On ne m'a point obligé de la croire,
Du même droit vous pouvez donc user.
Le fait eut lieu, dit-on, dans ces temps où la Fable
Faisait des animaux un peuple de savants.
Tous avaient, plus ou moins, un esprit agréable,
Des usages, des mœurs et des gouvernements,
C'était, s'il faut le croire, une peuplade unique.

On m'a donc raconté qu'en ce temps, les lapins
Avaient, pour se régir, choisi la république;
Trois principaux d'entr'eux veillaient sur leurs destins:
L'ambition, même la jalousie,
Comme partout ailleurs, se rencontraient chez eux :
C'est l'effet du pouvoir, tout le monde l'envie.

L'an.... j'ignore la date, un chef perdit la vie;
Il commençait, dit-on, à se faire un peu vieux.
On ordonna le deuil et la prière,
Et des courriers envoyés en tous lieux
Annoncèrent soudain l'événement fâcheux.
On pleura le défunt.... mais c'est chose ordinaire;
Pour le bien général, il fallait, sans tarder,
Nommer un autre chef : ce n'était pas facile;
L'amour-propre souvent fait qu'on se croit habile,
Et l'on cabalera toujours pour commander.

Il fut donc convenu , comme c'était l'usage,
De convoquer le peuple et les grands de l'Etat ;
    C'était toujours avec éclat
    Que se faisait ce grand ouvrage.
    Le jour dit, de cent points divers
    On vit venir la peuplade craintive.
L'intrigue, assure-t-on, fut tellement active ,
Que les clapiers partout se trouvèrent déserts.
Après un long et beau discours préparatoire ,
    Pour éterniser la mémoire
Du feu chef *Lapin Six*, qu'on regrettait, dit-on ,
Le vote fut permis; on chuchotte, on se mêle,
    On vit bien légère querelle :
Enfin le choix tomba sur un chef de canton ,
Qui s'était signalé dans mainte occasion ;
On fut reconnaissant, il avait du mérite ;
    Mais avant de le proclamer,
On demanda comment on voulait le nommer.

    On forme encore un conseil, on médite,
    Lorsque tout à coup un plaisant
    Dit, tout en sautant sur l'herbette :
Je vote pour qu'il soit appelé *La Pincette*.
On le fit, et chacun s'en fut en souriant.

    Dans cette bluette légère ,
    De maintes gens de la société ,
    A mon avis, je peins le caractère.
    Amis de la futilité ,
    Un mot, une caricature
Sont un délassement, un vrai plaisir pour eux :
Leur intérêt en souffre, ils pardonnent l'injure ,
    Ils ont fait rire, ils se trouvent heureux.

ACROSTICHE.

Soyez dans nos jardins croître la violette,
Il faut la deviner ; de Flore humble sujette,
On la voit à l'écart toujours naître et mourir,
Le parfum qu'elle exale aide à la découvrir.
Elle est modeste, le vrai sage la cite,
Tout le monde le sait, personne ne l'imite!...
Toujours on désire être assis au premier rang,
Et douce obscurité n'a point de partisan.

ENVOI.

Un usage, en tout temps, fut pour nous une loi ;
Sans peine on s'y conforme ; et l'on ne sait pourquoi.
En donner la raison ne serait pas facile,
Alors, la rechercher est, je pense, inutile.
Je vais donc, en ce jour, comme nos bons aïeux,
Faire des compliments, former d'aimables vœux.
Vous qui de l'amitié connaissez tout l'empire,
Sachez bien que pour vous le cœur toujours m'inspire ;
Aussi, n'attendez point que j'aille, dans mes vers,
Fidèle imitateur de mille gens pervers,
En prônant vos vertus, vous comparer aux Grâces,
Dire qu'avec éclat vous marchez sur leurs traces,
Que vous êtes la fleur de la société ;
Selon tous vos amis, c'est bien la vérité ;
Mais l'exprimer ainsi pourrait blesser, je pense,
Ou votre modestie, ou bien la convenance.
Tendrement inspiré par de purs sentiments,
Je mettrai de côté les fades compliments,

4..

Et comme près de vous je ne saurais me taire,
Simplement je dirai : vous avez l'art de plaire,
Modestie et talents, modèle de douceur,
Vous avez tous les droits à goûter le bonheur.
Il devrait vous sourire, et, dès lors, sans nuage,
Puisse-t-il à jamais être votre partage ! .
C'est le vœu du moment, celui de tous les jours,
Oui, celui que pour vous je formerai toujours.

BOUTADE.

Ah ! mille fois digne d'envie
Celui qui peut, dans l'univers,
Paisiblement couler sa vie,
Exempt de désirs, de revers !
Partout on nous cite le sage,
Mais qui de nous peut l'imiter?
Il nous faudrait son héritage,
Saurait-on même en profiter?
Souvent le conseil est facile,
Et celui qui le donne, un jour,
A l'exécuter inhabile,
En mériterait à son tour.
Le cœur qui, sans cesse, nous guide,
Sans doute, est un présent des dieux;
Mais, qu'il soit aimable, ou perfide,
C'est un ennemi dangereux.
Aux désirs il donne naissance,
Adieu repos, plus de bonheur;
Bientôt, soumis à leur puissance,
Ils éclatent avec fureur.
Celui qui de l'indifférence

Sait goûter les charmes secrets,
Sourd aux plaisirs qui l'environnent,
Devient étranger aux regrets,
Aux peines que toujours ils donnent!...
Je t'invoque, aimable vertu,
En ce jour, tu m'es nécessaire,
Viens rendre à mon cœur abattu
Cette tranquillité première!
Semblable à la reine des fleurs,
Plaisir, auquel chacun aspire,
Brille à nos yeux, charme nos cœurs!
Comme elle, un rien le voit détruire...,
Il reste une épine et des pleurs!
Ah! mille fois digne d'envie
Celui qui peut, dans l'univers,
Paisiblement couler sa vie,
Exempt de désirs, de revers!.

STANCES.

Laissez, laissez couler vos pleurs,
La cause, hélas! en est sacrée;
Vouloir concentrer vos douleurs,
C'est en prolonger la durée :
Laissez, laissez couler vos pleurs.

Tout doit subir la loi cruelle!
La plante, le chêne orgueilleux,
L'oiseau, la bergère fidèle,
Ces tours, ces palais somptueux :
Tout doit subir la loi cruelle!

Il faut gémir sans murmurer,
C'est le précepte du vrai sage ;
L'homme, ici-bas, doit endurer
Les coups du sort avec courage ;
Il faut gémir sans murmurer.

Point d'oubli, point d'indifférence,
L'amitié veut le souvenir.
Le temps peut calmer la souffrance,
Le cœur ne la voit pas finir.
Point d'oubli, point d'indifférence.

Laissez, laissez couler vos pleurs,
La cause, hélas! en est sacrée ;
Vouloir concentrer vos douleurs,
C'est en prolonger la durée :
Laissez, laissez couler vos pleurs.

IMITATION.

Ah! recommencez en ce jour
Combats charmants de plaisir et d'amour ?
Poursuis, belle Naïs, tes attaques charmantes ;
Bouche rusée, et vous, ô lèvres agaçantes,
Dardez votre aiguillon, poursuivez, poursuivez :
O ma Naïs! plus belle des maîtresses,
Tes armes sont des caresses,
Tes blessures sont des baisers.

ROMANCE.

Je t'aimerai toute la vie,
Disait Colette à son amant.
Elle était aimable et jolie,
Tout faisait croire à son serment.
Brûlant d'une ardeur aussi belle,
Lucas jurait pareil retour,
Chaque matin, rose nouvelle
Etait un gage de l'amour.

Point de bonheur loin de Colette,
Tendre Lucas seul l'inspirait;
Mais l'amour est une bluette,
Hélas! comme elle, il disparaît.
A la ville, même au village,
L'inconstance a gagné les cœurs,
Et l'on voit souvent la plus sage
Se faire un jeu de ses rigueurs.

Tous les matins, dans la prairie,
Colette menait son troupeau;
Lui voir paître l'herbe fleurie
Pour elle était plaisir nouveau.
Lucas s'y trouvait dès l'aurore,
Il se rendait à ses côtés,
Et les mots *j'aime* et *je t'adore*,
Etaient mille fois répétés.

Mirtis, un jour, vit la bergère;
Tant d'appas surent le charmer!
Dès lors, il fit tout pour lui plaire,
Et sentit le besoin d'aimer.

Mirtis, pour la grâce, l'adresse,
Etait cité dans le canton;
Brillant des fleurs de la jeunesse;
On l'aurait pris pour Cupidon.

Dans la prairie accoutumée,
Colette était seule un matin;
Non loin de cette bien-aimée,
Mirtis accusait le destin,
Et répétait sur sa musette
Ces mots inspirés par le cœur :
« Je ne puis vivre sans Colette;
» Loin d'elle il n'est point de bonheur. »

Déjà l'écho du voisinage,
A Colette qui l'écoutait,
Avait porté ce doux langage :
Mirtis la vit qui soupirait;
Aussitôt il vole près d'elle,
Lui jure un éternel amour;
Adieu, serment d'être fidèle,
Colette est prise sans retour.

Lucas, modèle de constance,
Aimait encor cette beauté;
Mais bientôt son indifférence
Vint lui montrer la vérité.
Le souvenir de l'inhumaine
Lui fit, dit-on, verser des pleurs;
De l'amour, il brisa la chaîne,
Et le temps calma ses douleurs.

ENVOI.

Parfois je fais des vers pour calmer mes ennuis ;
Toujours tendre amitié seule me les inspire ;
Vous en qui les talents se trouvent réunis,
Vous m'avez témoigné le désir de les lire ;
Je ne puis refuser, et vous en fais l'envoi.
Les lire, c'est déjà marque de bienveillance ;
N'y cherchez point d'esprit : de grâce, épargnez-moi !
Une intention pure a droit à l'indulgence.

RONDE.

Quand Mirtis parle de constance,
Je suis saisi d'étonnement ;
Hier il aimait la belle Ermance,
Il la délaisse en ce moment.

Telle est la morale du monde,
Ce que l'on fait est toujours bien,
Et chacun de nous, à la ronde,
Ne voudrait se soumettre à rien.

Même reproche peut se faire,
Sans médisance, à la beauté ;
Son but, ici-bas, est de plaire,
Qu'importe la légèreté.
    Telle est, etc.

Partout, à la ville, au village,
Cet exemple se trouvera ;
Il n'est point goûté par le sage ;
Mais on a dit et l'on dira :
    Telle est, etc.

En concevoir de la tristesse
Serait, je crois, mal entendu ;
Vous le savez, on dit sans cesse :
C'est un prêté pour un rendu.

Telle est la morale du monde,
Ce que l'on fait est toujours bien ;
Et chacun de nous à la ronde
Ne voudrait se soumettre à rien.

ROMANCE.

Si ma lyre est muette,
Dois-je en être étonné ?
Hélas ! n'ai plus d'Annette ;
Je suis abandonné.
Hier, cette cruelle
Me jurait tendres feux !
Je la croyais fidèle,
On me disait heureux !

Annette me délaisse !
Pour moi, plus de beaux jours ;
Dès lors, sombre tristesse
En va ternir le cours.
Ah ! devais-je m'attendre
A ce cruel malheur ?
J'étais fidèle et tendre ;
Seule elle avait mon cœur.

Plus d'amoureux délire,
Tout est perdu pour moi ;
Je n'entends plus me dire :
Je ne vis que pour toi !

Amis, douce espérance
Ne vient plus me flatter.
Jouet de l'inconstance,
Pourrais-je encor chanter?

Vous dont le doux langage
Augmentait mes plaisirs,
Habitants du bocage,
Témoins de nos soupirs,
Peuplade fortunée,
Hélas! oiseaux charmants,
Plaignez ma destinée,
Redites mes tourments!

Comme une ombre légère
Mon bonheur a passé,
Et l'écho solitaire
Répète : *Il a cessé!*
Si ma lyre est muette,
N'en soyez plus surpris :
J'ai perdu mon Annette ;
Adieu les jeux, les ris.

Sur sa lyre sauvage
Ainsi Lucas chantait;
Non loin, sous le feuillage,
Troupeau chéri broutait.
Paisible indifférence
Assurait son bonheur;
Lucas, sans espérance,
De trop avait un cœur!

VOEU FRANÇAIS.

En proie aux factions, la malheureuse France
Gémissait dès longtemps sous un joug odieux ;
La terreur imposait un éternel silence,
La vertu méconnue était montée aux Cieux ;
On ne voyait partout que le deuil et le crime :
Mais Dieu veillait sur nous, et le peuple français
Put faire entendre encor ce cri vraiment sublime :
Vive le roi longtemps, les Bourbons à jamais !

Louis nous fut rendu, soudain cessa l'orage ;
A son aspect croula le trône de l'erreur.
On vit la liberté remplacer l'esclavage,
Tout parut à la fois, la paix et le bonheur.
La France, enfin, reprit sa splendeur ordinaire ;
Plus de pleurs ! chaque jour annonçait des bienfaits :
Aussi l'on répétait : c'est un dieu sur la terre ;
Vive le roi longtemps, les Bourbons à jamais !

Forte par son armée et par son industrie,
La France n'avait plus de désirs à former,
Quand tout à coup un cri partant de l'Ibérie
Annonça des complots qu'on venait de tramer ;
Une secte parjure osait lever la tête,
Un lis allait périr, c'est l'ami des Français !
Mais Louis ordonna d'arrêter la tempête :
Vive le Roi longtemps, les Bourbons à jamais !

Antoine accourt, suivi de sa fidèle armée,
La trahison succombe, et dans peu l'univers,
Avec surprise voit et l'Espagne calmée
Et Ferdinand captif dégagé de ses fers.

Ce triomphe a rendu le bonheur à la terre,
Louis, pour ses enfants, compte tous ses sujets ;
Louis-le-Désiré des Français est le père :
Qu'il vive encor longtemps, les Bourbons à jamais !

Mais d'où viennent ces pleurs, ces accents de tristesse ?
Nos vœux sont-ils tardifs, seraient-ils superflus ?...
Près de Louis que vois-je ?... On s'agite, on se presse !...
L'Éternel a parlé..., Louis n'existe plus !
Verse, verse des pleurs, ô France ! ô ma patrie !
Tu viens de perdre un père, il te donna la paix.
Pleurez, peuples et rois ; que partout on s'écrie :
Louis XVIII vivra dans nos cœurs à jamais !

A la douleur se mêle un cri cher à la France :
Louis n'existe plus, Français, vive le Roi !
Nos pleurs vont se tarir par la douce espérance ;
La légitimité, cette puissante loi,
Du lis chéri nous donne une nouvelle tige,
Un Bourbon, Charles X, va régner désormais ;
Offrons-lui notre amour, notre sang, s'il l'exige :
Vive Charles longtemps, les Bourbons à jamais !

ROMANCE.

Si la gaîté nous est ravie
Par un destin plein de rigueurs ;
Si la beauté, dans cette vie,
Nous fait parfois verser des pleurs,
Un seul regard, un doux sourire,
Un mot de l'objet adoré
Rend au triste cœur qui soupire
Bonheur tant de fois désiré.

Hier, sur la main de ma Glycère,
Je voulus cueillir un baiser;
Hélas! j'encourus sa colère?.
C'était, dit-elle, trop oser!
Ah! de l'amitié qui nous lie,
J'ai cru voir rompre les doux nœuds
Mais Glycère est bonne et jolie;
J'ai lu mon pardon dans ses yeux.

Mon pardon!... étais-je coupable;
Qui donc pourrait l'être en amour?
Pourquoi Glycère est-elle aimable?
Je puis l'accuser à mon tour!...
Glycère, la vie est bornée;
Laissons la peine et ses tourments;
Aimons, c'est notre destinée :
Demain il ne sera plus temps.

Ainsi, sur sa lyre timide
Amant fidèle un jour chantait.
Sensible cœur était son guide,
Et, plein d'amour, il répétait :
« Un seul regard, un doux sourire,
Un mot de l'objet adoré
Rend au triste cœur qui soupire
Bonheur tant de fois désiré. »

ENVOI.

La comédie a ses attraits :
On y voit s'offrir sur la scène,
Tour à tour le bon, le mauvais,
On y goûte plaisir et peine.
Plaisir!... que dis-je? où le trouver?
L'aimable et tendre Mélanie,
Qui seule peut le procurer,
Ne vient pas à la comédie.

QUATRAINS.

Vous me trouvez plus gai qu'à l'ordinaire,
  Sexe charmant, sexe enchanteur;
Ah! qui pourrait garder un air sévère,
  Quand près de vous on goûte le bonheur!

  Quelle sera ma pénitence?
Faut-il pleurer ou rire, affecter du courroux?
Rien ne pourra lasser ma patience,
  Tant que je serai près de vous.

COUPLETS POUR UN MARIAGE.

Il est un but dans l'univers,
Mais l'atteindre n'est point facile;
Nos désirs nombreux, nos revers,
Le cachent même au plus habile.
Objet de nos plus tendres vœux,
Comme la fleur qui vient de naître,
Et l'onde qui fuit à nos yeux,
Hélas! on le voit disparaître!

Ce but de tous est le bonheur,
Chacun le voit à sa manière;
Toujours, pour le puissant vainqueur,
Il est où flotte sa bannière.
L'avare se trouve satisfait
Si la fortune le caresse,
Le sage, dans le bien qu'il fait,
D'un bonheur pur goûte l'ivresse.

5.

Un salon pour le courtisan,
A la coquette une parure,
Un simple jouet à l'enfant,
A l'observateur la nature,
Au merveilleux un billet doux,
Au sot, au méchant la satire;
Ainsi secondés dans leurs goûts,
Parfait bonheur doit leur sourire.

Vous que Mars voit sous ses drapeaux,
Héros chéri de cette fête,
Souriez aux plaisirs nouveaux
Que le dieu d'hymen vous apprête.
Vous cherchiez aussi le bonheur!
Le *oui* charmant qu'on vient d'entendre
Vous l'assure; il vous donne un cœur,
Une épouse fidèle et tendre !

Jouissez de tous les bienfaits ;
Eulalie a dit : Je vous aime.
Tous vos désirs sont satisfaits,
Le bonheur n'est plus un problème.
Vous le goûtez en ce beau jour,
Il est pur et digne d'envie;
Le dieu d'hymen, le dieu d'amour
Sème des fleurs sur votre vie.

Heureux mortel, elle est à vous!...
Flatté d'un si bel avantage,
Soyez à jamais bon époux;
Eulalie a tout en partage;
On l'apprécie en la voyant,
Celui qui la connaît l'adore!
Votre bonheur est attrayant;
Il deviendra plus doux encore !...

Parents chéris, amis nombreux,
Eternisons cette journée ;
Ne sommes-nous pas tous heureux :
Nous fêtons le dieu d'hymenée,
Il nous fait goûter le bonheur ;
Et dans notre commune ivresse,
Chantons et répétons en chœur
L'avis d'une aimable sagesse.

Air de Marie.

Amis, le temps nous presse !
Voyez la jeune fleur
Que le zéphyr caresse ;
Admirez sa fraîcheur !
Un instant la voit naître,
Un souffle la détruit ;
De même, nous, peut-être,   *(Bis.)*
Partirons-nous sans bruit.

Avant qu'il nous dévore,
Chantons, soyons joyeux.
Amis, trinquons encore
A l'objet de nos feux !
Il faut aimer et boire,
Oui, c'est notre destin,
Et dans notre mémoire   *(Bis.)*
Gravons ce doux refrain.

Le matin de la vie
Doit se passer toujours ;
Guidé par la folie,
Bacchus et les amours ;
Et, quand le soir arrive,
Pour finir le chemin,
Que l'amitié nous suive,   *(Bis.)*
Le bonheur est certain.

ENVOI.

Parler de vos vertus n'est point une science ;
Qui vous voit les connaît, peut toutes les nommer.
Esprit sans nul apprêt, maintien charmant, décence,
Vous avez l'art heureux, le secret de charmer.
L'exemple, les conseils d'une mère chérie,
L'amitié de deux sœurs brillantes de beauté
Ont gravé, sans efforts, dans votre âme attendrie,
Ces vertus dont on peut citer la pureté.
Vous avez des égards, des soins pour mon jeune âge ;
Mon cœur reconnaissant en goûte tout le prix :
Puis-je vous en donner un meilleur témoignage !...
Je vous imiterai, je suivrai vos avis !
En ce jour, qui m'est cher, ô marraine adorable !
Recevez mon hommage et les plus tendres vœux.
Ce tribut a le droit de vous être agréable :
Il émane d'un cœur sincère et vertueux.

AUTRE.

De vous aimer plus que je dois,
Sexe charmant, sexe adorable,
On me fait un crime, parfois ;
Je ne puis me croire coupable !
Saurait-on trop aimer ce que l'on trouve aimable ?

LE RETOUR.

Jusqu'à ce jour, cruelle absence
Etait une source de pleurs ;
J'ai conservé douce espérance,
Elle a su calmer mes douleurs.

Avec la rose on voit l'épine,
Mais tout, je pense, est pour le mieux ;
Car, si la peine nous chagrine,
Plaisir devient plus précieux.

Amis, dès lors, plus de tristesse,
L'heure du retour va sonner ;
Près de l'objet de ma tendresse,
Amitié va me ramener.
    Avec la rose, etc.

Je vais revoir celle que j'aime,
Que ce retour est enchanteur !
Tout, je crois, la nature même,
Se réjouit de mon bonheur.
    Avec la rose, etc.

L'hiver s'enfuit, et Philomèle
Annonce déjà le printemps ;
Tout à mes yeux se renouvelle,
Les oiseaux reprennent leurs chants.
    Avec la rose, etc.

L'hiver pesait sur la nature,
L'absence fatiguait mon cœur ;
Le printemps lui rend sa parure,
Le retour m'appelle au bonheur !...
    Avec la rose, etc.

CHANT FRANÇAIS.

Air du premier pas.

Oui, Charles Dix va gouverner la France ;
Toujours l'aimer est une douce loi ;
Noble et courtois, modèle de vaillance,
Sans nul effort, le cœur vers lui s'élance :
    Vive le Roi !   *(Bis.)*

C'est un Bourbon, pour nous tous quelle ivresse !
Comme Louis, il saura tout calmer ;
La paix, les arts, notre sort l'intéresse,
Oui, sa bonté commande la tendresse ;
    Il faut l'aimer.

Il faut aimer cette race immortelle,
C'est un devoir dont le cœur est charmé ;
Charles, pour toi, le Français renouvelle
Serment d'amour : déjà son cœur t'appelle :
    Le Bien-Aimé.

Peuple, soldats, et vous, grands de la terre,
A Charles Dix donnez tous votre foi ;
Le lis n'est plus une plante étrangère ;
Comme autrefois sa tige est noble et fière :
    Vive le Roi !

Si parmi nous il existait un traître,
Qu'à l'instant même il pâlisse d'effroi ;
Mais Charles Dix ne pourra le connaître ;
A son aspect il cessera de l'être :
    Vive le Roi !

Oublions tout, ce bon Roi le commande ;
D'Artois a dit : Français, imitez-moi !
Notre bonheur désormais le demande ;
Soyons unis !... Que partout on entende :
    Vive le Roi !

Ce noble cri fut celui de la gloire ;
De ces beaux jours, Français, rappelle-toi !
Ils sont gravés au temple de mémoire ;
Ce cri partout nous promet la victoire :
    Vive le Roi !

QUATRAIN.

Si les traits de mon fils ne vous sont point connus,
Le pinceau vous en offre une esquisse légère ;
Les grâces, la bonté, ce qui brille en sa mère,
Est déjà dans son cœur : il en a les vertus.

CHANSON.

Il est un mot plein de douceur,
Chéri par celui qui soupire ;
Du plaisir charmant précurseur,
Chacun plus ou moins le désire ;
Mais il est nombre de revers
Pour celui qui trop se confie :
Ah ! croyez-moi, dans l'univers,
De tout il faut qu'on se méfie.

Ce oui que Cloris m'a donné,
D'un bonheur pur devient le gage;
Au vrai son cœur est façonné,
Cloris est vertueuse et sage;
Mais il est nombre de revers
   Pour, etc.

On pourrait en dire autrement
De ce oui que Lindor profère;
Il l'accompagne d'un serment!...
C'est dire qu'il est peu sincère;
Amis, il est mille revers,
   Pour, etc.

On connaît peu la vérité,
Et l'exiger serait démence :
Le cœur jamais n'est consulté;
On ne peut savoir ce qu'il pense!
   Amis, etc.

---

4 NOVEMBRE.

D'un Roi puissant et généreux.
C'est aujourd'hui l'auguste fête;
Pour nos cœurs, quels moments heureux !
On chante, aux plaisirs on s'apprête :
Voyez le peuple, les soldats,
Tous ont même ardeur, même zèle.
L'amour confond tous les états.
CHARLES! la France t'est fidèle.

Entends, entends, ces nobles cris ;
DIEU, les BOURBONS, GLOIRE ET PATRIE.
A jamais vive CHARLES DIX,
Honneur à sa race chérie.

Oui, CHARLES ! ces cris enchanteurs
Se répètent avec ivresse.
Ce tribut est dû par nos cœurs,
A ta franchise, à ta sagesse.

Douce joie ! à ces chants d'amour
On mêle le nom d'ANGOULÊME !...
Au Bien-Aimé s'il doit le jour,
ANTOINE, comme lui, nous aime.
Tous vous connaissez sa valeur ;
Il chérit la paix et la gloire :
L'une est offerte par son cœur...
Il a su fixer la victoire.

Dansons, formons d'aimables vœux !...
A la DAUPHINE, à la DUCHESSE ;
Offrons des cœurs purs, vertueux,
Soyons dignes de leur tendresse !
Honneur à ce ROYAL ENFANT,
L'orgueil de la nouvelle France :
Dieu ! protége ce lis naissant ;
Il a des droits à ta clémence.

Ainsi, par des jeux et des chants,
Eternisons cette journée,
Et tous, en ces heureux instants,
Renouvelons la foi donnée.
Français ! près du trône des lis
Pressons-nous avec confiance,
Et répétons ces nobles cris :
Vive le Roi ! vive la France !

QUATRAINS.

Je désire toujours vous plaire,
Mon bonheur gît dans cet espoir ;
Pour réussir, que faut-il faire ?
Daignez me dicter ce devoir.

Je vous dis tous les jours que la méchanceté
Agit un peu sur vous ; mon erreur est extrême.
O vous que je chéris ! dites la vérité :
Trouve-t-on des défauts à l'objet que l'on aime ?

CHANSON.

Damis, léger par caractère,
Ne peut, dit-il, aimer qu'un jour ;
Il trompe le dieu de Cythère ;
Mais il l'est souvent à son tour.
   Disons tous à la ronde :
   Gaîté pour être heureux !
   Amis, dans ce bas monde,
   Oui, tout est pour le mieux.

Bien autrement pense Lisette :
Dans la constance est le bonheur ;
Mais à la peine elle est sujette ;
Amour est volage et trompeur !
   Disons tous, etc.

Le riche, au gré de son envie,
Goûte mille plaisirs divers ;
Mais, comme un autre, dans la vie,
Il éprouve tourments, revers.
   Disons, etc.

Point de faste ni d'opulence
Dans le réduit du laboureur ;
Il a plus douce jouissance :
Plaisir seul fait battre son cœur.
   Disons, etc.

Dans l'univers tout se compense :
On a du mal, on a du bien,
Ils arrivent sans qu'on y pense ;
Mais, comme l'épicurien,
   Disons tous à la ronde :
   Gaîté pour être heureux !
   Amis, dans ce bas monde,
   Oui, tout est pour le mieux.

CHANSON.

Air : *J'ai vu partout dans mes voyages.*

S'il fallait écouter le sage,
Suivre en tout ses doctes leçons,
Amis, même à la fleur de l'âge,
On laisserait plaisirs, chansons.
N'avons-nous pas assez de peines ?
Pourquoi vouloir les augmenter ?
Laissons la sagesse et ses chaînes :
Pour être heureux, il faut chanter.

Au dieu d'amour, à la folie,
Sans cesse offrons un pur encens ;
Avec eux le chagrin s'oublie,
Leurs doux plaisirs charment nos sens.
   N'avons-nous pas, etc.

Le cœur doit nous servir de guide,
C'est un mentor de tous les temps ;
Il dit : Aimons le dieu de Gnide,
On n'est pas toujours au printemps.
   N'avons-nous pas, etc.

A Bacchus, à ce sexe aimable,
Amis, portons une santé ;
Buvons de ce jus délectable,
Et disons dans notre gaîté :
   N'avons-nous pas, etc.

CHANSON.

Aimer, rire et boire sans cesse
Est le secret pour être heureux :
Vous plaignez-vous d'une maîtresse,
Est-elle insensible à vos feux ?...
Versez, buvez à longue haleine.
Oui, tout s'oublie avec le vin ;
On arrive avec lui sans peine,
Sans nulle peine au lendemain.

On n'est qu'en passant sur la terre ;
Se tourmenter est une erreur ;
Laisser venir l'heure dernière
Sans y songer, est le bonheur !
   Versez, etc.

Avec ses lois, riez du sage ;
Laissez briller l'homme du jour ;
Plaisir pur n'est pas leur partage.
Ah ! croyez-moi, chantez l'amour.
   Versez, etc.

Cette morale est peu suivie ;
Aussi, qui peut se dire heureux ?...
Amis, elle charme ma vie ;
On la goûtait chez nos aïeux !
Aimons, buvons à longue haleine ;
Oui, tout s'oublie avec le vin ;
Ainsi l'on arrive sans peine,
Sans nulle peine au lendemain.

DEMAIN.

Aux grands, aux petits j'entends dire :
Revenez, nous verrons demain.
Amis, n'est-ce pas un délire ?
Peut-on commander au destin ?
Du présent seul l'homme dispose,
Fou qui trop pense à l'avenir !
Notre existence est une rose :
Un seul instant la voit finir...

Damis, homme à mince fortune,
Très poliment donne la main
Au créancier qui l'importune,
Et lui dit : Revenez *demain*.
Au solliciteur l'homme en place
En fait de même chaque jour ;
Lise, dont on aime la grâce,
Nous amuse avec ce détour.

A son aimable Eléonore,
Lucas, qui n'aime pas en vain,
Plein du beau feu qui le dévore,
Avec regret dit : *à demain*.

6.

Craintif, fort de l'expérience,
Le laboureur en fait autant ;
Amis, la divine espérance
Seule le montre en souriant.

Tout ici-bas se trouve utile,
Le doute comme le certain ;
L'homme aussi joue au plus habile,
En prononçant le mot *demain*.
Pour moi qu'amitié seule inspire,
Le présent me paraît si doux,
Que toujours je retarde à dire
Demain, quand je suis près de vous.

COMPLIMENT.

C'est l'usage aujourd'hui de faire des présents :
Que puis-je vous offrir, bel objet que j'adore?...
Un bouquet? c'est bien peu; des bonbons? trop encore ;
Mon cœur ! mais, sous vos lois, il fléchit dès longtemps.

SACRE DE S. M. CHARLES X.

Air du vaudeville des Amazones.

Quels sont ces cris, d'où vient cette allégresse ?
Avec quel art on embellit ces lieux !
Un peuple immense et s'agite et se presse ;
Le plaisir brille, il est peint dans les yeux !   *(Bis.)*
Ivres d'amour, tous les cœurs font entendre
Ces mots chéris : *il est vaillant est bon !*
A ses désirs, Français, sachons nous rendre !
Le Bien-Aimé n'est-il pas un Bourbon?
    N'est-il pas *(bis)* un Bourbon?   *(Bis.)*

Plus de surprise, oh! non, plus de surprise :
Mon cœur me fait connaître ces élans ;
Chacun de nous n'a-t-il pas pour devise :
Tout aux Bourbons, tout à leurs descendants !
Pour Charles Dix on prépare une fête :
Oui, je le vois à ce noble abandon !
Chantez ce Roi!... que rien ne vous arrête !
Le Bien-Aimé n'est-il pas un Bourbon?

Près des autels ce Prince qu'on adore
Vient de courber son front majestueux ;
Au Roi des rois, à ce Dieu qu'on implore,
Charles pour nous vient d'adresser des vœux !
Dieu bénira sa couronne immortelle,
Tout nous le dit!... Dans ce fier rejeton,
Le lis promet une gloire nouvelle !
Le Bien-Aimé n'est-il pas un Bourbon?

Noble héritier d'une antique bannière,
Ce Roi chéri vient de faire un serment :
Nous protéger, nous gouverner en père,
Est son désir, et rien ne le dément !
Le fallait-il, ce serment, à la France?...
De tous côtés j'entends répondre : non !
Ah ! sa promesse était une assurance !
Le Bien-Aimé n'est-il pas un Bourbon?

Le vrai trésor d'un roi puissant et sage
Est dans le cœur, l'amour de ses sujets.
Valois disait : *J'aime mon héritage ;*
Mais nommez-moi Souverain des Français !
Notre bon Prince a tout ce qu'il désire :
Oui, de nos cœurs nous lui faisons le don ;
Avec transport on se plaît à le dire!...
Le Bien-Aimé n'est-il pas un Bourbon?

Rendons moins lourd le poids de sa couronne.
Pieux, affable, objet de notre amour,
Que Charles Dix, en montant sur le trône,
Trouve la paix à chaque instant du jour !
Surtout l'oubli des maux dont sa belle âme
A dès longtemps accordé le pardon !...
Qu'il soit heureux, ce désir nous enflamme !
Le Bien-Aimé n'est-il pas un Bourbon ?

CHANSON.

En ce moment, comme autrefois,
On dit : Le flatteur est habile :
Voyez chez les grands, près des rois,
Son accès est prompt et facile.
Ce bonheur est de peu d'instants ;
Son masque même le décèle ;
Tout fuit sur les ailes du temps...
L'amitié seule est éternelle.

Mes chers amis, au genre humain
La fortune tourne la tête ;
Le guerrier fait mugir l'airain,
Damis affronte la tempête.
Les maux, les soucis dévorants,
Hélas ! sont le prix de leur zèle ;
Leur bonheur fuit avec le temps...
L'amitié seule est éternelle.

De Cupidon craignons les feux,
S'ils flattent, c'est en apparence ;
Sans cesse faux et dangereux,
Nous leur devons mainte souffrance.

Pour briller Flore a ses moments :
Il en est ainsi de la belle ;
Tout fuit sur les ailes du temps...
L'amitié seule est éternelle.

Ainsi jeune et tendre pasteur
Chantait sur sa flûte sauvage ;
Sans nul désirs, parfait bonheur
Se trouvait dans son ermitage ;
Et chaque jour, à ses enfants,
Il disait vérité cruelle :
Tout fuit sur les ailes du temps...
L'amitié seule est éternelle.

CHANT.

Air : *Célébrons la mémoire.*

Est-il plus douce circonstance
Pour faire éclater notre amour ?
Du Bien-Aimé toute la France
Célèbre la fête en ce jour.
Oui, nous devons chanter et boire,
Ce jour inspire la gaîté ;
Portons des toasts à la gloire,
Surtout à la fidélité.

On avait banni la sagesse ;
L'erreur égarait les esprits ;
Et la France, dans la tristesse,
Pleurait sur des lauriers flétris.
Tout se ressentait de l'orage !
La vertu n'avait plus d'appui ;
Un lis échappé du naufrage
Ramena le calme avec lui.

Plus de guerre, non, plus d'alarmes,
Partout va briller le bonheur ;
La France a pu verser des larmes !
Charles X lui rend sa splendeur.
Peuples, rois, puissants de la terre,
Aimez, redoutez les Français !...
Pour souverain ils ont un père ;
Pour devise : Valeur, Succès !...

Oui, dès lors, suivez mon exemple ;
Français, tout seconde nos vœux !
L'univers surpris nous contemple :
Buvons, chantons, soyons joyeux.
Est-il plus douce circonstance
Pour faire éclater notre amour ?
Du Bien-Aimé toute la France
Célèbre la fête en ce jour.

A MES OISEAUX.

Air : *Qu'on aime bien pour la première fois !*

Charmants oiseaux, délices de ma vie,
Ne craignez point le sort et sa rigueur.
Votre existence est simple, et je l'envie :
Seuls, vous m'offrez l'image du bonheur.   *(Bis.)*

Soyez en paix, sur vous l'amitié veille ;
Chantez l'amour, goûtez-en la douceur ;
Par vos concerts vous charmez mon oreille :
Seuls, vous m'offrez l'image du bonheur.

Pourriez-vous craindre un pareil esclavage !...
Serre cruelle, inhumain oiseleur
Font payer chers les plaisirs du bocage !...
Seuls, vous m'offrez l'image du bonheur.

La liberté ne vous est point connue ;
Ah ! croyez-moi, son appas est trompeur ;
Laissez voler vos pareils dans la nue :
Seuls, vous m'offrez l'image du bonheur.

Couples heureux, symbole d'innocence,
J'aurai pour vous même soin, même ardeur ;
Vivez en paix, au sein de l'abondance :
Seuls, vous m'offrez l'image du bonheur.

CHANSON.

On me parle sagesse
Dans l'âge des amours ;
Un tel propos me blesse,
Et je dirai toujours :
Point de mélancolie,
Il faut de la gaîté ;
Avec elle on oublie
Soucis, rivalité.

Colette est infidèle ;
Je l'aimais tendrement !
Eh bien ! faisons comme elle,
Je le puis maintenant.
Non, non, plus de constance ;
Où donc est le retour ?
La froide indifférence
Est utile en amour.

Au dieu qui nous enivre,
Consacrons nos moments ;
De Bacchus il faut suivre
Les préceptes riants ;

Son nectar salutaire
Fait battre notre cœur;
Oui, lui seul sur la terre
Nous promet le bonheur.

CHANSON DE TABLE.

Si je sens du chagrin
La cruelle influence,
Je fais porter du vin,
Je bois en abondance.
Divine volupté
S'empare de mon être,
Et je vois la gaîté
Aussitôt reparaître.

Amis, je laisse aux grands
Les faveurs et la gloire;
J'abandonne aux savants
Le temple de mémoire,
La fortune à Lindor,
Le miroir à Glycère;
Amis, j'ai pour trésor
Ma bouteille et mon verre.

Pour ne vieillir jamais,
Avoir l'humeur égale,
Il faut boire à longs traits
Jusqu'à l'heure fatale.
Versez, versez toujours,
Cette liqueur divine
Vient arrêter le cours
Du chagrin qui nous mine.

Buvons ; il faut aimer,
C'est la vertu première ;
Elle a tout pour charmer,
La suivre est nécessaire.
Oui, de ce divin jus
Buvons, le temps nous presse ;
De l'Amour, de Bacchus
Méritons la tendresse.

A DEUX SOEURS.

Amis, la Fable est mensongère,
Défiez-vous-en bien, tout en elle est douteux :
Elle dit que des trois Grâces Vénus est mère,
Près d'elle je n'en vois que deux.

L'ABSENCE.

Déjà le noir Borée
Fait place au doux Zéphir,
La nature éplorée
Se réveille au plaisir.
Une aimable verdure
S'offre à mes yeux surpris ;
Tout change de figure ;
Je vois partout les ris,

Déjà sur cette rive,
A l'aspect des beaux jours,
Philomène plaintive
Célèbre ses amours.

7

Longtemps captive, l'onde
Se dérobe à mes yeux ;
L'astre éclatant du monde
A ranimé ses feux.

Déjà Flore est brillante ;
Sur mille points divers,
La rose éblouissante
Embaume au loin les airs.
A ma vue étonnée,
Tout renaît au bonheur !
Seule, ma destinée
Est tristesse et douleur.

Loin d'une épouse chère,
Du meilleur des amis,
Hélas ! seul sur la terre,
Jour et nuit je gémis !
Quelle est mon espérance ?
Puis-je encore en avoir ?
Amis, cruelle absence
Cause mon désespoir.

Troupe heureuse et fidèle,
Hélas ! oiseaux charmants,
Mêlez plainte cruelle
A vos aimables chants.
Allez vers ma Zélie,
Agréables zéphyrs ;
Allez, je vous supplie,
Portez-lui mes soupirs.

—∞—

A CHARLES X.

Air : *Il reviendra* (de Romagnesi).

A la beauté qui nous est chère,
Amis, si nous donnons des fleurs,
Au Roi que la France révère
Offrons et nos bras et nos cœurs.
A jamais prenons pour modèles
      Nos bons aïeux ;
Ils étaient galants et fidèles !
      Soyons comme eux.

Près de l'armure était la lyre ;
Dans les combats jamais d'effroi ;
Le bonheur venait leur sourire :
Ils chantaient l'amour et le roi !
   A jamais, etc.

Noble et courtois, plein de vaillance,
CHARLES commande à notre amour !
Pour ce bon Roi, de la constance
Offrons un exemple en ce jour !
   A jamais, etc.

Chantons de l'auguste famille
Et les vertus et les bienfaits ;
Que dans nos cœurs la gaîté brille,
Ce jour est cher à tout Français !
   A jamais, etc.

La France est calme et florissante ;
A qui doit-elle ce bonheur ?
A CHARLES dont la main puissante
N'a d'autre guide que son cœur.
   A jamais, etc.

Avec transport, avec franchise,
Entourons le trône des lis,
Et gravons-y cette devise :
Vivre et mourir pour Charles Dix !
Si nos pères étaient fidèles,
    Soyons comme eux ;
Jurons de servir de modèles
    A nos neveux.

              (Médaille d'Or, 4 novembre 1820.)

. L'HIVER.

Déjà ce vieillard détestable,
Le sombre hiver, aux cheveux blancs,
A la nature déplorable
Vient d'ôter ses doux agréments.
Ne quittons point notre bouteille,
O mes amis ; trinquons, buvons,
Et dans cette liqueur vermeille
Faisons-lui fondre ses glaçons.

Tout se ressent de son outrage,
Les bois, les champs et ces beaux lieux ;
Les oiseaux n'ont plus de ramage,
L'univers est silencieux.
    Ne quittons, etc.

O vous, amants qu'hymen couronne,
Empressez-vous donc à jouir
Des faveurs que ce dieu vous donne,
Videz la coupe du plaisir.
Animés du double délire
Du bon vin et du dieu des cœurs,
Pour vous encor tout va sourire :
L'hiver n'aura pas de rigueurs.

Vivez au sein de l'allégresse,
Dès lors, souriez à vos nœuds;
Que l'amitié, que la tendresse
A jamais vous rendent heureux!
    Animés, etc.

LE MARIAGE.

Dans les liens du mariage
J'ai su m'engager dès longtemps;
On nous dit : C'est un esclavage;
Moi, j'y passe d'heureux moments.
Chacun a son goût sur la terre,
Amis, c'est un bienfait des dieux;
Le célibat peut aussi plaire,
Le tout est de se croire heureux.

Souvent une tristesse extrême
Vient me surprendre et m'accabler,
Un baiser de celle que j'aime
Bientôt m'a tout fait oublier.
Que de charmes dans la caresse,
Que de vérité dans le cœur!...
Je le répéterai sans cesse :
Le mariage est un bonheur.

Toujours attentif à vous plaire,
Voyez ce gage de l'Amour,
Émule de sa tendre mère,
Il veut vous flatter à son tour.
Du bonheur la femme est l'image,
Vous aimer est tout son désir;
Ce n'est que dans le mariage
Qu'on peut trouver le vrai plaisir.

Fiers d'une noble indépendance,
Nous voudrions la conserver ;
La nature, sans qu'on y pense,
A l'hymen nous fait arriver.
Est-ce nous donner une chaîne ?
Mes amis, consultons nos cœurs...
Quant à moi, je chéris la mienne :
Elle est légère, elle est de fleurs !

SUR MA TABATIÈRE.

Mes amis, je voudrais chanter ;
Mon désir serait de vous plaire ;
Quel sujet pourrait vous flatter ?...
Le choix est difficile à faire.
On rit, on pleure tour à tour,
De peu de chose on s'accommode ;
Le vrai goût est celui du jour,
Il en est comme de la mode.

Je prétends laisser en repos
L'enfant malin, le dieu de Gnide,
Son vrai plaisir est dans nos maux :
Il est volage, il est perfide.
Le dieu du vin sait nous charmer,
A ses côtés est la folie ;
La raison défend de l'aimer :
Amour, Bacchus, je vous oublie.

Je donne mon affection
Désormais à ma tabatière,
On dira : Fi ! le mauvais ton !...
C'est mon goût, je ne sais qu'y faire.

Priser est mon suprême bien,
Ma passion ne fait point honte ;
Heureux qui trouve le moyen
De se distraire à si bon compte.

Priser à leur juste valeur
Maintes personnes dans la vie,
Pour le moins serait une erreur,
Et beaucoup diraient : C'est folie.
Moi qui ne veux point m'abuser,
Amis, dans la nature entière,
Dès-lors, je ne veux que priser
Mon tabac et ma tabatière.

COUPLETS.

Jusqu'à ce jour, ami du sage,
J'en suivais les doctes leçons ;
Mais aussi, qu'avais-je en partage ?...
Point de gaîté, plus de chansons.
Le temps s'enfuit à tire-d'ailes,
Plaisir perdu l'est à jamais ;
Par des jouissances nouvelles
Sachons prévenir les regrets.

Amour, tout connaît ton empire,
Toi seul fais goûter le bonheur ;
Aimer, être aimé, se le dire
Est un charme plein de douceur.
      Le temps s'enfuit, etc.

La rose n'est point sans épine,
L'amour a de cruels moments,
Mais l'amitié tendre et divine
Nous charme et vient calmer nos sens.
      Le temps s'enfuit, etc.

Ne délaissons point la sagesse,
Elle offre aussi des agréments ;
Surtout point de sombre tristesse,
Car on nous dit à tous instants :
Le temps s'enfuit à tire-d'ailes,
Plaisir perdu l'est à jamais ;
Par des jouissances nouvelles
Sachons prévenir les regrets.

CHANT.

Air de Roland.

Tout est soumis dans l'univers
Aux lois qu'impose la nature ;
Notre bonheur et nos revers,
C'est elle qui nous les procure.
Français ! il est une autre loi :
Oui, l'habitude a sa puissance ;
Si nos aïeux aimaient leur Roi,
Ne dit-on pas encore en France :
Nos bras, nos cœurs à Charles Dix !
Honneur à sa race chérie !
A jamais répétons ces cris :
Dieu, les Bourbons *(bis)*, gloire et patrie. *(Bis).*

La tempête, dans sa fureur,
Peut détruire, ébranler le monde,
Plonger le triste laboureur
Dans une misère profonde.
Trente ans de malheurs et d'effroi
N'ont pu lasser notre constance ;
Le même amour est pour le Roi,
Et l'on dira longtemps en France :
    Nos bras, etc.

Nos cœurs, d'amertume abreuvés,
Ont pu déplorer nos querelles ;
Mais ils n'ont'été qu'éprouvés :
Comme autrefois ils sont fidèles !
S'il fallait voler aux combats,
Tous, fiers de notre vieille gloire,
Bravant de nouveau le trépas,
Nous dirions au jour de victoire :
    Nos bras, etc.

Célébrons ce beau jour, trinquons !
Qu'ici, partout la gaîté brille ;
Amis, la fête des Bourbons
Est une fête de famille !
Buvons tous à la royauté,
Car notre devise est la même ;
Modèles de fidélité,
Aimons le bon Roi qui nous aime.
    Nos bras, nos cœurs, etc.

(Don de 72 Médailles de rois et savants.)

COUPLETS POUR LA SAINT-CHARLES.

On veut être heureux sur la terre,
C'est le vœu de chaque moment ;
Mais, pour y parvenir, que faire ?
On le demande bien souvent !
Posséder la raison du sage
Serait insuffisant, je croi ;
Ah ! pour avoir le bonheur en partage,
Il faut aimer son pays et son Roi.

Jaloux de servir ma patrie,
On m'a vu, dès mes jeunes ans,
Plein d'amour et l'âme ravie,
Chercher le plaisir dans les camps ;

Cruelle erreur ! de l'esclavage
Je ressentis l'affreuse loi.
Ah ! le bonheur ne fait point mon partage :
J'étais Français, je n'avais point de Roi.

Enfin sur la France éplorée
La tempête ne gronda plus ;
Bientôt une race adorée
Vint y ramener les vertus.
En ce jour on lui rend hommage,
Et chacun redit avec moi :
N'avons-nous pas le bonheur en partage ?
La France est calme et CHARLES est notre Ro

Reçois les vœux et les prières
Que les Français font en ce jour ;
Aussi fidèles que leurs pères
Ils ont pour leur Roi même amour.
CHARLES ! jouis de ton ouvrage,
La paix est digne d'un grand roi ;
Tu dois avoir le bonheur en partage :
La France entière est soumise à ta loi.

(Don du tableau, avant la lettre, d'Euridice aux enfers.)

ROMANCE.

De tous les bergers du village,
Aucun n'est heureux comme moi ;
Lisette est belle et la plus sage ;
J'ai la promesse de sa foi ;
Mais songeons à l'expérience,
Pour être heureux c'est le moyen ;
On promet avec assurance :
L'homme ne doit compter sur rien.

Près de Lisette, dès l'aurore,
Je vais à pas précipités ;
La journée est trop courte encore,
La nuit me trouve à ses côtés.
    Mais songeons, etc.

Chaque jour ma flamme amoureuse
S'accroît par un nouveau serment.
Non, je ne la crois point trompeuse ;
Je lui serai toujours constant !
    Mais songeons, etc.

Ah ! les troupeaux sont dans la plaine,
Et Lisette ne paraît pas !
Aurait-elle brisé sa chaîne ?
Qui donc peut retenir ses pas ?...
    Mais songeons, etc.

Grands dieux, que l'absence est cruelle
Pour tendre cœur épris d'amour !
Hélas ! séparé de sa belle,
Une heure, un instant sont un jour !
    Mais songeons, etc.

Près de là couché sur l'herbette,
Je vois Lucas qui m'écoutait ;
Il savait que j'aimais Lisette,
Et souvent il me répétait :
    N'oublions pas, etc.

Je connais, me dit-il, ta peine ;
Fais en sorte de la calmer ;
Oublie à jamais l'inhumaine,
Et, si tu peux encore aimer,
Songe donc à l'expérience,
Pour jouir c'est le seul moyen :
On promet avec assurance ;
Mais il ne faut compter sur rien.

CHANSON POUR UN MARIAGE,

CELUI DE L'AUTEUR (8 juin 1843).

Loin de nous la sombre tristesse,
Vive Bacchus et les amours;
Rions, buvons, chantons sans cesse,
Plaisir ne dure pas toujours.
Notre existence est peu de chose,
Nous ne paraissons qu'un instant :
Amis, notre emblème est la rose,
D'un souffle on nous voit au néant.

Peine et plaisir sont sur la terre,
Tout se meut ici-bas par eux;
L'une ne m'est pas étrangère,
Je viens goûter l'autre en ces lieux.
Hier, je n'avais que l'espérance;
Mais, aujourd'hui, bien plus flatté,
Au sein d'une agréable aisance,
Je trouve la réalité.

O vous que l'amitié rassemble
Dans cet agréable séjour,
Mes parents, mes amis, ensemble
Célébrons cet auguste jour.
Mon bonheur, sans doute, est extrême,
Je pourrais le voir augmenter :
Aimez le doux objet que j'aime,
Venez souvent nous visiter.

QUATRAIN.

Votre sexe, dit-on, se plaît dans l'inconstance;
Heureux dans vos liens, je voulais l'ignorer;
Mais, par votre retour et votre indifférence,
Je suis forcé moi-même, ingrate, à l'avouer.

CHANSON POUR UN MARIAGE.

Deux êtres gouvernent la terre,
Tout par eux se meut ici-bas;
L'un d'eux est le dieu de Cythère,
Et l'autre est celui des combats.
Oui, dans le monde, on les encense;
Mars et l'Amour ont des attraits,
Et qui ne sent pas leur puissance,
N'est pas doué d'un cœur français...

Jaloux des palmes de la gloire,
Mars vous distingue dans ses rangs;
Mais Cupidon chante victoire,
Il maîtrise aujourd'hui vos sens.
Ah! désormais plus de tristesse,
Tout vous sourit en ce beau jour;
Avec nous répétez sans cesse :
Tout à l'honneur, tout à l'amour.

Aimable ami, brave confrère,
Votre sort est plein de douceur;
Vous prouvez que vous savez plaire,
Vous avez le prix de l'honneur.
Oui, ce ruban (1) en est le gage,
Recevez celui de l'amour :
C'est une épouse et belle et sage
Qu'il vous offre en cet heureux jour...

Vivez au sein de l'allégresse,
Jouissez des nœuds les plus doux,
Que l'amitié, que la tendresse,
Fassent de vous de bons époux!

(1) Chevalier de Saint-Louis.

8

Sexe enchanteur, sexe adorable,
Mars peut un moment nous charmer ;
Mais non, non, rien n'est comparable
Au vrai bonheur de vous aimer.

L'ABSENCE.

Où fuyez-vous, plaisirs et jeux,
Qui donc loin d'ici vous entraîne ?
Ah ! n'est-ce pas dans ces beaux lieux
Que réside la tendre Ismène ?
L'amour n'est-il plus dans son cœur ?
Ce petit dieu l'a-t-il trahie ?
Et de ce séjour enchanteur
La joie est-elle donc bannie ?

Ismène, n'aimerais-tu plus,
A cela pourrais-je m'attendre ?
Mes cris paraissaient superflus,
Quand une voix me fit entendre :
« L'amour sait toujours la charmer ;
Il n'a point lassé sa constance ;
Elle sait plaire, et sait aimer :
D'Ismène nous pleurons l'absence. »

4 NOVEMBRE 1827.

Air du vaudeville du Rémouleur et de la Meunière.

Au plaisir que chacun s'apprête,
Chantons et buvons à longs traits ;
Amis, c'est aujourd'hui la fête,
La fête du Roi des Français.

Versez de ce jus de la treille,
Tous buvons au Roi chevalier ;
Dans le vin les maux de la veille
En ce jour doivent s'oublier.

Animez vos danses légères,
Fillettes ; vous, tendres amants,
A CHARLE, à ce meilleur des pères,
Consacrez des vœux et des chants.
Il a déjà votre tendresse,
Partout les cœurs l'ont surnommé,
Partout on dit avec ivresse :
Vive, vive le Bien-Aimé !

Interrogez l'expérience,
Ah ! rien n'est durable ici-bas.
On sait aussi que l'inconstance
Trop souvent offre des appas.
Mais nous aimons notre patrie,
Mais nous serons toujours Français,
Pour CHARLE et sa race chérie
Nos cœurs ne changeront jamais.

Déjà l'hiver sur la nature
Semble vouloir prendre ses droits ;
Autour de nous plus de verdure,
Plus d'aimables chants dans les bois.
Toi que la France aime et révère,
Ne pouvant te donner des fleurs,
Pour gage d'un amour sincère,
Nous t'offrons nos bras et nos cœurs.

Vous dont la noble destinée
Est de défendre votre Roi,
Fidèles à la foi donnée,
Guerriers, redites avec moi :

Au plaisir que chacun s'apprête,
Chantons et buvons à longs traits ;
Chantons, c'est aujourd'hui la fête,
La fête du Roi des Français.

(Don de Médailles, dont l'une en argent.)

CHANT ROYAL.

Air de la Cantate.

Rappelle-toi ces temps fameux
A jamais vantés dans l'histoire,
De ces temps, dis-je, où nos aïeux
Trouvaient le bonheur dans la gloire.
On célébrait cet heureux jour ;
Par des vœux et par des prières
Ils protestaient de leur amour !
Suivons l'exemple de nos pères.   *(Bis.)*

Oui, d'un BOURBON, comme jadis,
Nous recevons la loi chérie ;
Comme ses aïeux CHARLES DIX
Aime et protége sa patrie.
Du terrible dieu des combats
On n'entend plus l'affreux tonnerre ;
Plus de terreur, ni de trépas :
Dieu vient de nous donner un père.

Porte les yeux de toutes parts,
Vois prospérer la belle France ;
Partout le commerce et les arts
Brillent, promettent l'abondance.
Qui nous assure, dis-le-moi,
Ce bonheur, cet état prospère ?
C'est CHARLES X, c'est notre Roi :
Nous devons tout à ce bon père.

En ce beau jour, à ce grand Roi,
Renouvelons vieille promesse :
Jurons d'obéir à sa loi,
Français ! méritons sa tendresse !
CHARLES ! compte sur nos serments !
La bouche, il est vrai, les profère ;
Ils n'en seront que plus ardents ;
Le cœur les forme pour un père.

(Don de livres choisis.)

CHANSON.

Tout fait aimer pareil repas,
Sans nul effort la gaîté brille ;
Point de luxe, ni d'embarras :
Il est sans doute de famille.
Aurais-je dit la vérité ?...
A le croire ici tout nous porte,
Chez vous, non, rien n'est emprunté ;
Traitez-nous toujours de la sorte.

Le luxe et ses apprêts divers,
L'étiquette froide et pesante .
Font redouter les grands couverts ;
Plaisir jamais ne s'y présente !
Il en est chez vous autrement :
Il se presse à votre porte ;
Il est réel en vous voyant !
Traitez-nous toujours de la sorte.

Chérissons la sincérité,
Aux courtisans laissons la gêne ;
L'une nous offre la gaîté,
Avec l'autre on trouve la peine.

8.

Couple aimable, voisins charmants,
Pour vous amitié nous transporte!
Ne changez point de sentiments,
Traitez-nous toujours de la sorte.

ROMANCE.

Lassé des plaintes de sa mère,
Le petit dieu des cœurs, l'Amour,
En proie à sa douleur amère,
Quitta le céleste séjour.
En pleurs, à cette prompte fuite,
L'aimable reine de Cypris
Assemble sa nombreuse suite
Et la fait voler vers son fils.

« Allez, allez, troupe chérie,
Dit-elle, parcourez ces lieux;
Je ne puis supporter la vie,
Si mon fils n'est plus dans les cieux.
Secondez les vœux d'une mère,
Accélérez votre retour;
Je donne un baiser pour salaire
A qui ramènera l'Amour. »

Cessez une poursuite vaine,
Vous tous, calmez votre douleur :
Je viens, dans ce séjour, sans peine,
De retrouver le déserteur.
« O toi, qu'on adore à Cythère!
Donne-moi le baiser promis,
Ou que je le prenne à Glycère,
C'est dans ses beaux yeux qu'est ton fils. »

CHANSON DE TABLE.

J'avais protesté d'être sage,
J'avais juré d'être constant?
Mais à cela fou qui s'engage,
Tant qu'on peut jouir autrement.
Vive le vin et nos maîtresses,
Amis, chantons, amusons-nous;
Buvons, prodiguons nos caresses :
C'est là le paradis des fous.

Mes amis, entre la sagesse,
La folie, est-il à choisir?
Avec l'une on a la tristesse,
L'autre fait goûter le plaisir :
  Vive le vin, etc.

Bientôt ce vieillard exécrable,
Le Temps, viendra nous avertir
Qu'ici-bas il n'est rien de stable;
Eh bien! puisqu'il faut tous partir :
  Vive le vin, etc.

QUATRAIN.

Penser toujours à vous est mon plus doux devoir,
Que ne puis-je en ce jour à vous-même le dire;
Mais, si je suis privé du plaisir de vous voir,
Accordez-moi celui de pouvoir vous écrire.

CHANSON.

Air du Premier pas.

Je ne veux plus aimer, disait Colette,
Perfide Amour me déchire le cœur ;
Le jour, la nuit, me trouvent inquiète ;
Ah ! je serai plus heureuse seulette :
    Tout est trompeur.   *(Bis.)*

Cruel Lucas, tu régnais sur mon âme,
Tu me jurais le plus tendre retour ;
L'indifférence a refroidi ta flamme ;
Tu me disais que je serais ta femme...
    Non, plus d'amour !

Ils sont passés ces jours de jouissance,
Où mon amant, de moi préoccupé,
Ne se trouvait heureux qu'en ma présence ;
Mais, je le vois, souvent par l'apparence
    On est trompé.

Heureux moutons, paissez l'herbe fleurie ;
Votre repos, hélas ! peut s'envier.
Plaignez mon sort, oui, tout me contrarie,
Plus ne viendra Lucas dans la prairie :
    Faut l'oublier !

Faut l'oublier ! ah ! s'il voulait m'entendre,
Je l'aimerais comme le premier jour :
Mon triste cœur ne saurait s'en défendre ;
Oui, je l'adore et suis prête à lui rendre
    Tout mon amour.

ODE ANACRÉONTIQUE.

L'Amour, ce tendre dieu des cœurs,
Etait dépeint, près de ma belle,
Sous les plus perfides couleurs.
Thaïs, c'est ainsi qu'on l'appelle,
Se promit bien, depuis ce jour,
De ne point rechercher l'amour.

Thaïs brillait des fleurs de l'âge,
Elle comptait quinze printemps;
Belle d'atours, aimable et sage,
On la citait à tous instans;
Mais dans triste mélancolie,
On la voyait ensevelie.

Un jour, seule, se promenant,
Au pied d'un hêtre solitaire,
Elle aperçut un jeune enfant;
Le sommeil fermait sa paupière;
Il était beau comme le jour,
Brillant comme on dépeint l'Amour.

Thaïs s'arrête, l'examine,
Est surprise de tant d'appas,
Secret sentiment la domine;
Elle veut fuir et ne peut pas :
« Quels traits, que sa bouche est vermeille!
Mais fuyons, je crois qu'il s'éveille. »

Elle ne peut s'y décider,
Son tendre cœur bat et l'agite,
Hélas! comment ne point céder?
Même en repos, l'Amour médite,

Et jeune bergère jamais
N'a pu résister à ses traits!

Tendre cœur est sans méfiance,
Surtout lorsqu'il est vertueux;
Aussi, la bergère s'avance
Près de l'enfant miraculeux.
De plus en plus elle l'admire,
Près de lui s'assied et soupire.

Tout annonçait qu'il était doux;
Alors la belle, moins timide,
Le prend, le met sur ses genoux,
A le caresser se décide.
Le fils de la belle Cypris
Aussitôt s'éveilla surpris.

Le sourire était sur sa bouche,
Et flattant Thaïs à son tour :
« Ton amitié, dit-il, me touche,
Ah! connais-moi, je suis l'Amour!...
La nature entière m'encense,
Elle est soumise à ma puissance. »

Thaïs répond par sa rougeur,
Et redoute cette entrevue.
Dans ses ébats, l'enfant trompeur
En la flattant, mord l'ingénue,
Et d'elle s'éloigne soudain
En souriant d'un air malin.

« Tu m'étais bien dépeint, dit-elle,
J'avais raison de t'éviter :
Ah! que ta blessure est cruelle!...
Comment pouvoir la supporter? »
Non loin de l'aimable bergère,
J'étais couché sur la fougère.

J'avais eu soin de me cacher,
L'Amour me vit, se mit à rire ;
Il me fit signe d'approcher.
« Cesse, dit-il, de me maudire ;
Voilà, bergère (en me montrant),
Qui te guérira promptement. »

CHANSON BACHIQUE.

Boire est pour moi le bien suprême,
Non, rien n'égale ce bonheur ;
Cupidon désire qu'on aime,
Bacchus m'offre plus de douceur.

Avec le vin point de tristesse,
On rit, on est toujours content ;
J'ai ma bouteille pour maîtresse,
Amis, je lui serai constant.

Le soleil, la lune, la terre,
L'insecte et les·dieux, oui, tout boit ;
Pourquoi donc me faire la guerre,
Si je suis la commune loi ?...

LE RETOUR DU PRINTEMPS.

Air de Zélie.

Déjà, d'une aimable verdure
Brillent les bois, tous ces beaux lieux,
Et du réveil de la nature
Tout donne le spectacle heureux :
O mes amis, plus de tristesse,
Vivent les ris et les amours·
Chantons et folâtrons sans cesse,
Plaisir ne dure pas toujours...

Mais je suis loin de ma Zélie,
Pour moi plaisirs n'ont plus d'attraits ;
Ma peine près d'elle s'oublie,
Son absence fait mes regrets !...
O mes amis, que de tristesse,
Je ne puis chanter les amours ;
Comme moi, répétez sans cesse :
Plaisir ne dure pas toujours...

Tout à mes yeux se renouvelle,
L'hiver fait place au doux printemps ;
L'aimable et tendre Philomèle
Nous réjouit par ses accents,
Et nous dit : « Oh ! plus de tristesse,
Comme moi chantez les amours ;
Jouissez, amis, le temps presse,
Plaisir ne dure pas toujours... »

Oui, je le vois, dans la nature,
Le plaisir se fait pressentir ;
Mais sans l'objet qui le procure
Mon cœur peut-il le ressentir ?
Oh ! mes amis, que de tristesse !
Je ne puis chanter les amours ;
Comme moi, répétez sans cesse :
Plaisir ne dure pas toujours...

Mais je renais à l'espérance,
Je pourrai la revoir bientôt ;
Vous qui d'une pénible absence
M'avez allégé le fardeau,
Près d'elle et de vous, la tristesse
Fera place aux ris, aux amours,
Et je dirai dans mon ivresse :
Voilà le plus beau de mes jours...

COMPLIMENT.

On a des devoirs à tout âge,
Déjà mon cœur a su m'en informer;
Je dois en ce beau jour en remplir un d'usage,
Il a des droits à me charmer!
Je veux fêter mon oncle et mon aimable mère;
Pour réussir, dites-le-moi, que faire?...
Un compliment est fade : offrirai-je une fleur?...
Un souffle, hélas, suffit pour la détruire !
Je ne vois d'éternels que mes vœux et mon cœur!
Acceptez-les, pour vous l'amitié les inspire.

CHANSON BACHIQUE,

A L'OCCASION D'UN REPAS DONNÉ PAR UN DÉPUTÉ (1817).

J'avais juré de ne plus boire,
Je viens de fausser mon serment;
On perd aisément la mémoire,
Quand on sable un vin excellent;
Amis, buvons, plus de querelles,
Rions, chantons, point de chagrin;
Dieu, le Roi, le vin et les belles
De tout Français est le refrain.

Dans un repas point de sagesse,
La folie égaye les cœurs;
Chanter, rire et trinquer sans cesse
Est la devise des buveurs.
Trinquons donc, et plus de querelles,
Narguons à jamais le chagrin :
Dieu, le Roi, etc.

9

Enfin Bellone est enchaînée,
La paix ramène la gaîté;
A celui qui nous l'a donnée,
De cœur portons une santé.
A sa santé! plus de querelles,
Narguons à jamais le chagrin;
   Dieu, le Roi, etc.

Mes amis, vive l'hôte aimable
Qui chez lui nous offre en ce jour
Bonne mine, excellente table;
Portons sa santé tour à tour.
Et tous disons : Plus de querelles;
Narguons à jamais le chagrin;
Dieu, le Roi, le vin et les belles
De tout Français est le refrain.

LE SANS-SOUCI.

Aimer le vin et sa maîtresse
Etait l'adage du vieux temps;
Thaïs partage mon ivresse,
L'amour confond nos sentiments.
Je vois le bonheur me sourire,
Je le trouve dans la gaîté :
Amis, partagez mon délire,
Chantez Bacchus et la beauté.

La richesse est une manie,
Pour elle beaucoup font des vœux;
A jamais, moi, je l'ai bannie,
Et m'en estime plus heureux.

Grâce à mes amis, à moi-même,
Dans ce monde je n'ai plus rien ;
Peu m'importe, je bois, on m'aime,
Voilà, je pense, le vrai bien.

Le créancier, l'homme d'affaire,
Fatigués, grondent après moi ;
J'excite un moment leur colère,
Ils parlent de prison, de loi.
Je fais le sourd, je les caresse,
Nous n'en restons pas moins amis,
Et, désarmés par la promesse,
Ils font plus qu'ils ne m'ont promis.

Ma peine est bientôt effacée ;
Jamais un cruel souvenir
Ne vient fatiguer ma pensée ;
Tout me flatte dans l'avenir.
Le présent me charme et m'enchante ;
Partout j'entrevois le bonheur :
Bon vin et maîtresse charmante,
Que faut-il de plus à mon cœur?...

ENVOI.

Votre ardente prière,
O mon aimable sœur !
On le voit, a su plaire,
A touché le Seigneur.
Tout à coup les nuages,
Les vents impétueux,
Précurseurs des orages,
Ont disparu des cieux ;

L'astre éclatant du monde
Nous montre ses rayons,
Et leur chaleur féconde
De nouveau nos sillons.
Priez, sœur adorable,
Priez!... à vos désirs
Le Ciel est favorable;
Augmentez vos plaisirs!
Voyez sur cette plage,
Ce débile roseau;
D'une pénible image
Il m'offre le tableau;
Jouet de la tempête,
Voyez, à tous instants,
Comme il courbe sa tête
Au caprice des vents.
En butte au sort, de même,
Je fléchis sous ses coups;
Dans ma douleur extrême
Je m'abandonne à vous!
Hélas! mon existence
Est une dure loi;
Soulagez ma souffrance,
Ma sœur, priez pour moi!

BOUTADE.

Dans ma jeunesse
J'ai mainte fois
De la sagesse
Suivi les lois.
Sans jouissance
Coulaient mes jours;

Douce espérance
Fut mon recours.
Elle est divine
En des moments ;
Mais ne termine
Point nos tourments.
Tendre folie,
Le dieu du vin,
Font qu'on oublie
Cruel chagrin.
Dans un délire
Plein de douceurs,
J'ai dû sourire
A leurs faveurs ;
Mais, ô tristesse !
De nos plaisirs
Naissent sans cesse
Cruels soupirs.
Alors que faire
Pour être heureux ?
Sagesse austère,
Plaisirs nombreux,
Donnent des peines.
Pour alléger
Dès lors les miennes,
Je vais songer
A la prudence,
A la douceur ;
C'est la science.
Du vrai bonheur.

—∞—

FRAGMENT D'UNE ÉPITRE.

Je voudrais, par un style aimable,
Dans un vers doux, harmonieux,
Te peindre de la capitale
Les beautés, les plaisirs nombreux :
Le luxe qui partout s'étale,
Répéter les *on-dit* du jour,
Et pour t'égayer, je parie,
J'aurais assez de ceux d'amour !
De la fine plaisanterie
Empruntant le léger pinceau,
Sans fiel, sans médisance aucune,
J'offrirais un piquant tableau :
A Paris, la blonde et la brune,
On le sait, aiment les plaisirs ;
Mais n'est-ce pas la loi commune ?
Chacun veut charmer ses loisirs.
La précieuse, la coquette
Consultent souvent le miroir,
C'est un redoutable interprète ;
Mais on méconnaît son pouvoir :
Chez elles le désir de plaire
L'emporte sur la vérité,
Et ce grand maître de la terre,
L'âge, est rarement écouté.
L'homme offre aussi son ridicule ;
Suivez ses pas, ses actions !...
Le fat devant le bien recule :
Par ses folles prétentions,
Le solliciteur inhabile
S'avilit sans trop y songer !

Pour le grand rien n'est difficile,
A son bord tout doit se ranger.
Telle est, ami, l'erreur humaine,
Il est une puissante loi :
Toujours la meilleure est la sienne ;
On critique autrui, jamais soi.
La société, dans ce monde,
Nous offre un pénible tableau.
La vertu!... partout on la fronde ;
Elle n'est pure qu'au berceau.
Le vice en tous lieux se décèle
Et s'offre avec impunité.
Dans les salons, qui nous appelle?...
Le jeu, la curiosité.
L'ennui fatigue, on se compose,
On affecte de la gaîté.
Sur son mérite on se repose ;
Le masque de la vérité
Sert à parer le noir mensonge.
Ah! tout ce qui s'offre à nos yeux
Passe comme un pénible songe,
Et pourtant on se dit heureux!
Surtout laissons la politique ;
S'en occuper est une erreur,
On parle, on s'échauffe, on critique,
L'amitié se change en aigreur ;
Mais de ce monde périssable
Vouloir relever les défauts,
C'est une source inépuisable
D'ennuis, je dirai plus... de maux!
L'expérience nous éclaire,
Suivre ses leçons est un bien ;
Elle nous dit : *Sachez vous taire*,
Pour être heureux, c'est le moyen !
La vie est un rêve pénible,

Employons tout pour l'alléger,
Ce n'est point la chose impossible :
Il ne faut jamais s'affliger.
A quoi sert d'avoir souvenance
Des maux passés, de nos douleurs ;
Pourquoi délaisser l'espérance !
Dans l'avenir cherchons des fleurs ;
A l'amour, l'aimable folie,
Dès-lors consacrons le présent ;
Plus de sombre mélancolie.
Oublions d'un monde méchant
L'erreur, la constante faiblesse,
....

QUATRAIN.

J'ai rêvé qu'aujourd'hui je devais être heureux :
Ce doux pressentiment, je vois, se réalise ;
J'aimais jusqu'à ce jour, sans être aimé de Lise ;
Elle vient de jurer de couronner mes feux.

LE DÉPART.

La fortune a beau nous sourire,
Les plaisirs flatter nos penchants,
Sans cesse notre cœur soupire,
Nous ne sommes jamais contents !

Ouvrez les yeux, tout vous l'assure :
Le grand veut prospérer encor ;
Contre l'âge Lise murmure ;
L'avare n'a pas assez d'or !

Le monde entier gémit : moi-même,
Je subis la commune loi ;
Loin du tendre objet que j'aime,
Je disais : amis, plaignez-moi !

L'heure aimable du retour sonne :
Je suis loin d'être satisfait !...
Ma plainte, je crois, se pardonne ;
Ah ! c'est l'amitié qui la fait !

Je pars, et loin de moi je laisse
D'excellents voisins, des amis !...
Peut-on m'accuser de faiblesse,
Si je pleure, si je gémis ?...

Oui, seules vous êtes coupables,
O vous qui charmez mes loisirs !...
Car, si vous étiez moins aimables,
Partir comblerait mes désirs.

FRAGMENT D'ÉPITRE.

Pour moi tu vois briller l'espoir !...
Ce mot flatteur me fait sourire ;
Ami, pourtant tu dois savoir
Qu'un rien suffit pour le détruire.
Il est vrai, bien moins rigoureux,
Le sort permet que je respire :
Plaisir, parfois, s'offre à mes yeux ;
Mais je le goûte avec sagesse,
C'est le moyen d'en jouir mieux.
Toujours simplicité, tendresse
Ont guidé mes pas chancelants ;
Cette maxime est salutaire.

Ce n'est point les plaisirs bruyants
Qui nous font heureux sur la terre;
Ils sont le masque de l'erreur :
On l'apprend par l'expérience.
Ah! ce beaume consolateur,
Ce doux charme de l'existence,
Oui, l'amitié fait mon bonheur.
J'aime ma tendre solitude,
Elle m'offre de vrais plaisirs,
Entre mes amis et l'étude
Je sais partager mes loisirs.
Ainsi, le temps qui nous dévore
Fuit, et, sans m'en apercevoir,
Souvent, quand arrive le soir,
Au matin je crois être encore.

. . . .

ENVOI.

Toujours, sans nul effort, un tendre cœur exprime
Aimable sentiment qui l'agite ou l'anime;
Je le savais!... j'en ai la preuve en ce moment.
La veille d'une fête on doit un compliment;
Moi, de la vérité j'emprunte le langage.
Acceptez le tribut de mon sincère hommage;
Il est simple, il est pur! c'est un bouquet de fleurs!
Leur éclat séduisant, leurs brillantes couleurs,
Tout se retrouve en vous, et si de la nature
Ces fleurs sont un moment l'orgueil et la parure,
Les grâces qu'on se plaît à remarquer en vous,
A jamais vous feront admirer parmi nous.

COMPLIMENT.

O toi qui m'est si chère,
Reçois ici mes vœux.
Ce jour, me dit ma mère,
Pour toi doit être heureux.
Douce, aimable et jolie,
Ayant l'art de charmer,
Près de toi tout s'oublie ;
On jure de t'aimer.
Pour toi le mariage
N'aura point de rigueurs :
Le dieu d'hymen t'engage
Par des liens de fleurs.

ENVOI.

Avec plaisir, de ma Zélie
On vante les attraits charmants ;
Chez elle la grâce est unie
Aux plus agréables talents.
On l'admire, on fait plus... on l'aime !
Entendez-vous ce que l'on dit partout?
« Elle est douce et bonne à l'extrême,
L'apprécier est preuve de bon goût. »
Être aimable serait, dit-elle, mon partage !
J'avais tout lieu de croire à sa bonté ;
Mais devais-je espérer qu'elle me fît hommage
De sa plus belle qualité !

ACROSTICHE.

CHARLES ! de toutes parts vois briller l'allégresse !
Henri, ce Roi chrétien, si vaillant, si courtois,
Avait-il plus que toi de grâces, de noblesse?
Rien ne manque à ton cœur, modèle de nos Rois,
L'histoire tracera tes actes de clémence;
Et les Français aimant tes vertus et tes lois,
Sans cesse rediront : VIVE LE ROI DE FRANCE !

QUATRAIN.

J'avais juré, devant le petit dieu des cœurs,
De rester insensible aux charmes qu'il procure ;
Mais, voyant vos beaux yeux, vos attraits enchanteurs,
Les serments que j'ai faits, pour vous je les abjure.

AU BAS DU PORTRAIT D'UNE ACTRICE.

Apollon, dans son art, et l'anime et l'inspire ;
S'il règne à l'Hélicon, elle règne ici-bas ;
En voyant ses attraits Vénus perd son empire ;
Si tu veux la nommer, songe au dieu des combats.

FIN D'UN BILLET.

Voilà ce que traçait l'amant de Mélanie ;
Il la vit, l'adora, l'amour fit son malheur ;
Insensible à ses maux, elle accabla sa vie
          Du poids d'une injuste rigueur.

AU BAS D'UN CHIFFRE.

L'art avec ses pinceaux flatteurs
Vient d'enlacer nos deux noms pour la vie,
Et l'amitié tendre et chérie
De même unit à jamais nos deux cœurs.

AUTRE.

Vous dont les attraits enchanteurs
Ont l'art heureux de plaire et de séduire,
En voyant ce doux chiffre, hélas! puissiez-vous dire :
Voilà l'image de nos cœurs.

A MON FILS,

SUR LA MORT DE SA TOURTERELLE.

Il n'est plus cet oiseau charmant,
Tendre symbole d'innocence,
Objet de ton amusement,
Je chérissais son existence :
Mon fils, comme tout ici-bas,
Il a subi la loi cruelle;
Mais, crois-moi, n'en murmure pas,
C'est t'éviter peine nouvelle.

Non, tu ne la reverras plus
Cette tourterelle chérie,
Tes vœux deviendraient superflus,
A jamais elle t'est ravie!
Mon fils, comme tout, ici-bas,
Elle a subi la loi cruelle;
Mais, crois-moi, n'en murmure pas,
C'est t'éviter peine nouvelle.

10

Tout les matins, avec plaisir,
Tu préparais sa nourriture;
Le grain, tu voulais le choisir,
Il lui fallait une onde pure!
Le feu d'une tendre amitié
Se montrait le même pour elle;
Mais la mort n'a point de pitié,
Et tu n'as plus de tourterelle.

Ah! je ne pourrais te blâmer;
Tes regrets, mon cœur les partage;
Mais il faut savoir les calmer,
C'est obéir aux lois du sage.
Doux plaisir s'efface ici-bas,
La peine seule est éternelle;
Comme-moi, n'en murmure pas :
C'est t'éviter peine nouvelle.

A UNE FONTAINE.

Toi qui roules sans cesse un cristal argenté,
    Toi dont les nymphes indulgentes
Soignent avec plaisir l'agréable beauté;
Toi que l'on voit tomber en cascades brillantes
    Sous cette voûte épaisse de jasmins :
Soit que l'objet charmant promis à mes destins
Se joue en souriant dans ton onde charmée,
Soit qu'il en mouille encor sa lèvre parfumée,
    Fontaine, exauce mes souhaits!
Peins si bien sur tes flots cette image adorée,
    Que l'empreinte y reste à jamais!
Alors tu cesseras d'envier à la terre
La beauté de ses fleurs, l'éclat d'Iris aux cieux
Et l'or de ses rayons à cet astre pompeux,
Qui dispense aux humains des torrents de lumière.

LE CHIEN ET LE CHAT.

FABLE.

Une chatte mignonne,
S'il peut en exister,
Une chienne aussi bonne
Qu'on pourrait en citer,
Vivaient en compagnie
Sans trop se quereller.
Aux repas, l'harmonie
Disparaissait souvent !
Mais qui peut dans la vie
Etre toujours content ?
Dans l'humaine nature
Ah ! ne voyons-nous pas
Qu'à l'amitié, l'injure
Se prodigue à tous pas !...
Aimés sans préférence,
Fort bien nourris tous deux,
Leur paisible existence
Faisait des envieux ;
Mais la reconnaissance
Chez ces deux animaux,
En bonne conscience,
Les rendait-elle égaux ?
On caresse la chatte,
Qu'arrive-t-il, par fois ?
Morsure, coup de patte
Sur la main, sur les doigts !
Et la pauvre lorette
Grondez, donnez des coups,

À vos pieds, inquiète,
Levant les yeux sur vous,
Demande une caresse
Et, tremblante, soudain
Saute, bondit, vous presse...
Pour vous lécher la main.
Amis, que faut-il dire
Et du chat et du chien?
L'un vous mord, vous déchire ;
L'autre vous aime bien.
Le chien, tout à son maître
Est fidèle et constant ;
Le chat, fripon et traître,
Est comme le méchant.

CHANSON.

Chansonnette légère
Plaisait à nos aïeux ;
Ils répétaient : pour plaire
Il faut être joyeux !
Amis, point de tristesse ;
Pour nous charmer,
Rions, buvons sans cesse,
Parlons d'aimer.

Au lieu de me sourire,
La fortune me fuit :
Faut-il que j'en soupire?
Non, la raison me dit :
Amis, point, etc.

De la froide science,
Lucas parle toujours ;
On l'écoute en silence,
Les heures sont des jours :
    Amis, point, etc.

Plein d'une aimable ivresse
Mirtis, le verre en main,
Sourit à sa maîtresse,
Chante le dieu du vin :
    Amis, point, etc.

Etre un peu raisonnable
Sans doute est un devoir ;
Mais lorsqu'on est à table
En a-t-on le pouvoir ?
    Amis, point, etc.

Les fleurs, je les admire,
Les cultive avec soin
Et, même je dois dire,
Je m'en fais un besoin :
    Amis, point, etc.

Mais il est une plante
Qu'un chacun veut avoir ;
En tous lieux on la vante,
Elle a tant de pouvoir ?
    Amis, point, etc.

Oui, la vigne l'emporte
Sur ces milliers de fleurs,
Son nectar nous transporte
Et réjouit nos cœurs !
    Amis, point, etc.

10..

Bien courte est notre vie,
Faut-il s'en tourmenter?
Le plaisir nous convie
A bien en profiter :
   Amis, point, etc.

Vous amuser et vous plaire
Etait bien mon souhait :
Si j'ai pu vous distraire
Je serai satisfait :
Amis, point de tristesse ;
   Pour nous charmer,
Rions, buvons sans cesse,
   Parlons d'aimer.

LE PRINTEMPS.

L'hiver aux noirs frimats
A perdu son empire,
Le printemps à grands pas
Est venu nous sourire :
Amis, soyons joyeux,
Et vous, filles jolies,
Embellissez nos yeux
Par d'aimables folies.

Par ses feux bienfaisants
Le Dieu de la lumière
A réchauffé nos champs ;
Tout renaît sur la terre :
   Amis, soyons, etc.

Déjà l'humble ruisseau,
Cotoyant la prairie,
Au loin roule son eau
Sur une herbe fleurie :
    Amis, soyons, etc.

Voyez-vous arriver
L'hirondelle légère,
Cherchant à retrouver
La poutre hospitalière :
    Amis, soyons, etc.

Sans cesse, allant, venant,
Image de la vie,
Son doux gazouillement
Prête à la rêverie :
    Amis, soyons, etc.

Voyez le laboureur,
En sillonnant la terre,
Sourire avec bonheur
Au soleil qui l'éclaire :
    Amis, soyons, etc.

Entendez dans les airs,
Sous la verte feuillée,
Les aimables concerts
De cette troupe ailée :
    Amis, soyons, etc.

Commencez vos amours
Chantres de la nature,
Célébrez les beaux jours
Que le printemps procure :
    Amis, soyons, etc.

La bergère en chantant
Voit bondir devant elle
Son troupeau recherchant,
Broutant l'herbe nouvelle :
   Amis, soyons, etc.

La joie et le bonheur
Semblent nous apparaître,
Printemps, plein de douceur,
On te doit ce bien-être :
   Amis, soyons, etc.

La saison du printemps,
Le cœur de ma maîtresse,
Sont de si doux présents
Que je dirai sans cesse :
Amis, soyons joyeux,
Et vous, filles jolies,
Embellissez nos jeux
Par d'aimables folies.

L'ÉTÉ.

De la saison d'été
La chaleur est féconde ;
Partout maturité :
A nos yeux tout abonde.
Le soleil est brûlant,
Le ciel est sans nuage ;
Tout nous dit cependant
Qu'il faut craindre l'orage.

Vignerons, laboureurs,
Souriez; la nature
De vos nombreux labeurs
Vous paye avec usure.
    Le soleil, etc.

Quel précieux trésor !
Dans cette plaine immense,
Voyez ces nappes d'or
Qu'un vent léger balance.
    Le soleil, etc.

Entendez ces accents,
Le long de la colline,
Sur ces coteaux riants
Où la chaleur domine.
    Le soleil, etc.

Ce sont les vignerons
Au sein de l'abondance ;
Ils chantent : nous boirons,
Ils en ont l'assurance.
    Le soleil, etc.

Aux sons des flageolets
Ou de la cornemuse,
Dans les champs, les bosquets
La jeunesse s'amuse.
    Le soleil, etc.

Les plaisirs sont partout,
Ils nous sont nécessaires ;
Le travail l'est surtout,
Comme disaient nos pères.
    Le soleil, etc.

Mes amis, travaillons,
Oui, travaillons sans cesse,
Trop de fois nous voyons
Que le travail nous presse.
    Le soleil, etc.

Quelle aimable saison !
A la pêche, à la chasse,
Par la distraction
Doucement le temps passe.
    Le soleil, etc.

Délicieux moments
Que l'on aime à décrire,
Puissé-je encor longtemps
Vous chanter, vous sourire.
Le soleil est brûlant,
Le ciel est sans nuage ;
Tout nous dit cependant
Qu'il faut craindre l'orage.

L'AUTOMNE.

Le Dieu de la lumière
A tempéré ses feux ;
Ses bienfaits, pour la terre
En sont plus précieux.
C'est la saison d'automne
Aux immenses produits ;
Flore ainsi que Pomone
S'y disputent le prix.

Que de fleurs odorantes,
Quelle masse de fruits !
Et ces grappes pendantes
De ces raisins exquis !
    C'est la saison, etc.

Sourions, tout abonde ;
Oui, pour prix de nos soins,
La nature seconde
Nos vœux et nos besoins.
    C'est la saison, etc.

Mais le temps qui s'écoule
Avec rapidité,
A nos yeux nous déroule
La grande vérité.
    C'est la saison, etc.

Chaque saison procure
Ses fruits, ses agréments ;
Mais hélas ! rien ne dure,
Tout passe avec le temps.
    C'est la saison, etc.

La nature était belle,
Brillante de splendeur ;
Chaque aurore nouvelle
Lui voit moins de fraîcheur.
    C'est la saison, etc.

La feuille déjà tombe
De l'arbre qu'elle ornait ;
A ses pieds est sa tombe,
Ou des vents le jouet.
    C'est la saison, etc.

Voyez les matinées
Le temps en est moins doux ;
Adieu belles journées,
L'hiver est près de nous.
Adieu, saison d'automne,
Je te dis au revoir !
Si Dieu puissant m'en donne
Toutefois le pouvoir.

L'HIVER.

L'astre de la lumière
N'est plus si radieux,
Tout languit sur la terre,
Les vents sont furieux.
Près du foyer qui brille,
Amis, le verre en main,
De ce jus qui pétille
Buvons jusqu'à demain.

D'où nous vient ce silence,
Cette froide stupeur,
Partout deuil et souffrance,
Tout attriste le cœur !
    Près du foyer, etc.

A cette blanche escorte,
Ne reconnaît-on pas
L'hiver qui nous apporte
Et glaçons et frimats?
    Près du foyer, etc.

Plus de vertes fougères,
Plus de coteaux riants;
Adieu, danses légères;
Plus d'agréables chants.
   Près du foyer, etc.

En tous lieux, la nature
A perdu ses attraits;
Plus de fleurs, de verdure:
Les échos sont muets.
   Près du foyer, etc.

Le long de la prairie,
Le modeste ruisseau
A la rive fleurie
Roule à peine son eau.
   Près du foyer, etc.

Sa limpide surface,
Où l'oiseau s'abreuvait,
Est un miroir de glace
Que l'enfant désirait.
   Près du foyer, etc.

La feuille desséchée
Par la rigueur du temps,
De l'arbre détachée
S'envole au gré des vents.
   Près du foyer, etc.

Les bois, sans leur feuillage,
Blanchis par les frimats,
Rappellent bien l'adage :
Rien ne dure ici-bas!
   Près du foyer, etc.

Mais s'il a sa rudesse,
L'hiver a ses attraits :
Pour l'ardente jeunesse
C'est l'heure des banquets.
    Près du foyer, etc.

On danse, on se marie,
Le plaisir est partout ;
Plus d'hiver, on l'oublie,
On fait ainsi de tout !
Près du foyer qui brille,
Amis, le verre en main,
De ce jus qui pétille
Buvons jusqu'à demain.

CHANSON.

Chercher à se distraire
Et, parfois, s'amuser,
A bien le don de plaire :
Mais on peut s'abuser ;
Car il faut, dans ce monde,
Si l'on veut des plaisirs,
Que la raison seconde,
Modère les désirs.

La dure expérience
A souvent démontré
Que, dans notre existence,
Il n'est rien d'assuré.
La joie et la tristesse
Se tenant par la main,
S'y disputent sans cesse
Le sort du genre humain.

S'étourdir est, je pense,
Le secret du bonheur;
Aussi, c'est la science
Qui sourit à mon cœur :
Elle veut que l'on aime
Bacchus et Cupidon,
Et qu'une joie extrême
Brille sur notre front.

Alors, point de tristesse,
Aimables et joyeux,
Rions, buvons sans cesse:
C'était de nos aïeux
L'admirable devise ;
Il nous faut l'accepter,
Et, que de nous on dise :
Ils savent imiter.!

CHARADE.

Ah! le destin de mon premier
Est de ramper sur cette terre.
Douce amitié veut mon dernier,
Ce mot seul a le droit de plaire.
Que dirai-je de mon entier?
La pratiquer nous serait salutaire;
Elle devrait diriger notre cœur,
Mais, hélas! de nos jours, c'est un mot sans valeur.

ROMANCE.

Fillettes, si la peur un instant vous domine,
Si le cœur a parlé, fuyez surtout les bois :
      Il suffit d'une épine
      Pour vous mettre aux abois!

Damis était charmant, on l'aimait au village ;
Point de fête sans lui, sans lui point de beau jour.
      Il était de cet âge
      Où l'on pense à l'amour!

Pour voisine il avait une fille jolie,
Possédant l'art de plaire et ne s'en doutant pas ;
      Sans l'aimable Julie
      Point de joyeux ébats.

Mus par le sentiment d'une amitié sincère,
Se rechercher était un besoin pour tous deux.
      Et, sans croire mal faire,
      Ils étaient amoureux.

Danser, chanter et rire était bien une fête ;
Mais ce qui leur plaisait et faisait leur bonheur,
      C'était le tête-à-tête
      Désiré par le cœur.

Aussi les verts bosquets, asile du silence,
Ornés de mille fleurs, les chemins écartés,
      Etaient de préférence
      Chaque jour visités.

On ne surveillait point les pas de l'innocence ;
C'était dans ce bon temps appelé l'âge d'or :
      La noire médisance
      Ne régnait pas encor.

Assis sur un gazon qu'un dôme de verdure
Rendait délicieux par l'ombre et la fraîcheur ;
     Ils voyaient la nature
     Sourire à leur bonheur.

Au loin, près d'eux, cachés sous un épais feuillage,
Philomèle plaintive, une foule d'oiseaux
     Charmaient par leur ramage
     Nos jeunes tourtereaux.

Ils goûtaient le bonheur dans ces lieux solitaires,
Rien ne le détruisait, point d'êtres indiscrets :
     L'amour, tout de mystères,
     Veut des témoins muets.

De ces fleurs dont le soin n'est dû qu'à la nature
Sans art, mais avec goût, on faisait un bouquet :
     C'était une parure
     Qu'un sourire payait.

Une fleur désirée, un beau jour, fut cueillie ;
C'était rose d'amour, trésor de la beauté !...
     Dès ce moment Julie
     Avait moins de gaîté.

Mais avec Cupidon est le dieu d'Hyménée,
Tous les deux sont puissants, et, se tenant la main :
     On pleure la journée,
     On rit le lendemain.

Ils se virent époux, leur chaîne fut légère :
Toujours la solitude eut des charmes pour eux ;
     Ils avaient l'art de plaire,
     Ce fut un couple heureux.

Ne redoutez donc plus ce que le cœur inspire,
Point de plaisir souvent, si vous ne risquez rien !...
     Julie est là pour dire :
     Près du mal est le bien.

                        11..

COUPLETS.

Que faire pour être heureux?
Amis, je vais vous le dire :
Sans cesse, soyez joyeux,
Et de tout, cherchez à rire.
Le destin, par sa rigueur,
Trompant votre expérience,
Vous cause-t-il un malheur?
Près de vous est l'espérance !

Lise, objet de vos amours,
Un peu coquette et jolie,
Dit : qu'elle tiendra toujours
Le doux serment qui vous lie.
Demain, peut-être ce soir,
Vous serez sûr du contraire ;
Ne point s'en apercevoir
Est ce que vous devez faire.

Tout est pour le mieux, dit-on ;
Ah! s'efforcer à le croire
Est un acte de raison
Dont il faut se faire gloire.
Et si parfois la douleur
Vient nous arracher des larmes ;
Que nous répète le cœur?
Les plaisirs seuls ont des charmes !

Rions de l'ambitieux,
Rien ne peut le satisfaire ;
De bouche, il se dit heureux,
Tout nous prouve le contraire.

De Bacchus et de l'Amour
Reconnaissons la puissance
Caressons-les tour à tour :
Ils font chérir l'existence.

Si le bonheur, ici-bas,
Peut se goûter sans nuage,
La gaîté, n'en doutez pas,
Nous donne cet avantage ;
Avec elle on est heureux,
Oui, je ne puis trop le dire :
Sans cesse soyons joyeux,
Et de tout cherchons à rire.

CHANSON.

Le matin dès l'aurore
Je cultive mes fleurs ;
Le soir me trouve encore
Admirant leurs couleurs.
La loi de la nature
Nous dit à chaque instant :
Rien, ici-bas, ne dure ;
Jouissez du présent.

A la table, à la chasse,
Envieux des plaisirs,
Non, rien que je ne fasse
Pour combler mes désirs.
   La loi, etc.

A celle qui m'est chère
Je dérobe un baiser :

J'excite sa colère,
Je ris pour l'apaiser.
   La loi, etc.

Je prends mon cœur pour guide,
C'est dire : boire, aimer ;
Bacchus, le dieu de Gnide,
Pouvant seuls nous charmer.
   La loi, etc.

Bien courte est notre vie,
Il faudra la quitter,
Alors tout nous convie
A bien en profiter.
   La loi, etc.

Chaque feuille qui tombe
Nous montre le destin ;
Comme elle, tout succombe,
Le soir ou le matin.
Amis, dans la nature,
Tout dit à chaque instant :
Rien ici-bas ne dure,
Jouissez du présent.

LA DAME ET LA GRISETTE.

Belles dames du jour
Pourquoi donc tant médire ?
Peut-être, à notre tour,
Nous pourrions bien vous nuire.

Votre or, votre beauté,
Font votre indépendance ;
Mais votre vanité
Aura sa récompense.

À ne pas en douter,
Ce qui vous incommode,
Vous finit d'irriter :
Lisette suit la mode !

Accepter votre goût
Pourtant devrait vous plaire ;
La grisette, après tout,
Rit de votre colère.

Ah ! si dans ses faveurs
La nature inégale,
Veut la parer de fleurs,
En faire une rivale.

Si Lindor, votre époux,
A sa foi peu fidèle,
Lui demande à genoux
De n'être plus rebelle.

Pourquoi tant la blâmer?
Comme vous, elle accepte.
Faut-il ne pas aimer
Parce qu'elle est grisette?...

Voulez-vous, ici-bas,
Rechercher la sagesse?
Ne portez point vos pas
Où brille la richesse !

Dans le but, soi-disant,
D'une simple visite,
Se présente un amant,
Croyez-vous qu'on l'évite?

Du mari malheureux
On connaissait l'absence :
Un cadeau généreux
Commande le silence !

Sophas et verts bosquets,
Vous le savez, Mesdames,
Sont les témoins muets
De vos secrètes flammes.

Pour nous, si l'amitié
Parfois nous fait sourire,
Dès lors, plus de pitié,
Partout on nous déchire.

Mille propos jaloux
Se débitent sans cesse,
Toujours parler de nous
Est d'une extrême adresse.

Vous direz : mais comment ?
C'est que, par cette ruse,
On oublie un instant
Que la dame s'amuse.

Sur vos écarts nombreux,
Le voile du mystère
Pour les cacher aux yeux
Vous est bien nécessaire !

Chercher à nous venger
Serait, peut-être, utile.
Ah ! ne pas y songer
Sans doute est plus habile.

Nous dirons seulement :
Par des destins funestes
Pour maris, bien souvent,
Vous n'avez que nos restes.

Mais, il faut en finir,
Se nuire est détestable ;
Dès lors se soutenir
Sera bien préférable.

Aussi pour achever
Cette simple querelle,
Disons : Où donc trouver
Une femme modèle ?...

FÊTE D'ANNE NADALET

(26 JUILLET 1857).

C'est ta fête demain ; dis-moi, que dois-je faire ?
Pour te prouver combien je désire te plaire.
Un bouquet !... Mais des fleurs, elles flattent nos sens ?
Et leur durée hélas ! n'est que de peu d'instants :
Images de la vie, un matin les voit naître !
Un souffle, un rien suffit pour les voir disparaître !
Fort de ton amitié, je veux faire un souhait ;
Ton cœur, j'en suis bien sûr, en sera satisfait :
Puissé-je encor longtemps, avec santé parfaite,
Te dire en t'embrassant : *Bonheur et bonne fête !*

PENSÉE.

Trois choses, ici-bas, gâtent le cœur humain :
La curiosité, l'envie au noir venin ;
    Surtout, répétez à l'enfance,
Qu'on ne l'accuse pas d'aimer la médisance.

A UN AMI.

Oui, tu verras un jour un terme à ta souffrance,
Dieu n'a pas cru devoir limiter l'espérance.

L'ENFANT ET LE NID D'OISEAU.

FABLE.

Arthur était dans ses quinze ans ;
Aimant l'étude et doux par caractère ;
Ses maîtres satisfaits, chéri de ses parents ;
Heureux, dis-je, il croyait que la nature entière
Se plaisait à donner un charme à ses penchants.
Comme un autre, il aimait les plaisirs de son âge ;
Mais sa raison savait les modérer.
Son passe-temps, ce qui le flattait davantage,
C'était ses mille fleurs qu'on venait admirer
Et surtout ses oiseaux. Doué par la nature
D'un cœur aimant et bon, il les idolâtrait ;
Aussi, leur préparer, lui-même, la pâture
Était l'amusement toujours qu'il préférait.
Arthur, chaque matin, avait pour habitude
D'aller, sur un gazon des plus délicieux,
S'asseoir pour s'adonner au charme de l'étude.
De beaux tilleuls ornaient ces lieux,
Et les chants des oiseaux, cachés sous leur feuillage,
Faisaient, de cet endroit, un séjour enchanteur.
Un jour, distrait par leur ramage,
Promenant sur sa tête un œil observateur,
Que voit-il ? deux linots, et, près de l'heureux couple,
Un nid que la feuillée abritait d'un grand vent.
La jeunesse, on le sait, est curieuse et souple :
Arthur monte sur l'arbre, aussitôt en descend
Et bien vite au logis s'élance,
Comme on doit le penser, on ne peut plus joyeux.
Bonne mère, je crois que Dieu me récompense

De bien t'aimer et d'être studieux :
    Sur un tilleul de notre allée
Est un nid de linots, je vais te le montrer.
    Ma petite famille ailée
    Va, sous peu de jours, s'augmenter.
Pourtant une semaine est, je crois, nécessaire
    Pour être sûr de pouvoir les sauver.
Ah! huit jours, c'est bien long! mais tu m'as dit, ma mère :
S'armer de patience est un bien grand devoir,
    Pour l'accomplir il s'agit de vouloir,
Et de l'espoir souvent il faut qu'on se contente.
Toutefois, pour calmer le sentiment d'attente,
Sur le gazon chéri, le matin et le soir,
Avec plus de plaisir Arthur allait s'asseoir;
    Et, chaque fois, avec prudence,
    Visitait ses petits oiseaux.
Un jour il veut les prendre; inquiet, il balance :
Attendons à demain, ils seront bien plus beaux.
Qu'arriva-t-il? Hélas! la gente volatile
Sur les tilleuls voisins, déjà d'une aile agile,
    De branche en branche allait en gazouillant.
Arthur était confus; apercevant sa mère,
Il fut lui raconter ses torts en soupirant.

MORALITÉ.

Mon fils, cette leçon te sera salutaire ;
Souviens-toi que le sage a dit au genre humain :
    Ne renvoyez pas à demain
    Ce qu'aujourd'hui vous pouvez faire.

AVIS A LA JEUNESSE.

Dans le même collége, Alexis et Victor
    Etant placés pour faire leurs études,
Se faisaient remarquer par un parfait accord :
Pour le travail, les jeux, les mêmes aptitudes ;
Aussi, leurs bons parents en étaient si joyeux
Qu'ils les encourageaient par mainte récompense
Et mettaient leur bonheur à seconder leurs vœux.
Toute due au travail, une honorable aisance
Leur en facilitait l'agréable moyen.
Un oncle d'Alexis, homme d'intelligence,
Par suite de malheurs, ayant perdu son bien,
Dans la force de l'âge et maître de lui-même,
Fort jeune ayant pleuré les auteurs de ses jours,
    Crut devoir prendre une mesure extrême,
Et, sur un bâtiment de commerce à long cours,
Il fut voir s'il pourrait rétablir sa fortune.
    Joignant à la capacité
    Une volonté peu commune,
Le bizarre destin qui l'avait maltraité,
Après dix ans d'efforts vint enfin lui sourire.
    En Amérique il devint opulent :
Mais la fortune, hélas! ne saurait nous suffire ;
Il est encore à l'homme un besoin bien puissant :
Celui de la santé! La sienne, délabrée
Par de rudes travaux, allait en déclinant;
Son existence aussi fut de courte durée !
    Par suite de son testament,
    Son frère eut un riche héritage :
    C'était le père d'Alexis,
Qui ne pouvait, plus tard, redouter un partage;

Sa mère n'étant plus, il était seul de fils.
Cette grande fortune aussitôt arrivée
Vint troubler Alexis!... Pourquoi me fatiguer?
Jamais ma volonté ne peut être entravée :
    Avec de l'or que l'on peut prodiguer,
Je mènerai, sans peine, une joyeuse vie...
Ainsi fut d'Alexis le langage étonnant ;
    A s'instruire il n'eut plus d'envie
Et sortit du collége on peut dire ignorant.
Il avait dix-huit ans!... Se lancer dans le monde,
En prendre les travers, bientôt fut un devoir ;
Avec de tels désirs, tout vous plaît, vous seconde :
Son père avait perdu, près de lui, son pouvoir
    Soit par bonté, par trop grande faiblesse.
Alors rien n'enchaînait sa folle liberté ;
Aussi, tout l'appareil d'une immense richesse
Vint briller au séjour de la simplicité.
Laquais, chevaux, voiture, équipage de chasse,
Dîners reçus, donnés à l'instar d'un seigneur.
Pour flatter son orgueil, il n'est rien qu'il ne fasse :
    Le luxe fut un point d'honneur
Et songer aux plaisirs devint son existence.
    Arrive alors l'oisiveté :
Aux vices, on le sait, elle donne naissance.
Le séjour des cafés, où s'offre la gaîté,
Les boissons et le jeu, tout ce qui peut s'en suivre,
    Par Alexis fut encore accepté.
Cette affreuse conduite un moment nous enivre ;
Mais non rien ne saurait longtemps y résister.
Aussi, comme l'éclair qui sillonne la nue,
L'onde d'un clair ruisseau qui s'échappe à la vue,
Disparut, sans pouvoir espérer l'arrêter,
    Cette fortune, hélas ! trop tôt venue
Et qui pouvait si bien assurer son bonheur.
Réduit à la misère, Alexis prit la fuite.

Il lui fallait, au loin, cacher le déshonneur
Qu'il s'était attiré par sa folle conduite.
Déjà bien des printemps, par leur souffle embaumé,
    Etaient venus donner à la nature
    Tout son éclat, son luxe accoutumé,
Sans qu'Alexis eût pu, dans sa retraite obscure,
Retrouver le repos dans son cœur ulcéré.
Sans talents, sans courage, usé par la misère
Il végétait!... un jour, allant chez son curé;
    Car il vivait du pain de la prière,
O surprise!... Victor vient s'offrir à ses yeux!
Un même sentiment aussitôt les anime :
Celui de l'amitié, si doux, si précieux,
Que le malheur surtout rend encor plus intime!
      Ils se regardaient... et des pleurs,
Mais de ces douces pleurs que le cœur apprécie,
Sans qu'ils puissent parler, s'échappaient sans douleurs.
Victor levant les yeux : Dieu! je te remercie
    De nous avoir de nouveau réunis!
Ses bras alors pressaient tendrement Alexis...
Victor avait acquis, par son rare mérite,
Un rang supérieur dans la société,
Et l'ordre qu'il mettait toujours dans sa conduite
    Lui donnait la facilité
Tout en faisant le bien, celui que le cœur dicte,
De seconder ses goûts, tous de simplicité.
Alexis, mon ami, j'ai plus que de l'aisance,
    Tu vas rester désormais avec moi;
Surtout point de merci! cette douce assistance
Oh! ne l'aurais-je pas trouvée auprès de toi?...

Comme tout, ici-bas, la fortune est mobile,
Aujourd'hui riche, on est pauvre demain;
Aussi, l'expérience apprend au genre humain

Que n'importe le rang, le travail est utile.
L'homme laborieux, tel qui devient savant,
Ne redoute jamais les coups d'un sort contraire :
Honneurs et dignités, assis au premier rang
D'une société qui toujours les révère,
Ils ont, de leurs talents, de nobles résultats ;
Aussi, sachons-le bien : pour que tout nous prospère,
A l'étude, au travail, ne nous rebutons pas.

HISTORIETTE.

Marguerite et Lucie, au printemps de leur âge,
Proches parentes, m'a-t-on dit,
Avaient mille dons en partage :
Rare beauté, brillant esprit,
Sans rechercher, comme fait la jeunesse,
Ce qu'on appelle les plaisirs,
Elles en profitaient, mais non avec ivresse ;
Aussi rien ne troublait leurs aimables loisirs.
Douces, bonnes par caractère,
On voyait, sur leurs traits, peinte l'aménité,
Et, possédant l'heureux talent de plaire,
On se les disputait dans la société.
Cette reine du monde, en un mot, la fortune
Pour *Marguerite* avait été
Sévère, et la mettait dans cette loi commune
Où, sans ordre, on arrive à la nécessité.
Pour *Lucie*, au contraire, elle s'était montrée
Souple, large dans ses faveurs ;
Aussi, pour elle, on vit le flambeau d'hyménée
Briller bientôt de ses belles couleurs.
Il n'en fut pas ainsi pour Marguerite ;

Fêtée, accueillie en tous lieux,
Sans cesse on vantait son mérite :
On voulait plus encor, quelque chose de mieux !...
Oui, Marguerite est sans doute accomplie;
Avec elle on devra connaître le bonheur;
Mais elle est sans fortune! A ce mot, tout s'oublie,
Même les qualités du cœur !...
A la couleur fraîche et riante
Quand venait un nouveau printemps,
Par son haleine bienfaisante
Reverdir nos bois et nos champs,
L'aimable Marguerite était encor la même.
On voyait bien, parfois, s'échapper des soupirs;
Car, ici-bas, tout dit qu'il faut qu'on aime;
Mais toujours la vertu maîtrisait ses désirs.
Ainsi l'âge survint, et cette honnête fille,
N'ayant pu, pour sa dot, offrir un monceau d'or,
Ne fut pas mère de famille:
Ses qualités pourtant valaient bien un trésor !...

MORALITÉ.

Avec de la fortune, on trouve tout facile;
Tout fléchit devant elle, esprit, honneur, beauté;
Aussi, n'a-t-on pas dit, comme une vérité:
La vertu sans argent est un meuble inutile.

HISTORIETTE MORALE.

Edmond avait payé sa dette à la patrie :
Ennemi de l'oisiveté,
Cherchant à subvenir aux besoins de la vie
Et goûter des plaisirs de la société,
Mais de ceux seulement que la raison approuve,
Se mit dans le commerce; il avait quelque argent :

« Je sais bien, disait-il, que dans tout on éprouve
» Des peines, des revers, et cela trop souvent ;
» Mais aussi qui pourrait se flatter sur la terre
» De ne pas rencontrer un sort parfois contraire ?
    » Avec de l'ordre, on arrive à l'espoir
    » De jouir au moins d'un bien-être.
» De l'ordre ! jeune encor, tout m'a fait reconnaître
» Que, dans ce monde, il fallait en avoir. »
Edmond raisonnait bien : cœur droit, sans défiance,
    Il ignorait qu'un jour l'expérience
    Lui montrerait, comme une vérité,
    Qu'il faut avec l'espèce humaine
    Tout redouter, même une qualité !
Adroit et circonspect, on vit la souveraine
    Qui tout régit dans l'univers,
La fortune, en un mot, hautement lui sourire ;
Mais, à côté du bien, vient surgir des revers !
    Le cœur d'Edmond devait lui nuire ;
Etant riche toujours les amis sont nombreux,
Et pour leur plaire il faut souvent rendre service.
    Sous ce rapport, Edmond était heureux !
    Il allait jusqu'au sacrifice ;
    Mais il fut par trop généreux !
Sans luxe pour lui-même, il finit par connaître
Qu'une gêne réelle entravait ses besoins.
    A ne point le faire paraître,
    Il dut mettre les plus grands soins ;
Mais il eut à gémir de ce mal volontaire :
Le bien, avec réserve, il put encor le faire ;
Et, sourd parfois aux élans de son cœur,
Il finit par se dire, et cela sans aigreur :

MORALITÉ.

A la bonté, sans doute, il faut être accessible ;
Mais l'excès, comme en tout, en est souvent nuisible.

BLUETTE.

Favorisé par la nature,
Bien jeune encore Eugène était cité
Par ses manières, sa droiture,
Jointes à sa grande bonté;
Son vif désir de bien vite s'instruire,
Son aptitude et sa facilité
Avec bonheur faisaient sourire
Ses maîtres, surtout ceux qui l'appelaient leur fils.
Aussi jamais n'était tardive
La récompense acquise par des prix,
Tant l'amitié toujours se présente attentive!...
Eugène était sensible, heureux,
De tout ce qu'on faisait dans le but de lui plaire:
Une chose pourtant aurait comblé ses vœux;
Mais, dans la crainte de déplaire,
Il n'osait pas la demander.
Un jour qu'il se sentait un peu plus de courage,
Il finit par s'y décider.
« Mes bons parents, je vais faire un mauvais usage
» De l'extrême bonté que vous avez pour moi;
» Les vacances sont là, moments des promenades!
» Si j'avais un cheval!... je pourrais avec toi,
» (Il embrasse son père) avec mes camarades,
» Visiter nos beaux alentours;
» Nos parents éloignés, dont l'amitié m'est chère,
» Avec quelles douceurs s'écouleraient les jours
» Qui nous sont accordés, je crois, pour nous distraire!...»
« — Ah! mon fils, je voudrais pouvoir te satisfaire;
» C'est un vœu que, pour toi, je formerai toujours;
» Mais le commerce est nul, partout triste récolte.

» Toutefois, je ferai, sous peu, de telle sorte
» Que je pourrai, je pense, accomplir ton désir. »
A ces bonnes raisons il fallut bien se rendre;
Mais l'écolier ne put retenir un soupir,
Et tout bas murmura : Le plus léger plaisir
Hélas ! perd de son prix lorsqu'il se fait attendre !

HISTORIETTE.

Une société de jeunes gens dans l'âge
Où la raison souvent le cède aux passions,
De notre siècle étaient la trop fidèle image.
　　Légèretés, mille hésitations,
Les faisaient remarquer dans beaucoup trop de choses.
Un beau jour, et sans pouvoir en préciser les causes,
　　Tous prirent des partis divers.
Beaucoup furent soldats; mais cette dure école
Fut loin d'être, pour eux, exempte de revers.
Toujours céder, marcher à la moindre parole,
Est une loi qu'il faut subir sans murmurer.
　　C'était dur; mais on doit le dire,
　　Une première fois, laissant à désirer,
Tous promirent de mieux désormais se conduire.
Du joueur, de l'ivrogne entendez les sermens !
Les danses, les cafés, mêmes fautes commises.
Sans doute, ils ignoraient qu'un pardon répété,
Loin de le réprimer, encourage le vice.
Victimes trop de fois de leur légèreté,
Ils se virent forcés de faire un sacrifice :
Celui de ces nombreux et coupables désirs ;
Apprirent que l'oubli de telle ou telle chose,
　　Plus tôt, plus tard devient la cause

Que les soucis dépassent les plaisirs.
D'autres, mieux avisés, seulement il faut dire,
    Pour conserver leur liberté,
Leur fortune d'alors ne pouvant point suffire
Aux besoins trop nombreux d'une vie en délire,
Pensant qu'il ne fallait que de la volonté
Pour réussir en tout, songèrent au commerce ;
Mais là, bien plus qu'ailleurs, il faut que la raison,
    Evitant toute controverse,
    Règle chaque combinaison.
Mais, comme leurs amis, la tête était légère ;
Pour eux, le passé fut de toute nullité,
Et bientôt, à grands pas, arriva la misère !...
    Oh ! vous dont la légèreté,
Par trop souvent ressemble à la folie,
    Rappelez-vous la grande vérité :
    Le passé trop vite s'oublie!

HISTORIETTE.

Edgard, dès sa plus tendre enfance,
Pour premier héritage eut à verser des pleurs :
Il perdait ses parents ; mais dans sa prévoyance
La nature voulut adoucir ses douleurs
    En lui donnant pour guide la sagesse,
Le désir de s'instruire et mille qualités
Qui, germant dans le cœur, valent bien la richesse.
Un oncle, qui l'aimait, le prit à ses côtés,
Finit par l'adopter, tant son âme était belle !
Il avait deux enfants, dès lors, il en eut trois.
Tous furent satisfaits ; aussi point de querelle,
    Ce qui pourtant arrive quelquefois ;

Mais l'exemple était là ; pour tous, même tendresse.
Les progrès de l'école étaient satisfaisants,
Aussi, ce qui toujours sourit à la jeunesse,
Congés et joujoux amusants
Ne se faisaient jamais attendre.
Cet oncle, mais disons ce père bien-aimé,
Par son talent de peintre était fort estimé,
Et, chez lui, partout on cherchait à se rendre
Pour admirer ses tableaux, ses portraits.
Là figuraient sa famille honorée ;
D'antiques monuments, de ces riants châlets.
Offrant, aux yeux charmés, la nature parée
De sa fraîche verdure et de ses mille fleurs.
Plus loin, de ces combats, où la France admirée
Présente à l'univers des héros, des vainqueurs !...
Edgard avait du goût pour la peinture,
Ses progrès furent étonnants ;
Aussi, vit-on en peu de temps
Qu'il travaillait d'après nature.
Vous daignez applaudir à mes succès naissants,
Disait-il à celui qu'il appelait son père ;
Mais n'est-ce pas à vous, à vous que je les dois.
En m'occupant beaucoup, je cherchais à vous plaire ;
Si j'ai réussi quelquefois,
Je suivais vos leçons ; je ferai mieux, j'espère :
Ce fut vrai, car il eut tous les prix du concours.
Paysages, tableaux augmentaient tous les jours ;
Alors, avec l'orgueil que le talent pardonne,
Les placer avec goût lui parut un besoin.
Sans qu'il le demande, on lui donne
Un joli pavillon qu'on décore avec soin ;
Mais il lui manquait quelque chose
Pour que sa galerie eût le prix qu'il voulait.
Demander... mais, parfois, au refus on s'expose ;
Pour obtenir, enfin, il le fallait.

Un jour il s'y décide avec certaine adresse :
Mon bon oncle, un tableau, n'importe sa valeur,
Veut un encadrement. A-t-il de la richesse,
Il flatte d'autant plus les yeux de l'amateur.
      Quatre sujets, dus à votre mérite,
      Encadrant mes faibles essais,
A ne pas en douter, leur donneraient de suite
Un éclat que sans eux ils n'obtiendront jamais.
Ce titre est trop flatteur ; mais je te les promets.
D'un ministre je dois recevoir la visite,
      Aussitôt son départ, avec un vif plaisir,
      Je satisferai ton désir.
Comme les plus petits, les grands se font attendre ;
      Il en fut ainsi cette fois.
L'illustre voyageur finit bien par se rendre ;
Mais avant, il s'était écoulé près d'un mois,
Et, les jours sont bien longs pour celui qui désire !
      Edgard était toujours à les compter !...
      Monsieur l'artiste, avec bonheur j'admire
Les produits d'un talent qu'on ne peut contester ;
Quel en serait le prix, à l'instant je le solde,
      Vingt mille écus... je les accorde.
Mais l'âge, sous lequel tout fléchit tour à tour,
Un travail assidu, les peines de la vie,
Du bon oncle altéraient la santé chaque jour ;
A tel point que sa mort bientôt en fut suivie.
      Pour ses parents, ses amis et les arts
      Cette perte fut douloureuse ;
Aussi, remarquait-on le deuil en toutes parts ;
Mais pour Edgard, hélas ! elle était plus affreuse !...
Cet oncle était un père, un maître précieux !
Des soupirs s'échappaient de son âme ulcérée,
Au point que sa raison s'en trouvait égarée.
Creusés par la douleur, souvent ses tristes yeux
Cherchaient, mais vainement, dans une galerie

Tant d'objets disparus et si chers à son cœur !...
Son existence, hélas ! déjà deux fois flétrie
    Par un destin d'une affreuse rigueur,
Lui fit, dans ses pinceaux, l'amitié de ses frères,
Chercher pour l'avenir un calme à sa douleur,
Et, jeune encore, il put dire comme nos pères :
    L'homme, ici-bas, ne doit compter sur rien,
Et que *deux tu l'auras* ne valent pas *un tien.*

CONTE.

    Par la nature et la fortune
    Félix était favorisé ;
    Mais il est une loi commune
    Qui frappe le mieux avisé.
Vouloir, sans doute, est beaucoup dans ce monde ;
Serait fou toutefois qui croirait que c'est tout.
Il faut dans nos désirs, nos actions surtout,
    Que la sagesse nous seconde.
Arthur a bien prouvé qu'il ne s'en doutait pas ;
    Il avait de l'intelligence,
    Etait actif, rien n'arrêtait ses pas :
En tout, il croyait voir sourire l'espérance,
Et, pour lui, l'impossible était un inconnu.
    Son vieux castel, son entourage
    Que jusqu'alors il avait reconnu
    Comme agréable et charmant héritage
Ne sont plus de son goût et de celui du jour.
Appel aux ouvriers, ils arrivent en masse.
Cette aile, il faut l'abattre, ainsi que cette tour ;
    Ici, je veux une terrasse
    Dominant mon jardin anglais.

A l'œuvre ! et nous verrons ce qu'il faut encor faire,
Vous, jardiniers, faites beaucoup d'essais,
Arbustes divers, fleurs; travaillez, c'est me plaire.
Là ne se bornaient point les occupations
De notre tête, on peut dire légère ;
Dans un moment, c'était plusieurs inventions
Dont certaines parfois avaient bien leur mérite;
Mais surtout le commerce agitait son esprit :
Non pas celui qui, par raison, s'abrite
Au carrefour, au modeste réduit.
Le sien était sur une vaste échelle;
Nombreux commis, allant de toutes parts
Du destin, sans réserve, affronter les hasards.
Ce n'était pas assez pour assoupir son zèle,
L'agriculture en grand lui souriait :
Il établit une ferme modèle ;
Un cheval était beau, de suite il l'achetait...
On n'en pouvait douter, sa fortune était grande,
Il avait des talents, de la sagacité :
Hélas ! il lui manquait ce bon sens qui commande
D'agir avec maturité.
L'œil du maître partout devenait nécessaire,
C'était de toute impossibilité.
Sous peu, qu'arriva-t-il? un triste laisser-faire :
Une gêne sensible en fut le résultat;
L'humeur et le dégoût se montrèrent ensuite!...
Félix ne pouvant plus supporter cet état,
Régla tout pour le mieux et s'en fut au plus vite...
Nos pères autrefois ont dit, s'il m'en souvient,
Comme grande leçon, pour semblable conduite :
Qui trop embrasse, mal étreint!...

ROMAN.

Deux familles vivaient, depuis longues années,
   Dans une étroite et douce intimité :
   Trop vite aussi s'écoulaient les journées.
En se quittant, c'était avec anxiété
   Qu'on attendait une nouvelle aurore
Pour aller se revoir et se complimenter.
     Vingt minutes, pas même encore,
     Suffisaient pour se transporter
     De l'une à l'autre de ces belles
     Et riches habitations.
Si, de ces deux châteaux aux antiques tourelles,
     Les exactes descriptions
     Etaient à désirer pour plaire,
    Je chercherais de mon mieux à le faire ;
Mais ne le pensant pas je dirai seulement
Que les arts y brillaient par le goût, la richesse.
    Occupons-nous avec empressement
     Du devoir de la politesse,
     C'est dire de leurs habitants :
     Deux vieux couples et deux enfants,
Disons un beau jeune homme, une fille jolie,
Faisaient un nombre égal, trois de chaque côté.
Pour les uns, l'amitié, ce charme de la vie,
    Comblait leurs vœux, ils avaient la santé ;
Mais ce doux sentiment, pour Arthur et Fulvie,
Etait loin de répondre à ce désir pressant,
     A cette flamme encor secrète
     Qu'ils éprouvaient en se voyant.
Si, par timidité, leur bouche était muette,
     Tout en eux disait que l'amour

Avec force et succès exerçait son empire.
     Ils se trouvaient heureux le jour :
     S'aimant, ils pouvaient se le dire;
Mais il fallait le soir se séparer,
Du lendemain combien l'aurore était tardive !
Les peines, la raison nous les fait endurer;
Mais de l'amour, dont la flamme est si vive,
     Le dieu d'hymen peut seul la tempérer.
Le pauvre Arthur ne savait comment faire
Pour avoir, sans efforts, tous les consentements.
     La fortune, pour l'ordinaire,
     Est consultée avant les sentiments ;
     Aussi, combien de mariages
     Ne se font pas ou restent en suspends !
De part et d'autre on veut les mêmes avantages;
On trouve bien parfois la bonne volonté,
     Et l'on passe outre à l'impossible ;
Mais si c'est un parti, bien ou mal arrêté,
     Alors tout devient invincible.
— Les parents se doutaient déjà depuis longtemps,
Des vœux, point trop cachés, que formaient leurs enfants ;
     Leur embarras seul le faisait connaître ;
Aussi pensèrent-ils qu'en petit comité,
Ils devaient, toutefois sans le faire paraître,
     Prendre un parti mùrement arrêté.
Qu'arriva-t-il malgré leur vieille intimité?
     Tous désiraient ce mariage;
     Mais pour tenir un rang dans la société
     Il faut jouir d'un certain avantage ;
Soyez riche, on vous croit homme de qualité.
     Il fallait donc qu'avec largesse,
Le chiffre délicat de la dot fùt posé:
L'accord ne régna plus; même la petitesse
Fut poussée à tel point, d'un côté seulement,
Qu'on se quitta plus tôt qu'à l'ordinaire.

— Arthur put remarquer, tout en chemin faisant,
Que son père était triste, et que sa bonne mère
    Cherchait à retenir ses pleurs.
Pour ses parents Arthur était plein de tendresse;
Quel est donc le sujet de si promptes douleurs?
Se disait-il tout bas; mais l'amitié le presse,
    Il les enlace dans ses bras:
« — Suis-je indiscret; mais, ne m'en veuillez pas;
    » Qu'avez-vous? quelles sont vos peines?
» Puis-je les adoucir?... » — « Mon cher fils, calme-toi!
» Nous connaissons ton cœur, nos douleurs sont les tiennes;
» Mais tu ne peux calmer ce que ta mère et moi
» Ressentons; toutefois, nous pourrons t'en instruire
» Si nous ne parvenons bientôt à les détruire. »
Arrivés au château, sans perdre un seul instant,
Dans un style, celui qu'un noble cœur inspire,
Ce bon père retrace en homme clairvoyant,
Les fâcheux résultats d'une prompte rupture,
Engage son ami de peser, d'entrevoir,
Qu'il est des droits qu'impose la nature;
Qu'elle en fait aux parents un rigoureux devoir.
Les enfants satisfaits, soi-même c'est bien l'être...
« — Au château de Beaufort, Louis, portez cette lettre?
» Vous direz que j'attends la réponse demain... »
    Espérait-il une heureuse pensée,
Un retour de raison! Non, il était certain
De trouver un cœur froid, une mère insensée!...
Il ne se trompait pas; pour tout même raideur...
Hélas! entre ces deux familles, hier encore,
Où l'on aurait trouvé ce qui fait le bonheur,
Prévenances, bons mots, que le cœur fait éclore,
Vint succéder un froid, un sentiment d'aigreur;
Aussi dès lors oubli, plus de rapports entre elles.
Pour notre pauvre Arthur ces terribles nouvelles
Furent un coup de foudre; il tomba dans les bras
                      13..

De ses parents... Pâle, sans connaissance,
    Voyant qu'il ne revenait pas,
    Avec promptitude et prudence,
    Mille soins lui sont prodigués.
Tout à coup des sanglots et d'abondantes larmes
Soulagèrent son cœur ; ses membres fatigués
Parurent s'agiter... Dès lors bien moins d'alarmes.
    « — Mon fils, pour ta mère et pour moi,
    » Au nom de ta chère Fulvie !
    » Ah ! je t'en prie à genoux, calme-toi ! »
    « — Tous, vous êtes ici !... Je reviens à la vie. »
Il ouvre toutefois avec peine les yeux
    Et balbutie : « Où donc est-elle ? »
On vit soudain disparaître le mieux
    Par une faiblesse nouvelle.
    Placé sur un lit de repos,
    On voyait des larmes brûlantes,
Tout en faisant entendre quelques mots,
S'échapper de ses yeux, plus ou moins abondantes.
— Une morne tristesse était dans tous les cœurs,
    Car sa raison paraissait égarée ;
Mais, affaibli par l'excès des douleurs,
Le sommeil mit du calme en son âme ulcérée...
— Huit jours s'étaient passés : arrive le facteur...
    Une lettre d'Amiens, et de noir cachetée !...

            « Amiens, le 15 octobre 1852.

» Ecouter un devoir que me dicte le cœur,
» Offre un calme bien doux à mon âme agitée.
» Oh ! vous, tendres parents, d'un fils qui vous chéris,
» Vous qui me prodiguiez tant d'aimables caresses !
» Si, dans ce jour fatal pour moi je vous écris,
» C'est un triste et dernier tribut à vos tendresses !...

» Je dois vous l'avouer : heureuse, je voyais,
» Quand j'étais près de vous, le bonheur me sourire,
  » Et surtout lorsque j'espérais,
» Vous embrassant tous trois, en souriant, vous dire :
» Je suis à vous de cœur, il faut m'aimer toujours.
» Hélas! c'était un songe; on sait ce qu'est un songe!
» S'il vous flatte, il vous trompe, on le voit tous les jours;
» Et celui-là si doux, plus que jamais me plonge
» Dans le triste abandon de moi-même, de tout!...
» Lorsque j'ai su mon sort, que la douce espérance
» Ne s'offrait plus riante : autour de moi, partout
» Ne voyant qu'abandon, deuil et morne silence,
» Qu'avais-je à faire? hélas! m'éloigner de ces lieux
» Vivants de souvenirs si chers à ma pensée!
» Me donner au Seigneur!... Rien, je pense, de mieux
» Pour rendre un peu de calme à mon âme oppressée.
» Là, chaque jour, pour vous, je formerai des vœux,
» Que Dieu, par ma faveur, exaucera j'espère.
» Si vous m'en jugez digne, aussi, priez pour moi!
» Adieu! le cœur me manque; on sonne la prière!
» Arthur!... Mais je me tais!... Le Seigneur a ma foi.

    » Sœur Fulvie, de la Charité. »

Renoncer sans se plaindre aux plaisirs de ce monde;
Montrer, si jeune encor, de pareils sentiments,
Exemple si touchant d'une amitié profonde,
Un style de douceur au milieu des tourments!...
Tous trois se regardaient après cette lecture,
Saisis d'un sentiment qu'on ne peut définir.
Perdre un être chéri dont l'âme était si pure!
Entrevoir le bonheur, le voir sitôt finir!...
Le silence semblait ne plus pouvoir se rompre.
Hélas! de tous les yeux s'échappaient par torrents
Des pleurs qui n'auraient pu de suite s'interrompre.

Arthur tombe à genoux!... — « En grâce, chers parents,
» Donnez-moi cette lettre, elle m'est nécessaire!... »
Il l'embrasse, et levant au ciel ses tristes yeux :
« Dieu tout-puissant, mon Dieu, qui voit tout sur la terre,
» Aux pieds de tes autels, dans un de ces saints lieux,
» Vois un ange nouveau célébrant ta puissance!
» Ah! réchauffe son cœur de ton souffle divin!
» Rends-lui ce calme heureux par la douce espérance
» Que ses peines auront, par ta grâce, une fin!...
» Bon père et bonne mère, allez près de Fulvie!
» Allez, et dites-lui dans vos embrassements :
» Que si par le destin elle nous est ravie,
» Dieu peut dans sa clémence adoucir ses tourments,
» Et que ses premiers vœux aient peu de durée,
» Pour les rendre plus vrais en les renouvelant. »
       Arthur fut obéi dans la même soirée.
— Je ne chercherai point à tracer dans ces vers
Ce qui dut se passer dans le saint monastère ;
On vit s'y succéder ces mouvements divers
De joie et de douleur, plutôt douce qu'amère...
Par un de ces hasards qu'on ne saurait prévoir,
       Contre toute espèce d'attente,
La sœur supérieure était une parente
       Dont la bonté lui faisait un devoir
D'être utile jusqu'où s'étendait son pouvoir.
Au couvent, depuis peu, Fulvie étant entrée,
Comme elle en connaissait le motif malheureux,
Et que la concernant rien n'était sérieux ;
« Alors Fulvie ici sera considérée
              » Comme une sœur de Charité,
         » En portera le modeste costume,
         » Et si, dans cinq ans, sa piété
         » Lui fait un devoir, l'accoutume
     » Aux obligations que commandent ces lieux,
     » A notre amour envers l'Être suprême,

» Comme nous, il faudra faire d'éternels vœux... »
    On ne pouvait désirer mieux ;
Aussi, de tous côtés, le bonheur fut extrême.
Ah ! surtout pour Arthur ! Ce résultat heureux
    Lui fut d'autant plus salutaire
Qu'écrasé par le sort, il n'osait l'espérer.

    Eprouvant une joie, on veut la voir durer ;
Il faut un souvenir... Alors il se fit faire
Un riche médaillon avec chiffre en diamants :
C'était un F, un A, s'il faut que je le dise.
    Après mille baisers brûlants,
La lettre de Fulvie avec soin y fut mise.
A son cou, dès ce jour, Arthur le suspendit...
Des jours, des mois empreints d'une sombre tristesse
S'écoulaient en lisant pour orner son esprit ;
Il allait à la chasse exercer son adresse,
    Montait surtout très. souvent à cheval ;
Rien n'était négligé pour cacher à lui-même
Ce qui secrètement lui faisait tant de mal.
Un jour que sa douleur était par trop extrême,
Il se disait : le seul moyen de l'alléger,
Sans contredit serait, je crois, de m'engager ;
    Mon oncle est colonel, il m'aime :
Les chasseurs à cheval, c'est un corps qui me plaît.
Si mes parents voulaient, car pour rien dans ce monde,
    Je ne voudrais même faire un souhait
Qui rendît leur douleur encore plus profonde ;
    Mais, je dois l'avouer, obtenir ce vouloir
Sans causer de regrets, me serait agréable.
Que faire pour cela ? je ne puis le savoir.
L'occasion un jour en parut favorable :
Il s'agissait d'ennui, surtout d'oisiveté ;
Nos maîtres nous disaient : fuyez qui la caresse !
C'est un vice, il doit être à jamais redouté
Par nous tous et surtout par la faible jeunesse.

Chers parents, près de vous, la joie et le bonheur
    Embellissent mon existence ;
Mais ce repos, malgré moi, me fait peur.
Si, comme mes aïeux, j'allais servir la France,
    Ne serait-ce pas le moyen
De porter dans nos cœurs un calme salutaire ;
Aller avec mon oncle, il serait mon soutien,
Je pourrais parvenir... Qu'en pensez-vous mon père ?
— Nous séparer de toi, ne peut être pour nous
    Qu'un sujet de vive tristesse ;
Mais la raison pourra nous rendre doux
Ce que le cœur redoute et qui parfois le blesse.
Cet acte te sourit, nous acceptons tous deux.
Eh bien ! pars ; nous comptons toujours sur ta sagesse ;
Puisse-tu désormais être moins malheureux !...
Son arrivée au corps fut une grande joie :
    Bel homme, instruit, actif, intelligent ;
Ces travaux, où l'adresse est là qui se déploie,
    Furent un simple amusement.
    Il eut aussi, dès la première année,
Des galons sur les bras, en laine seulement,
Mais ce n'en fut pas moins une belle journée,
Etant, pour l'avenir, un encouragement.
Cela ne manqua pas ; sans tarder, à leur place,
    On en vit briller quatre en or !...
L'amour-propre, l'orgueil sans cesse firent place
Au tracas du métier ; il voulut plus encor :
Neveu du colonel, il fallait l'épaulette !
La faveur, on le sait, a des effets puissants ;
Mais, par bonheur, la loi la rend souvent muette.
    Aussi déjà quatre printemps,
    Parés de leur riche verdure,
    Etaient venus rendre à nos champs
Cet agréable aspect d'une riche parure,
Que les désirs d'Arthur n'étaient pas écoutés ;

Mais, oh bonheur! une illustre naissance
S'annonce, et le canon, par cent coups répétés,
    Commande une réjouissance!...
Les faveurs et les dons pleuvent de tous côtés.
    Dans tout, partout la joie ordonne;
    Elle est la reine du moment!...
Arthur fut des heureux! son colonel lui donne
Un brevet d'officier et dans son régiment!...
Annoncer aussitôt cette grande nouvelle,
Pour le mieux, la porter lui-même à ses parents,
Fut une récompense encor due à son zèle,
    A ses succès reconnus étonnants.
— La France était en paix depuis longues années;
    Comme toutes choses ici-bas,
    Les peuples ont leurs destinées :
Le Français paraissait gémir loin des combats!
Une guerre surgit : c'était une alliance,
    Vers le nord, cent mille Français
Devant l'Europe encor vont montrer leur vaillance.
Le régiment d'Arthur, s'oubliait-il?... Jamais
    Dans une telle circonstance,
Comme brave, il avait toujours le premier pas!...
On n'allait point combattre une faible puissance;
Le colosse du nord, avec ses noirs frimats,
Présentait des périls de toutes les manières.
Aussi, dans la victoire, on mettait de l'orgueil
Sans compter qu'on avait à venger de vieux frères!...
Mille endroits n'offraient plus qu'un horrible cercueil,
Par les brillants combats qui se livraient sans cesse,
Par les nombreux fléaux venant de toutes parts;
    Aussi, la mort, une sombre tristesse
Etaient dans tous les rangs; et souvent les hasards,
Plus tôt que la valeur, commandaient la victoire...
Quand la raison obtint des sentiments plus doux
    Les partis virent que la gloire

Serait dans une paix honorable pour tous.
Elle se fit!... Arthur souffrait d'une blessure
Et prenant, chaque jour, un symptôme alarmant,
    Les médecins en jugèrent la cure
    Plus prompte sur le continent.
Il partit pour Toulon; la rude traversée
L'obligea, malgré lui, d'entrer à l'hôpital.
      Sa tête en fut bouleversée
    Et ne fit qu'empirer son mal.
Les soins les plus actifs, donnés avec sagesse,
Produisirent pourtant un heureux résultat.
Le mieux se fit sentir; mais sa grande faiblesse
Avait mis sa santé dans un si triste état
      Qu'il en était méconnaissable.
— Malades et blessés se trouvaient si nombreux,
      Que cet ordre si respectable,
Les Sœurs de Charité vinrent de divers lieux
Offrir leur bon secours et leur expérience.
Depuis son arrivée à l'établissement
La même sœur, avec courage et patience,
Soignait le pauvre Arthur, le quittait rarement,
      Surtout depuis que sa souffrance
Rendait, de plus en plus, son état alarmant.
Un jour, dans un accès d'une fièvre brûlante,
Prenant son médaillon, le pressant sur son cœur :
« Hélas! mes chers parents, Fulvie, oh! mon amante!
» Si vous saviez combien est grande ma douleur!... »
      Il s'assoupit... cette si tendre sœur
Qui le soignait était précisément Fulvie.
En s'entendant nommer et fixant bien Arthur,
Elle le reconnaît; son âme en est ravie ;
Rien, non, rien ne saurait, je crois, être plus pur
Que le vif sentiment qui se passait en elle;
Mais se sentant faiblir, forte de sa raison,
Elle put se calmer et voiler par son zèle

Tout ce qu'elle éprouvait en tendre émotion.
Toutefois elle dut, par besoin, par prudence,
    Se retirer quelques instants;
    Elle rendit utile cette absence :
Arthur ne pouvait point écrire à ses parents,
    Elle le fit, avec vive prière,
De se rendre à Toulon pour embrasser leur fils
Malade à l'hôpital des suites de la guerre.
    Ah! jugez s'ils furent surpris,
Savoir leur fils malade et par qui, par Fulvie!...
Il est de ces moments, dans le cours de la vie
Qui vous font éprouver de ces sensations
Qui surgissent du cœur, que lui seul apprécie ;
Aussi, je ne dis rien de ces émotions
    Qui tour à tour les agitèrent.
Ah! partons! et des pleurs coulaient de tous les yeux!...
    A leur arrivée ils trouvèrent
Un billet de Fulvie... « Arthur va beaucoup mieux,
  » Il ne m'a pas encore reconnue,
    » Ah! déjà son émotion
    » Sera bien grande à votre vue :
» Dans son état, il faut de la précaution ;
» Ne point parler de moi, je crois, est nécessaire ;
» Plus tard, vous pourrez voir ce que vous voudrez faire. »
    La joie, un calme inattendu
Les firent respirer et mirent dans leur âme
Cet espoir d'un bonheur qui leur était bien dû
Et que jamais en vain l'amitié ne réclame.
Aller près de leur fils, le serrer dans leurs bras
    Fut aussi prompt que la pensée.
    Oh! non, je ne chercherai pas
    A vous donner, même une idée,
De ce qui se passa dans ces premiers moments.
Arthur était levé, ses forces lui permirent
    De recevoir leurs vifs embrassements.

Quel bonheur! sont, je crois, les seuls mots qu'ils se dirent ;
Mais d'abondantes pleurs, ah ! de ces douces pleurs
Que l'on répand toujours lorsque l'âme est ravie,
Coulaient de tous les yeux, effaçaient les douleurs !...
Une porte s'entr'ouvre, ah ! c'est vous, ma Fulvie !
Et cette tendre mère à son cou se suspend.
Arthur lève les yeux, aussitôt il chancelle,
Son père le retient et toujours la fixant :
« Oh ! mon Dieu ! cette sœur si bonne !... c'est bien elle ! »
        Il se prosterne à ses genoux !...
Hélas ! au monde, rien, non rien ne pourrait rendre
Ce que ces quatre cœurs éprouvèrent de tendre !
        Le soutenant, on lève Arthur et tous
            Se regardaient, et le silence
            Eloquent et toujours si doux
            Dans une telle circonstance,
            Ne se rompait d'aucun côté.
La pressant dans leurs bras, ce père et cette mère,
En appelant Fulvie un ange de bonté,
La couvraient de baisers. Oh ! sœur à jamais chère,
Vous nous rendez un fils par vos soins, votre amour.
Non, Dieu ne sera point sourd à notre prière !
        Le pauvre Arthur regardait tour à tour
Ces trois êtres chéris et gardait le silence
            Tant son cœur était agité...
— Chère sœur, notre fils peut-il sans imprudence
            Quitter ce lieu de l'hospitalité ;
Vous que nous voudrions appeler notre fille
            Pour toujours, avez-vous quitté
Amiens, où vous aviez votre sainte famille?
        Oh ! non ; déjà j'y serais de retour ;
Mais Dieu, sans doute, avait mis dans ma destinée
            Qu'il me ferait goûter un jour
            La joie! elle m'est bien donnée
De vous prouver combien mon triste cœur

Vous appartient par la reconnaissance.
Votre fils est porté dans ce lieu de douleur
    Pâle, abattu, presque sans connaissance.
Un jour, dans un délire, il prononça mon nom :
Alors levant les yeux, qu'elle fut ma surprise !
Je reconnais Arthur !... Ah ! sans qu'on me le dise,
    Je redoublai de soins, sans affectation,
Et ne l'ai plus quitté... Dieu, je vous remercie,
Si j'ai pu par mon zèle hâter sa guérison !...
    — Chère Fulvie, oh ! ma sœur, j'apprécie
Ce que vous avez fait pour mon fils et pour nous ;
Amiens va nous revoir bientôt ainsi que vous :
Vous allez être libre !... A ce mot le silence
    Qu'Arthur gardait, mêlé de pleurs,
Cesse, et prenant les mains si chères dès l'enfance,
De Fulvie à laquelle il devait l'existence :
« — Vous allez être libre, hélas ! que nos douleurs
    Aient la fin si longtemps désirée.
Oh ! Fulvie, oh ! mon Dieu, ne m'abandonnez pas !... »
    Déjà l'émotion avait trop de durée,
On pouvait redouter de fâcheux résultats ;
    On se quitta, mais les yeux pleins de larmes !...
Huit jours s'étaient passés, Arthur pour sa santé
    Ne donnait plus de symptômes d'alarmes,
Et l'espoir qu'il avait lui rendait la gaîté...
    Seuls, et minés par la tristesse,
Fulvie avait perdu les auteurs de ses jours,
Rien ne pouvait gêner l'élan de sa tendresse...
    Chers parents, voilà bien des jours
Que nous sommes ici, notre chère Fulvie
Sans doute est de retour ; ignorant mes désirs
Qui doivent, qui feront le bonheur de ma vie,
    Il poussait de profonds soupirs,
Pourrait peut-être, étant sans soutiens dans ce monde,
Renouveler un vœu qui va bientôt finir.

Elle doit aujourd'hui vous être bien plus chère ,
   Sans elle, hélas ! serais-je près de vous?
      Bon père et vous ma tendre mère,
Allez et demandez que je sois son époux.
— Mon cher fils, nous partons : tes vœux, notre prière
Auront, j'aime à le croire, un résultat heureux...
Déjà Fulvie était rendue au monastère :
Vous que nous chérissons, nous vous portons les vœux
   D'un fils chéri, qui sont aussi les nôtres ,
Sans doute le destin voulait nous éprouver ;
Nous avions nos chagrins, vous avez eu les vôtres ;
   Mais en ce jour nous pouvons retrouver
Le calme et le bonheur qui manquaient à nos âmes,
Devenez notre fille !... — Hélas ! Dieu doit savoir
Si mon cœur attristé peut mériter de blâmes,
Pourrais-je refuser ce que j'ai pu vouloir?
Mais celle, toutefois, qui me tient lieu de mère,
Sur mon sort à venir ne peut être étrangère ;
Pour moi, la consulter est un puissant devoir.
   Mais elle vient... — Oh ! vous, que je révère,
En sœur respectueuse, et surtout désirant
   Que vous sachiez que vous êtes maîtresse
De disposer de moi : que je mets à néant
Ce que mon cœur pourrait m'inspirer en tendresse,
En dehors des devoirs qu'ici je dois remplir,
   Daignez alors répondre à la demande
Dont naguère le but a failli s'accomplir ;
Je vous obéirai, mon cœur me le commande.
— Me prononcer sur votre sort futur,
Tout épineux qu'il soit je le trouve facile
Par tout ce que je sais. Oui, votre cœur est pur ;
Il a, dans le devoir, été votre mobile.
   Mes bons parents, elle leur tend la main,
Dès longtemps ont voulu vous appeler leur fille ;
Mais l'espoir, trop souvent, renvoie au lendemain !

En ce jour, pour nous tous, il brille,
Nos cœurs et la raison disent d'en profiter ;
Encore nous serons de la même famille :
Vous êtes libre !... Eh bien, je ne puis qu'accepter !
En prononçant ces mots, toute tremblante, émue,
 Fulvie embrasse tour à tour
Ces trois êtres chéris, objet de son amour,
 Et, vers le Christ portant sa vue :
« Oh mon Dieu ! qui lisez jusqu'au fond de mon cœur,
» Vous devez aujourd'hui le voir toujours le même :
» Une vive amitié, symbole du bonheur,
» Le faisait palpiter ; ma joie était extrême ;
 » Mais un destin plein de rigueur
 » Vint assombrir ma destinée.
 » La force de le supporter,
 » C'est vous qui me l'avez donnée,
 » C'est vous encor qui faites éclater
 » En ma faveur votre bonté divine ;
» Ah ! mille fois merci, continuez-la-moi,
 » Car, Seigneur, si je m'examine,
» Je crois en être digne !... Arthur, je suis à toi !...»
 Comme l'éclair qui s'échappe à la vue,
Dès ce jour disparut cette sombre douleur
Qui, loin de s'amoindrir, était sans cesse accrue,
Et plus terrible encor, par un nouveau malheur...
 Cette nouvelle, hélas ! tant désirée,
 Fut pour Arthur un gage de bonheur !
 Sa démission envoyée,
Le jour, la nuit, tous ses moments, dès lors,
 Furent consacrés à la fête
Qui devait couronner tant de cruels efforts ;
 En même temps, pour que rien ne l'arrête,
L'or et l'argent coulaient de tous les bords...
 Sous huit jours, à l'heure donnée,
Amiens voyait briller les flambeaux d'hyménée...

        14..

Avec art, au château, tout était préparé
Pour qu'on pût y trouver le plaisir, cette aisance,
Charme toujours si désiré
Dans une telle circonstance.
De tous côtés, parents, amis nombreux
Vinrent pour prendre part à la réjouissance,
Féliciter les deux heureux.
Dans tous les cœurs, partout la joie était si pure
Qu'elle avait effacé tout cruel souvenir ;
On voyait que chaque figure
Souriait au bonheur qu'annonçait l'avenir.
Huit jours se passèrent en fête :
Vint celui des adieux, puisque tout doit finir !
Partez donc, dit Arthur ; mais qu'un chacun répète
Ces mots que nous dictent nos cœurs :
« Terminons cette journée,
» Qui voit finir tant de douleurs,
» En promettant que chaque année
» A pareil jour, ici, nous nous réunirons !... »
Un même cri se fit entendre :
« Fulvie, Arthur et vous bons parents, nous jurons
» Que le cœur nous dira : ne te fais pas attendre... »
— Au village, où tout est si pur,
On se réjouissait de ce beau mariage,
De voir heureux le bon monsieur Arthur.
Pour en donner un témoignage,
Il lui fut demandé par tous les habitants
De venir présenter à leur jeune maîtresse
Quelques fleurs et les vœux ardents
Que pour lui, pour les siens, ils formeront sans cesse.
Arthur, juste appréciateur
Des sentiments qu'on exprime au village,
Accueillit par un oui flatteur
Cet antique et mémorable usage.
Le lendemain, à peine un nouveau jour

Venait éclairer la nature,
Que la jeunesse ardente en son amour,
En cet amour que le cœur seul procure,
Tressait des guirlandes de fleurs,
Se parait des habits de fête;
Chez les vieillards, mêmes ardeurs,
Peines, soins, rien ne les arrête...
Déjà le blond Phébus annonçait dans les cieux
Qu'il allait commencer sa marche triomphante,
Alors, la troupe vigilante
En bon ordre rangée et les fronts radieux,
Au château se dirige, et sa gaîté bruyante
Annonce le plaisir qui fait battre les cœurs.
Maîtres, valets, tout le monde s'empresse
D'aller au-devant d'elle, et mille mots flatteurs
Font partout éclater une commune ivresse...
On avait eu le soin de dresser, dès le soir,
Des tables, et de suite elles furent garnies
De mets appétissants; mais avant de s'asseoir,
Aux deux jeunes époux, les filles réunies
Remirent des bouquets, dont la simplicité
En était le mérite, en était leur image.
Se tenant par la main, avec naïveté,
Avec cette candeur que l'on aime à leur âge
Chantèrent une ronde, une ronde à citer :

RONDE.

Il faut danser, chanter,
Notre jeune maîtresse
Voudra bien accepter
Nos vœux, notre tendresse.

Comme le jour est beau !
Tout annonce une fête ;

Mais voyez au château,
Au plaisir on s'apprête !
Désormais plus de pleurs ;
A la sombre tristesse
Qui régnait dans les cœurs
Se montre l'allégresse !
   Il faut, etc.

Un destin rigoureux,
Hélas! bien des années,
S'opposant à leurs vœux
Brisait leurs destinées ;
Mais Dieu, dont la bonté
Est toute de clémence,
Dans le cœur attristé
Fait luire l'espérance.
   Il faut, etc.

On sourit à l'amour,
Toujours il sait nous plaire ;
Mais il arrive un jour
Qu'il ne peut satisfaire
Ce que veut la raison,
Ce que le cœur désire :
Il faut une union
Qu'on ne puisse détruire.
   Il faut, etc.

Oui, l'hymen, ici-bas,
Plus ou moins nous procure
Ce bonheur, ces ébats
Qui sont dans la nature.
Pour nos maîtres, il vient
Enfin d'être accessible :
Ah! voilà d'où provient
Cette joie indicible !
   Il faut, etc.

Que faire pour prouver
Que notre joie est pure?
C'est facile à trouver :
On verra qu'elle dure;
Que nous faisons des vœux
Pour que l'être suprême
En les rendant heureux,
Annonce qu'il les aime.

Il faut danser, chanter,
Notre jeune maîtresse
Voudra bien accepter
Nos vœux, notre tendresse.

Fulvie, Arthur et ses parents
Surpris, émus par ces aimables chants,
Prodiguèrent mille caresses
A ces couples charmants de grâce, de candeur :
Tous furent comblés de largesses :
On voulut connaître l'auteur
De la ronde spirituelle;
Alors, de toutes parts : le voici, c'est Adèle.
La prenant par la main, Fulvie en l'embrassant
Sort de ses jolis doigts une bague en diamant :
« Adèle, acceptez-là, je l'ai dès mon enfance,
C'est vous prouver que j'y tenais beaucoup :
Veuillez me donner vos vers en récompense... »
Cette scène touchante inspira tout à coup
Mille cris, une joie extrême
Electrisa les cœurs, et le reste du jour,
Elle fut sans cesse la même;
Le soir, en se quittant, les échos d'alentour
Au loin portaient encore aimables chants d'amour !...
— Ainsi se termina ce brillant mariage
Hélas! si plein d'amers, de tendres souvenirs !
Mais ne savons-nous pas : souvent après l'orage,

Le ciel pur et serein seconde nos désirs ;
De même, un sort par trop contraire,
De Fulvie et d'Arthur assombrissait le cœur :
Voyez comme aujourd'hui tout leur devient prospère ;
Leur montre un avenir de paix et de bonheur !...

HISTOIRE VÉRITABLE EN 1838.

Se voyant orphelin dès l'âge de quinze ans,
Ayant mis à profit les jours de son enfance,
Les bons conseils de ses parents,
Julien, sans être instruit, doué d'intelligence
Et du savoir assez pour faire un bon commis,
Comme tel, dans la capitale,
Chez un négociant sans tarder fut admis.
Actif, ayant l'humeur égale,
A l'âge de vingt ans on le fit voyager.
Novice en cet état, pourtant il fit merveille.
Il possédait le talent d'engager ;
Avec une science pareille
On fait bientôt fleurir une maison.
Son patron reconnut largement ce mérite.
Très économe et sa conduite
Ne laissant rien à désirer,
En peu de temps il put économiser
Quelques milliers de francs ; c'était une fortune
Puisque naguère il n'avait rien ;
Mais il est une soif qu'on peut dire commune :
Celle de l'or, lui seul nous donnant le moyen
D'oublier, s'il se peut, les peines de ce monde ;
Julien voulut alors, aidé de son savoir,
Dans un lointain pays où tout, dit-on, abonde,

Chercher à grossir son avoir.
Comme il n'avait point de famille
Son parti fut de suite pris.
Il se fit une pacotille
D'articles divers de Paris.
Le voilà dirigeant sa course avantureuse
Vers le Brésil; sous peu sa vente fut heureuse,
Même au-delà de son espoir.
Ce brillant succès l'encourage;
Aussi se met-il en devoir
De poursuivre hardiment ce premier avantage.
En mil huit cent trente-huit, c'est la date, je crois,
Possesseurs de grands biens et de bonne nature,
Les chefs Brésiliens, vu leur manque de bras,
Décidèrent enfin pour les mettre en culture,
D'en faire la concession
A des prix modérés. Se trouvant en mesure
De profiter de cette occasion,
Julien demande, obtient d'être propriétaire.
Sans perdre un seul instant, ingénieux, actif,
Reconnaissant qu'il pouvait faire,
Sans dépenser beaucoup, un terrain productif,
Il se mit à l'œuvre avec joie :
Là son intelligence encore se déploie;
Jamais découragé, dans tout il réussit.
On sait qu'il est parfois d'heureuses destinées;
On le voit par Julien. Sa fortune grossit
A tel point dans quelques années,
Qu'il possédait dans ses propriétés
Plus de six cents esclaves, achetés
Aux bâtiments qui font ce trafic despotique.
Les nègres, avec lui, se trouvèrent heureux;
Loin d'être un maître tyrannique,
Plein de bonté, familier avec eux,
Il les considérait travailleurs volontaires,

Se plut à leur donner de l'éducation.

En les rendant propriétaires,
Il les récompensait de leur attention
A remplir les devoirs de leur position ;
Ils purent prendre femme : à chaque mariage
Leur nombre s'augmentant, on fit bien plus d'ouvrage ;
Aussi tous les produits furent tellement bien,

Et les fermes administrées
Si sagement par Julien.
Qu'on les citait dans toutes les contrées...
Un nègre du Congo, du nom de Joachim,
Par son grand dévouement et son intelligence,
Avait été remarqué par Julien :
Comme il l'aimait beaucoup, connaissant sa prudence,
Il eut le bon esprit d'en faire un intendant
Qui géra sa fortune aussi bien que lui-même.
Dès lors Julien goûta paisiblement
L'enivrante douceur de sa richesse extrême.
Mais ici-bas qui donc toujours se croit heureux ?
Il sentit le regret de la patrie absente,
Il le comprima de son mieux ;
Mais devant lui la France était toujours présente !
Tout vendre fut un jour sa résolution.
Affranchir Joachim, lui concéder des terres,
Lui donner de l'argent, les moyens nécessaires
Pour faire à son profit une exploitation,
Fut le travail d'un mois, et partit pour la France,
Pour Paris, car c'était le lieu de sa naissance.
Notre planteur, comme le veut le temps,
Ebloui d'un côté par sa grande richesse,
Et des bruyants plaisirs sevré depuis longtemps,
Partout se lance avec ivresse ;
Mais Julien ignorait sans doute qu'ici-bas
Les plaisirs ne se donnent pas,
Qu'ils sont les précurseurs d'une ruine prochaine !

La maxime pour pour lui sans tarder fut certaine.
Comme l'onde qui fuit avec rapidité,
    Disparaissait plus ou moins sa fortune.
Au lieu de mettre un frein à sa légèreté,
Il subit les effets d'une loi trop commune.
La Bourse, chaque jour, le trouvait animé :
Ses opérations d'abord furent heureuses,
Même bien au-delà d'un espoir présumé,
Mais finirent bientôt par être désastreuses,
Au point qu'un beau matin il se leva ruiné.
Il fallut forcément recourir à la vente
De son mobilier, de bijoux précieux.
La recette, en ce cas, n'est jamais abondante ;
L'acquéreur veut y voir un gain avantageux.
    Dix mille francs fut la modique somme
Qu'il put avoir d'objets d'une triple valeur.
Il fallut, malgré lui, devenir économe
      Pour sauvegarder son honneur.
Vers le Brésil, bientôt, se porta sa pensée ;
D'une fortune, hélas ! follement dispersée
Il était le berceau. Mais si j'y retournais ?
A Paris, le bonheur n'a pas su me sourire ;
Peut-être qu'au Brésil je le retrouverais !
    A Joachim je vais écrire.
    Il prit la plume et nettement
    Lui fit connaître la détresse
Dans laquelle il était par son égarement ;
    Lui demanda surtout si, revenant
    A des sentiments de sagesse,
    Il pourrait aussi promptement
    Faire une fortune nouvelle ?...
    Dès ce moment, il se mit en devoir
    De ménager la minime parcelle
De l'immense trésor naguère en son pouvoir ;
Et, plaçant sous son bras son modeste bagage,

Il fut dans un faubourg louer un cabinet,
   Par raison, au cinquième étage,
Et vécut, près de là, dans un estaminet.
    Plusieurs mois ainsi s'écoulèrent!
Le sage nous dit bien : sachez patienter!
   Mais les chagrins de l'attente suggèrent
Des ennuis qu'on ne peut trop longtemps supporter.
L'intendant Joachim conservait un silence
Que Julien ne savait comment interpréter.
Malgré les plus grands soins portés dans sa dépense.
Son faible capital diminuait toujours,
Puisque seul il était attaqué tous les jours.
   Un beau matin, lassé d'attendre,
   Et par l'ennui follement inspiré,
    Il prit le parti de se rendre
A la Bourse, jouer un coup désespéré.
Pour lui ce fut encore une funeste école :
   Le quinzième jour expiré,
Le malheureux Julien n'avait plus une obole.
Le lendemain et vers une heure après-midi,
Les traits bouleversés, presque méconnaissable,
   On vit Julien rentrer chez lui.
   Et bientôt une odeur semblable
   En tout à celle du charbon,
  Se répandit dans toute la maison.
Effrayés, les voisins vont frapper à sa porte;
   Comme on ne leur répond pas,
Redoublèrent de coups, firent de telle sorte
   Qu'elle fut bientôt en éclats.
Dans l'escalier un nègre à l'instant se présente :
C'était l'ex-intendant, le nègre Joachim.
Du charbon embrasé, la funeste influence,
   Agissait déjà sur Julien ;
Un prompt secours suffit, il reprit connaissance,
Et son premier regard, lorsqu'il rouvrit les yeux,

Tomba sur Joachim, qui lui dit : « Mon bon maître,
» Je me trouve en retard, je n'ai pu faire mieux ;
» Ne vous désolez plus, par vous j'ai su connaître
» Les bienfaits du travail : je suis riche en ce jour ;
» Pour vous, je dois aussi l'être en reconnaissance.
» Vous m'avez fait du bien dès ma plus tendre enfance,
   » Bon maître, aujourd'hui c'est mon tour
» A suivre votre exemple, en sachant vous en faire. »
Et, ouvrant sa valise, il étale à ses yeux,
Soit en or, en billets, en objets précieux,
Quatre cents mille francs. « Inutile, j'espère,
» De vous dire : acceptez ; mais encor faites mieux,
» Ah ! de nouveau quittez votre France si chère,
« Nous serons associés, au Brésil, suivez-moi. »
Julien lui tend la main et les yeux pleins de larmes :
« Ah ! mon cher Joachim, oui, je pars avec toi. »
   Et, l'embrassant, lui dit avec émoi :
« Ici-bas l'amitié nous offre bien des charmes !... »
   Dès le soir même on vit les deux amis,
Paraissant fort joyeux, s'éloigner de Paris...
S'il eût fallu plus tard retourner à la Bourse,
Julien sans doute eût dit : je renonce à la course :
Sa première leçon ayant porté ses fruits.

MORALE EN ACTION.

   Emile ayant terminé ses études,
Auprès de ses parents, se rendait tout joyeux ;
   Mais de vives inquiétudes
  En arrivant dans les aimables lieux
  Témoins riants des jeux de son enfance
Vinrent cruellement briser son jeune cœur :

Son père, après une courte souffrance,
Venait de succomber, laissant dans la douleur
Une mère, une épouse, objet de sa tendresse.
Le retour de son fils, à tous égards charmant,
De cette bonne mère adoucit la tristésse ;
Mais près d'elle il fallait encore un élément,
Un autre objet si propre à porter dans son âme
    Sinon l'oubli de son malheur,
Ce qu'il faut ici-bas : la patience et le calme.
Sa fille lui manquait, cet ange de douceur
Etait dans un couvent pour finir de s'instruire.
« Bonne mère, j'irai la chercher si tu veux ;
    Ah ! comme toi je la désire,
Elle est si bonne sœur ! nous ayant tous les deux,
Notre amitié pour toi, dans tout ce qu'elle inspire,
Allégera le mal qui te fait tant souffrir,
Qui, si jeunes encor, brise notre existence.
    — Mon cher Emile, eh bien ! tu peux partir :
Apprends-lui notre perte !... Inutile, je pense,
De te recommander de calmer ses regrets... »
    Le lendemain... hélas ! ma main tremblante
Ne saurait retracer, comme je le voudrais,
    La scène vive, attendrissante,
Pleine d'émotions, de sentiments divers
Qu'offrit subitement cette première vue.
Tous trois étaient frappés par le même revers ;
Des mêmes sentiments leur âme était émue,
Aussi se disaient-ils : ces coups sont bien amers !...
    Et l'on vit des pleurs se répandre !...
La raison de la mère, instruite qu'ici-bas
    Grands ou petits nul ne saurait prétendre
Goûter le bonheur pur, puisqu'il n'existe pas ;
    Enfin, le temps ! qui, s'il ne peut détruire
    Porte un baume consolateur,
Tout, dis-je, se prêtait pour faire encore luire

Dans ces cœurs abattus, l'espoir d'une douceur
      Dans leur future destinée ;
   Aussi, vit-on ces trois êtres chéris,
Dans une intention sagement raisonnée,
Donner, par le travail, du calme à leurs esprits.
Madame Adélaïde, en excellente mère,
Surveillait les devoirs de son Erélina.
Instruite et patiente, elle pouvait le faire ;
Aussi, sous peu de temps, sa fille lui donna
Les preuves du plaisir qu'elle avait de s'instruire
      Par des progrès les plus satisfaisants ;
      Son fils Emile aimait beaucoup à lire,
      Pour lui c'était un heureux passe-temps.
Ainsi, loin des fracas de ce que dans le monde
On veut bien appeler distraction, plaisir,
Sans peine s'écoulaient, dans une paix profonde,
Des jours que l'amitié se plaisait d'embellir.
      Dans un fort proche voisinage
Se trouvait un antique et superbe manoir ;
Madame de Saint-Maur, fort avancée en âge,
L'habitait toute seule ; aller souvent la voir
C'était suivre une vieille et bien douce habitude :
      Ces deux familles, de tout temps,
      Se visitaient avec la certitude
D'un plaisir mutuel et de tous les instants.
      Veuve fort jeune et sans enfants,
      En héritiers ne connaissant personne,
      Elle pouvait, selon son bon vouloir,
Disposer de son bien ; aussi, faire l'aumône,
Beaucoup d'heureux, sans cesse, était un grand devoir :
Un bienfait lui causait une joie indicible :
      Par modestie, elle cherchait toujours
      A la voiler ; mais la croyant visible,
      L'anonyme était son recours.
      On dit bien que l'être suprême

A son image a voulu nous créer ;
Mais pouvons-nous être la bonté même,
Ne rien laisser à désirer ?
Madame de Saint-Maur, plus qu'une autre, sans doute,
Avait les qualités qui viennent d'un bon cœur ;
Mais elle redisait : c'est le mien que j'écoute,
Car, en tout, je le crois juste appréciateur ;
Aussi, lui demander ce n'était point lui plaire ;
Seule, elle désirait deviner le malheur,
De même, découvrir ce qu'elle pourrait faire
Pour, en étant agréable, accroître son plaisir.
Dira-t-on que c'était un tort, une faiblesse ?
Elle ne croyait point toutefois amoindrir
Ce qu'un bienfait, après lui, toujours laisse !..
Mais n'oublions-nous pas notre aimable jeunesse ?
J'entends parler d'Emile et de sa chère sœur.
Tous deux aimaient tellement leur voisine
Qu'aller souvent la voir était un vrai bonheur.
Emile avait l'humeur badine,
De l'esprit naturel et racontait fort bien.
Bonne musicienne, aimable caractère,
Evélina, par son joli maintien,
Sans le croire avait l'art de plaire.
Madame de Saint-Maur, aussi de son côté,
Toujours les accueillait avec joie et tendresse :
Entre eux bientôt l'intimité
Fut telle, que l'absence amenait la tristesse.
Emile, on doit le dire, était bien élevé ;
Mais il avait les goûts du siècle et de son âge.
Sa mère l'ayant observé,
Par de prudents conseils dut prévenir l'orage,
Atténuer les trop cruels effets
D'une conduite reprochable,
Le levain était là : non qu'Emile jamais
Eût pu se déranger au point d'être coupable ;

Mais là toilette, les chevaux
Etaient de ces besoins qu'on devait satisfaire.
Le pauvre, disait-il, éprouve de grands maux :
Désirer et souffrir est son lot sur la terre.
Je suis bien jeune encore et je vois, qu'ici-bas,
On ne peut être heureux qu'au sein de la richesse :
        De mon sort, je ne me plainds pas,
Je puis, à mes besoins, pourvoir avec largesse;
    Mais s'il plaisait au destin, un beau jour,
    De m'envoyer un superbe héritage,
Comme il s'en voit beaucoup, je pourrais à mon tour
Figurer dans le monde avec un équipage.
Sans émettre pourtant trop d'amers regrets,
D'Emile, bien des fois, tel était le langage.
Madame de Saint-Maur le comblant de bienfaits
En était étonnée et fort peu satisfaite,
Pouvant craindre plus tard, ce qui se voit souvent :
On désire aujourd'hui, demain un coup de tête
Met la tranquillité, le bonheur à néant.
La vieillesse, on le voit, parfois est susceptible;
Aussi, se disait-elle, avec un air inquiet:
        Mais enfin, serait-il possible
Qu'Emile, si souvent, répète qu'il voudrait
Acquérir comme don une belle fortune
        Pour m'engager !... Mais loin de moi
        Un tel soupçon, il m'importune,
Et nuirait à ce dont je me fais une loi.
Ce n'était point devant son excellente mère
        Qu'Emile exprimait de tels vœux;
    Qui l'engageait donc ailleurs à le faire?
Le temps dut lui prouver s'il en fut bien heureux!...
        Il nourrissait une pensée,
        Son résultat lui souriait;
        Mais comme elle était insensée,
        Il en eut ce qu'il méritait.

Madame de Saint-Maur ayant été souffrante,
Son aimable voisine, ainsi que ses enfants,
Sachant combien pour eux elle était bienveillante,
    Furent la voir, chercher de ces moments
    Que l'amitié seule sait rendre aimables.
        Après ces premiers compliments
        Et ces riens toujours agréables,
Emile tout à coup parut préoccupé.
A quoi donc penses-tu ? lui demanda sa mère.
Mon Dieu, ces derniers jours, étant inoccupé,
Je fus voir des amis ; une tristesse amère
    Les absorbait, surtout le jeune Edmond,
    Mon camarade intime de collége :
Il espérait avoir une succession ;
Mais, ô malheur ! Dieu qui prolonge, abrége
    Notre existence à volonté,
      Vient d'en éteindre une bien chère !
    Edmond se croyait adopté,
Rien n'a pu le prouver : il est dans la misère !
C'est à quoi je pensais et qui m'agite encor...
    A ce récit, paraissant attentive,
    On vit soudain madame de Saint-Maur
      Garder le silence et, pensive,
Mais en femme d'esprit, elle sourit d'abord...
Le blond Phébus allant terminer sa carrière,
Il fallut se quitter. Après un doux bonsoir,
    On se dit, comme à l'ordinaire,
    Sur toute chose, à bientôt nous revoir...
Le rideau, cette fois, ne cache plus la scène,
Emile a cru me faire une adroite leçon ;
Rendant mon âme à Dieu, je lui ferai la sienne !
C'est bien là que conduit toujours l'ambition ;
L'avenir vous sourit ; mais aveugle et perfide,
Elle change en regrets l'espoir qu'il peut donner...
    De son côté, madame Adélaïde,

Sans avoir le motif de pouvoir soupçonner
   Qu'Emile, avec connaissance de cause,
Avait fait le récit concernant son ami,
   Lui dit : mon fils, saches bien une chose :
Souvent ce n'est pas tout de se taire à demi ;
On acquiet du mérite à garder le silence ;
   C'est un talent, surtout dans la société,
Où l'on trouve à tous pas la noire médisance,
Où le simple récit est mal interprété.
Non, je ne saurais mettre une grave importance
Dans celui qu'il t'a plu de nous faire à l'instant ;
Mais j'ai vu notre amie un peu triste et rêveuse.
Quelque chose l'a donc émue en ce moment ?
A son âge, notre âme est parfois ombrageuse ;
Une allusion blesse et vous rend mécontent.
Un peu surpris, Emile écoutait en silence
     Ces douces observations
     Et, mais trop tard, comme on le pense,
Se reprochait, tout bas, ses indiscrétions.
     Espérant que son stratagème
Toutefois n'était pas entièrement compris,
     Ne voulant point le dévoiler lui-même,
     Des ménagements furent pris
Près de la bonne dame avec certaine adresse.
     Allant la voir aussi souvent,
   Il ne fut plus question de richesse,
Surtout de l'engager à faire un testament.
     Mais, hélas ! après un orage,
Il a beau survenir un soleil radieux,
   On ne saurait oublier le ravage
     Qu'il a pu faire sous vos yeux ?
Le pauvre Emile avait bien changé de langage,
   Mais par malheur le coup était porté.
Madame de Saint-Maur restait persuadée
Qu'un seul but le guidait dans son assiduité.

Hériter a toujours été sa grande idée,
Disait-elle; eh ! combien de fois m'a-t-il émis
  Ce vif besoin de briller dans le monde
    Comme certains de ses amis,
De ces êtres qui n'ont qu'une vaine faconde !
Evélina; mais toi, cher ange de bonté,
Oui, je te le prédis, tu seras plus heureuse
    Avec tes goûts tous de simplicité
Que si tu te montrais sémillante, envieuse !...
Hélas ! d'après la loi qui pèse sur nous tous,
    De cette dame vénérée,
  Qu'un sort cruel éprouvait de ses coups,
    La dernière heure était marquée
      Et, sans tarder, elle sonna !...
    Près d'elle était une lettre fermée ;
L'enveloppe portait : Ma chère Evélina,
Penses toujours à moi, moi qui t'ai bien aimée !
On l'ouvre et l'on y trouve en règle un testament ;
Madame de Saint-Maur lui donne sa fortune !...
De ce récit, que j'ai voulu rendre touchant,
Qu'elle en est la morale ?... Emile m'en dicte une,
      Expérience du moment :
« Pour trop serrer l'anguille on la perd bien souvent,
» Et n'oubliez jamais !... si vous cherchez à plaire,
    » Dans le seul but qu'il vous soit fait du bien ;
      » Malgré le voile du mystère,
» On vous juge bientôt, et vous n'obtenez rien !... »

BOUTADE.

Amis, sur cette terre,
Où l'on est qu'en passant,
Toujours on dit : que faire
Pour se croire content?
Ce problème est encore
A résoudre, je crois.
Ce qu'on veut, on l'ignore,
Chaque jour je le vois.
La fortune vient-elle
Seconder nos souhaits?
La trouvons-nous rebelle?
Alors plaisirs, regrets!
Si la misère afflige,
La fortune parfois
Pèse, car elle exige
Ce qu'on ne voudrait pas :
Faire de l'étalage,
A tout prix se montrer,
Être dans l'esclavage
Et devoir l'endurer!
Riche ou pauvre on désire,
C'est la commune loi;
On s'agite, on soupire,
Sans trop savoir pourquoi.
Voilà quelle est la cause
Des maux du genre humain;
On veut bien telle chose,
C'est un autre demain.
De cette incertitude

Que faut-il espérer?
Beaucoup d'inquiétude,
Rien pour la tempérer;
Mais rien! c'est par trop dire :
Chacun a le moyen
D'être ce qu'il désire,
Il faut le vouloir bien :
Accepter sans faiblesse
Le temps comme il nous vient,
Avoir de la sagesse,
Au moins ce qu'il convient,
On arrive à connaître
Ce qu'ont dit nos aïeux :
Seulement croyez l'être
Et vous serez heureux!

STANCES

A L'OCCASION DE LA PERTE D'UN FILS UNIQUE.

Que vois-je?... Une famille en pleurs!
    Hélas! un cercueil est près d'elle...
Dieu! puis-je adoucir les douleurs
    D'une perte cruelle?

Mon cœur lui-même est palpitant,
Est brisé, ma bouche est muette :
Devant mes yeux est le néant!
    Je pleure et m'inquiète.

    Ah! ces larmes, ce désespoir,
Qu'arrachent un coup si terrible,
    Sont un besoin, sont un devoir
    Pour une âme sensible!

Mais que dis-je? si la douleur
Nous apparaît en souveraine;
Il est un don consolateur
Pour la nature humaine.

Oui, devant nous est la raison,
Avec elle la patience,
La douce consolation
Et surtout l'espérance!...

Hélas! cet enfant précieux,
Objet d'une douleur extrême,
Est un ange dans les cieux :
Louez l'Être suprême!

Calmez des regrets superflus,
C'était une rose nouvelle;
Tournez les yeux, elle n'est plus :
Il a passé comme elle.

Plus tôt, plus tard, tout doit finir;
On verse plus ou moins de larmes :
Mais, consolez-vous.... l'avenir
Aura pour vous des charmes.

BOUTADE.

Il est un sentiment
Que chacun à sa guise
Apprécie et ressent,
Et trop de fois déguise.
Inspiré par le cœur
Dont il est la mémoire,
Il faut s'en faire honneur,

Ou qu'on puisse le croire.
Ah! fais ce que tu dois,
Nous dit-on dès l'enfance,
C'est proclamer les droits
De la reconnaissance.
Nos besoins, ici-bas,
Comme une fourmilière,
Surgissent sous nos pas,
Il faut les faire taire.
L'or en est un moyen
Infaillible, on peut dire;
Mais nous savons fort bien
Qu'il ne saurait suffire.
Le langage du cœur
N'a-t-il pas son mérite?
Bien rarement trompeur,
Qui l'emploie en profite.
Ce langage est celui
De la reconnaissance :
Oui, sans cesse avec lui,
Se montre l'espérance.
Aussi, chemin faisant,
Si le sort vous accable,
Sans efforts on vous tend
Une main charitable.
Un achat est-il fait?
Avec l'or on s'acquitte;
S'il s'agit d'un bienfait,
C'est le cœur qui vous dicte
Le devoir à remplir.
L'or devient sans puissance;
Il faut pour l'accomplir
De la reconnaissance.

CHANSON DE TABLE.

Près d'Annette Jolie
Et sablant du bon vin,
Ah! ce serait folie
De songer au chagrin.
Caresser la fortune
Pour mieux la captiver,
Est une loi commune
Qu'il nous faut observer.

Je veux bien y souscrire,
Car elle a sa valeur ;
Mais je ne saurais dire :
Point d'or, point de bonheur.

Nous passons sur la terre
Sans qu'on ait pu nous voir ;
Buvons, cherchons à plaire,
Tel est notre devoir.

L'amitié dans ce monde,
Du vin à notre goût,
Nous font dire à la ronde :
Le plaisir avant tout.

Qu'on prêche la sagesse,
Cela m'est fort égal ;
Aimer, boire sans cesse
N'est point faire le mal.

Amis, qui nous convie
A bien boire, à chanter ;

Les peines de la vie
Qui les fait supporter?

C'est la fille gentille,
C'est la bonne liqueur
A nos yeux qui pétille,
Qui réchauffe le cœur.

Aussi, dans notre ivresse
Répétons ce refrain :
Aimons notre maîtresse,
Chantons le dieu du vin.

COUPLETS A L'OCCASION D'UN BAPTÊME.

Veut-on savoir ce qu'est le monde?
Un théâtre des plus piquants
Où chacun de nous, à la ronde,
Y paraît selon ses penchants.
L'aurore avec ses doigts de rose
Annonce-t-elle un jour nouveau,
Chacun, de suite, se dispose
A jouer son rôle au plus tôt.

Voyez comme une fourmilière
Partout les hommes s'agiter;
A tout prix il faut se distraire,
Gagner de l'or, ou discuter.
Le notaire, dans son étude,
Lie ou console ses clients ;
L'usurier, par habitude,
A tromper passe ses moments.

Le militaire, ivre de gloire,
Avec orgueil voit ses soldats ;
Son bonheur est dans la victoire :
Aussi lui faut-il des combats.
L'homme de loi, dans le silence,
Cherche à trouver la vérité,
Et le prêtre, par l'abstinence,
Aime à prêcher la charité.

Le médecin rêve, étudie,
Se fatigue pour découvrir
Les secrets profonds de la vie ;
Mais, vains efforts !... il faut mourir.
Il s'agite encore une classe
Dont, parmi nous, le nombre est grand ;
L'homme joyeux, que rien ne lasse...
Laissons de côté le méchant.

Et nous tous, qui nous rassemble
Dans cet agréable séjour ?
C'est bien un rôle, ce me semble,
Qu'il nous faut remplir sans détour.
La circonstance en est aimable,
Tout doit nous le faciliter ;
Le souvenir en sera durable
Puisque le cœur doit le dicter.

Dans un élan vif et sincère,
Rions et buvons tour à tour,
Et tous faisons une prière
Pour éterniser ce beau jour :
« Oh toi ! divine Providence,
» Nous venons de faire un chrétien ;
» Soutiens, protége son enfance,
» Fais qu'il soit un homme de bien. »

16..

BOUTADE.

Que dire, que penser du triste genre humain?
En public on se loue, on se donne la main ;
En arrière, on fait tout pour chercher à se nuire.
Croire que le bonheur est dans l'art de médire
Semble être admis partout dans la société :
Ce n'est pas tout, voyez la curiosité
Jouer un rôle actif sur la scène du monde !
Faites la moindre chose !... aussitôt à la ronde,
A ne pas finir on entend : Mais pourquoi?
Si les conseils étaient encor de bonne foi !
Ici, c'est le dépit ; là, c'est la jalousie,
Et l'intérêt qu'on porte est de l'hypocrisie.
Hélas! à notre honte, il faut bien l'avouer,
Rien chez l'homme, non, rien ne saurait se louer.
Ce sentiment si doux, l'amitié qui console,
N'est qu'un mot sans valeur dans la nouvelle école ;
La jeunesse aujourd'hui, moins bonne qu'autrefois,
Rit de tout, méconnaît jusqu'aux plus saintes lois !
Ah ! la religion, cette source féconde
Pour soulager les maux, qui si bien nous seconde
Dans ce siècle pervers, n'est qu'un masque trompeur :
Ses préceptes divins ne parlent plus au cœur.
Sans cesse exagérés, poussés au ridicule,
A les suivre on hésite; on fait plus, on recule.
Oh ! génération, qui pourrait parvenir
A te faire connaître, à te bien définir?
Ce serait, selon moi, pénible et difficile !
Je dirai seulement : Hélas! il est utile.
De se mettre à l'écart, d'amoindrir ses désirs,

Car le bonheur n'est point au milieu des plaisirs.
Chaque soleil naissant vient éclairer nos peines.
Ah! je m'exprime ainsi, qui donc n'a pas les siennes?
Tout faire pour chercher d'en affaiblir le poids
Est bien, de la raison, la première des lois.
Un livre et mon crayon sont mes amis fidèles;
Je chante, tour à tour, et le vin et les belles :
La fête d'une amie, une noce, un festin,
Vite la chansonnette ou l'aimable quatrain.
C'est un délassement, et, comme on apprécie
Pourquoi j'aime à le faire, alors on remercie
Par un léger sourire, un mot toujours flatteur,
Qui, s'il faut l'avouer, encouragent l'auteur,
Surtout si, comme moi, il puise la science
Dans son cœur, dans l'espoir d'une douce indulgence....
Mes amis, c'est ainsi que je porte à mon tour
Le fardeau des soucis qui s'offrent chaque jour.
Heureux dans mon aimable et douce rêverie,
Je parcours doucement le chemin de la vie ;
Je laisse de côté les plaisirs, la grandeur,
Et je me dis : voilà le secret du bonheur!

ROMANCE.

Dans une riante prairie,
Damis assis près d'un ruisseau,
En proie à sombre rêverie,
Répétait sur son chalumeau :
« La vie est un triste voyage,
» On y connaît peu le plaisir :
» Semblable à l'oiseau de passage,
» Il fuit, sans pouvoir le saisir. »

Cloris, brillante de jeunesse,
Semblait sourire à mon amour ;
Je lui disais : le temps nous presse,
Accorde-moi tendre retour.
   La vie est, etc.

On est heureux par l'espérance,
On est exigeant par le cœur ;
C'est dire qu'il faut l'assurance
Pour être certain du bonheur.
   La vie est, etc.

Amour veut que tout sur la terre
Subisse son aimable loi ;
Alors, souris à ma prière,
Qui pourrait t'aimer plus que moi ?
   La vie est, etc.

Hélas ! Cloris était coquette,
Je m'en rapportais à ses yeux ;
Son cœur froid, sa bouche muette,
Rien ne me disait : sois heureux !
   La vie est, etc.

Je t'adorais dès mon enfance,
Un autre est plus heureux que moi ;
Es-tu sure de sa constance ?
Prends garde…, il fera comme toi !
   La vie est, etc.

Eh bien, je renonce à tes charmes,
Je te dis adieu pour toujours ;
Et souviens-toi que dans les larmes
Nous avons fini nos amours !
   La vie est, etc.

Chaque jour, dans cette prairie,
Assis au bord de ce ruisseau,

Je dirai dans ma rêverie,
Au doux son de mon chalumeau :
« La vie est un triste voyage,
» On y connaît peu le plaisir :
» Semblable à l'oiseau de passage,
» Il fuit sans pouvoir le saisir. »

LES DEUX RENARDS.

FABLE.

Au revers d'un coteau, dans un endroit sauvage,
Deux renards avaient fait leur habitation.
    Non loin de là se trouvait un village
Où mes larrons faisaient mainte apparition.
        Jamais le jour, et ce pour cause :
Chiens et chasseurs étant à redouter.
L'obscurité pour eux était toute autre chose,
Leur instinct leur disait toujours d'en profiter.
Une nuit donc, faisant leur ronde habituelle,
        Un poulailler se trouve ouvert !
    Jugez combien la surprise fut belle
Et surtout de la faim ayant déjà souffert !
    De tous côtés le plus profond silence
        Régnait dans cet heureux moment ;
        Alors, en pleine confiance
        Ils s'y glissent, mais doucement,
    Et se mirent vite à l'ouvrage.
Vous devinez lequel !... Coq, poules et poulets,
Dans un clin d'œil ce fut un horrible carnage.
Les renards ont bien vite assaisonné leurs mets ;
Aussi, dans peu d'instants, leur faim fut assouvie :

Le plus jeune pourtant voulait tout dévorer.
    « Ma foi, dit-il, ce serait duperie
» D'avoir si bonne aubaine et n'en pas profiter. »
    L'autre était vieux et, mu par l'avarice,
Ou tout autre motif, pensait à l'avenir :
« Mon enfant, la fortune est fille du caprice
» Lui dit-il, et crois-moi : justement s'abstenir,
     » Même au milieu de l'abondance,
    » Est un devoir pour qui veut bien finir :
     » Je le sais par expérience.
» Ce que nous avons là ne peut tout se manger ;
    » C'est un trésor qu'il nous faut ménager.
» — Ces raisons, je l'avoue, ont bien certain mérite, »
    Lui répondit notre jeune gourmand ;
« Mais je n'écoute rien lorsque la faim m'excite,
» Et je me laisse aller au plaisir du moment ;
» Aussi, puisque je puis m'en donner à mon aise,
» Je vais manger jusqu'à ce que ma faim s'apaise ;
    » Même, si je puis, pour huit jours !
» Tu le sais, à la ruse il faut avoir recours
» Souvent pour dérober la moindre nourriture ;
» Nous ne pourrons ici de longtemps revenir ;
» Faire autrement serait démence toute pure,
» Car on va surveiller pour chercher à punir
» Les auteurs du larcin que nous venons de faire :
» Tu le sais, on sourit lorsqu'on peut se venger !... »
Après avoir parlé chacun à sa manière,
Prêché l'économie, entrevu le danger,
Ils prirent leur parti, sans la moindre querelle.
Notre jeune étourdi, dans son raisonnement,
    Se mit à manger de plus belle,
A tel point qu'il mourut presque subitement.
Le vieux, qui se piquait d'une grande sagesse,
Econome et réglé dans ses moindres repas,
Voulut, le lendemain, comptant sur son adresse,

Retourner dans les lieux témoins de tant d'exploits ;
Mais la vengeance hélas! s'y trouvait préparée :
Il y perdit la vie aussitôt son entrée.
  « En proie à ses brûlants désirs ,
 » La jeunesse souvent se montre insatiable
   » Dans ses goûts et dans ses plaisirs.
 » La vieillesse, à son tour, est bien des fois coupable !
  » Sous les dehors de la sobriété
   » Se montre la sombre avarice ;
  » Aussi , dit-on, comme une vérité :
   Ici-bas , tout âge a son vice.

LE RETOUR.

CHANT.

–∞–

UN AMI.

Pourquoi çette sombre tristesse?
Avec elle on n'est point heureux ;
A vous plaindre chacun s'empresse ;
Tout devrait sourire à vos yeux !
Vous joignez aux vertus du sage
Les plus agréables talents ;
Vous brillez des fleurs du bel âge :
Pourquoi ces soupirs déchirants ?

LES SŒURS.

La nature belle de charmes,
Vainement croirait nous flatter,

L'absence fait couler nos larmes :
Plaisir ne saurait se goûter.
De ces lieux la joie est bannie,
Elle n'est plus dans notre cœur !
La présence de Sidonie
Seule nous rendra le bonheur.

ENSEMBLE.

Rendons grâce à l'Être suprême ;
Tous, célébrons cet heureux jour :
Plus de pleurs ! une joie extrême
Doit signaler tendre retour !
Un père, une sœur adorée,
Reçoivent nos embrassements ;
Leur présence était désirée,
Elle met fin à nos tourments.

COUPLETS.

AIR : *J'ai vu partout dans mes voyages.*

Damis me parle de sagesse
Et veut, dit-il, me convertir ;
A la doctrine qu'il professe,
Non, je ne puis m'assujettir !
J'aime le vin et la folie ;
Avec eux, bonheur et gaîté ;
Le mal de la veille s'oublie :
Amis, plaisir seul est goûté.

La sagesse, au déclin de l'âge,
Peut, à l'homme, offrir des attraits ;

Alors c'est bien d'en faire usage :
Elle doit calmer des regrets.
Mais, pour nous, c'est tout autre chose ;
Le plaisir est si précieux
Qu'il nous faut, comme de la rose,
En jouir s'il s'offre à nos yeux.

Chantons la beauté qui nous aime,
Sablons ce nectar enchanteur ;
Notre existence est un problème,
Qu'il soit jugé par notre cœur.
Dans ce monde lui seul nous guide,
Suivons-en tous le mouvement :
Chantons Bacchus, le dieu de Gnide.
C'est la sagesse du moment.

Laissons Damis et son prestige,
Non, rien ne force à l'imiter ;
Oubli pour ce qui nous oblige,
Plus tard nous pourrons l'écouter.
Profitons du temps qui nous presse,
Ayons pour but notre bonheur ;
Lui le trouve dans la sagesse :
Tout nous dit qu'il est dans l'erreur.

LES DEUX LINOTS.

FABLE.

Un jour, dans ses réseaux,
Un oiseleur habile,
Prit deux jeunes linots :
Son aimable Lucile,

17

Avec les plus grands soins
Les mit dans sa volière.
Veiller à leurs besoins,
Graines fraîches, eau claire,
Verdure, propreté,
Elle disait, sans cesse :
De leur captivité
Je veux, par ma tendresse,
Alléger la rigueur :
Prodiguer la caresse
Est un besoin du cœur!...
Toutefois la tristesse
Vint à s'emparer d'eux.
« Mais quoi? je me désole
» Dit l'un, moins soucieux,
» Le bien-être console,
» Que désirer de mieux?
» J'ai tout en abondance,
» Je suis captif, eh bien!
» En bonne conscience
» Dois-je compter pour rien
» D'être exempt de la crainte?
» Tout bien considéré
» Désormais, plus de plainte :
» Mon sort est assuré. »
— L'autre, l'aile abattue,
Pensait tout autrement.
« Ce régime me tue
» Dit-il, en soupirant.
» Dans cette étroite cage
» On a beau me nourrir,
» Je suis dans l'esclavage,
» Je ne puis m'y s'ouffrir.
» Naguère, la nature
» S'offrait belle à mes yeux,

» J'errais à l'aventure
» Et, choisissant les lieux
» Où je croyais me plaire,
» Je m'estimais heureux
» Pouvant me satisfaire ;
» Mais aujourd'hui, quel sort !
» Quelle affreuse existence !
» Ah ! mille fois la mort,
» Alors, plus de souffrance !...
» On nous dit que l'espoir
» Est une belle chose ;
» Comment puis-je en avoir,
» En cette charte close !
» Aimable liberté,
» Pourquoi m'es-tu ravie ?... »
Ainsi, tout attristé,
Il maudissait la vie ;
Mais que dis-je ? oh ! gaîté !
Par adresse, je pense,
Il prit la clef des champs.
Si j'en ai souvenance,
C'était dans ces moments
Où tout est souffrance ;
L'hiver aux cheveux blancs
Pesait sur la nature.
N'ayant vu qu'un printemps
A la riche parure,
A l'aspect des frimats
Remplaçant la verdure ;
Des vents, dont les fracas
Saisissent d'épouvante ;
Entouré des débris
D'une saison mourante,
Notre oiseau, tout surpris,
Va, vient, partout s'agite,

Cherche, mais vainement,
Le moindre lieu qui l'abrite
De la fureur du vent.
Plus de verte feuillée,
Le limpide ruisseau
Ne roulait plus son eau ;
La terre dépouillée
Refusait à l'oiseau
La moindre nourriture :
La faim, impérieux
Besoin de la nature
S'offrait, aux traits hideux :
Que devenir, que faire?
Un jour, allant, venant,
Il revoit la volière
Qu'il avait, si gaîment,
Naguère abandonnée,
Il y vole à l'instant :
« Par quelle destinée
» Te revois-je en ces lieux,
» Lui dit avec suprise
» Son compagnon joyeux?
» Le ciel me favorise ;
» Mais quel air soucieux,
» Quoi ! pas une parole?
» Et cette liberté
» Si chère, cette idole,
» En as-tu profité?...
» — Ami, s'il t'en rappelle,
» Lorsque nous fûmes pris,
» La saison était belle ;
» Partout mille réduits
» Couverts d'un vert feuillage,
» Contre un soleil brûlant
» Nous donnaient de l'ombrage,

» Nous préservaient souvent
» D'une serre cruelle,
» D'un chasseur inhumain;
» Graines, herbe nouvelle,
» Tout, selon notre faim,
» S'offrait à notre vue.
» En ce moment, hélas!
» La terre est dépourvue,
» Couverte de frimats,
» Ma peine est infinie!
» La faute en est à moi :
» J'allais perdre la vie,
» Je reviens avec toi
» Profiter d'un bien-être
» Dans la captivité,
» Que je n'ai pu connaître
» Etant en liberté. »

MORALE.

Que dire, que conclure
De ce doux entretien?...
Accepter sans murmure
Le temps comme il nous vient;
Laisser à la sagesse
Le soin de diriger
Le destin s'il nous blesse,
Ou du moins l'alléger,
Et se dire sans cesse :
Le désir du moment,
Même entouré de charmes,
Hélas! par trop souvent,
Nous fait verser des larmes.

UN RETOUR DE CHASSE.

CHANSON.

AIR : *Aussitôt que la lumière.*

Célébrons cette journée,
Mes amis, nous le devons;
N'est-elle pas destinée
Au plaisir que nous aimons.
La chasse! est-il rien au monde
Qui puisse mieux nous charmer?
On rit, on boit à la ronde;
Tout doit nous la faire aimer.

Prendre fusil, carnassière,
Aussitôt le jour naissant,
Amis, toujours saura plaire
A tout chasseur diligent.
Il n'est rien qu'il ne fasse
Pour voler au rendez-vous,
Au rendez-vous de la chasse;
Car, pour lui, c'est le plus doux.

Mais bientôt se font entendre
Des bravos, d'aimables cris;
On ne s'est point fait attendre:
Ah! nous voilà réunis!
La rosée est encor forte,
Il faudrait se reposer;
Non, marchons, peu nous importe!
A quoi sert de s'amuser?

Chacun aussitôt s'élance :
Buissons, coteaux, guérets,
Sont parcourus en silence,
L'œil sans cesse aux aguets.
Tout à coup, et quelle joie !
On voit de tous les côtés
Que l'adresse se déploie
Par mille coups répétés.

Peu d'heures ont dû suffire
Pour un succès des plus beaux.
A ses pieds chacun admire
Force lièvres et perdreaux ;
Mais la chaleur nous dévore,
Et nos chiens sont aux abois.
Demain revenons encore :
C'est assez pour une fois.

Allons, partons, c'est à table
Que le plaisir nous attend,
Un ami le plus aimable,
Mets choisis, vin excellent.
Tout chez lui va nous sourire,
Nous allons boire et chanter,
Et, comme je dois tout dire,
Sans doute nous plaisanter !...

Célébrons cette journée,
Mes amis, nous le devons ;
N'est-elle pas terminée
Comme nous l'espérions ?
La chasse, est-il rien au monde
Qui puisse mieux nous charmer ?
On rit, on boit à la ronde :
Tout doit nous la faire aimer.

LA MODE.

Amis, connaissez-vous
La reine de ce monde,
Que beaucoup d'entre nous
Caressent à la ronde?
La critique en fait bien
Parfois bonne justice;
Mais cela n'y fait rien:
Son père est le caprice!...
Inutile serait
Sans doute de vous dire
Ce que, par ce portrait,
Je cherche à vous décrire.
Je vous l'entends nommer :
Eh bien! oui, c'est la mode;
Mais comme vous, l'aimer!
Non, elle m'incommode.
La mode est donc en jeu,
C'est elle qui m'occupe;
Mais toutefois, fort peu,
Pour être moins sa dupe.
Voyez ces falbalas
Aux robes chamarrées,
Ces rubans verts, lilas
Dont elles sont bordées;
Ces gigots monstrueux!...
Mais, oh! puissance humaine!
Dois-je en croire mes yeux?
Serait-ce un phénomène?
Des ballons se mouvoir,

Circuler dans les rues !...
Dans les fêtes, les voir
S'élever dans les nues,
Est beau sans étonner ;
On connaît la puissance
Qu'on a su leur donner,
On admire, en silence ;
Mais de ceux que je vois,
Que penser et que dire,
Surmontés de minois
Qui prêtent au sourire,
Tous passablement mal ?...
Si dans la frénésie
Des jours du carnaval,
On a la fantaisie
De se faire citer
Au prix d'un ridicule,
On pourrait l'accepter,
N'étant qu'une virgule
Dans l'espace d'un an ;
Mais lorsqu'on se respecte,
Faire dire au passant :
D'une fille suspecte
C'est la mise vraiment,
Il faut qu'on la regarde !...
Beau sexe, un jour viendra,
Si vous n'y prenez garde,
Que de vous on dira...
Je me tais... Qu'on devine !...
Je vous dis seulement :
Quittez la crinoline
Et cela promptement.
Mais que dis-je !... vouloir
Faire le moraliste !
La mode est un pouvoir

Auquel rien ne résiste :
L'ivrogne veut le vin,
Pourtant il l'incommode ;
La femme... mais en vain
On critique la mode :
C'est bien le genre humain !
Les défauts, les caprices
Fourmillent sous nos pas ;
On sait qu'ils sont des vices,
Nous les flattons tout bas !...
A tout cela, que faire ?
Qui pourrait le savoir ?
Fermer les yeux, se taire ;
Mais comment le pouvoir !...

BOUTADE.

Hélas ! on le voit trop et c'est un grand malheur !
La vertu, sans argent, ne fait point le bonheur.

COUPLETS A UNE AMIE.

Contre mon ordinaire
Je me trouve content,
Un beau jour nous éclaire,
Tout me paraît riant.
L'agréable ramage
De ces oiseaux nombreux,
En faut-il davantage
Pour sourire, être heureux !

Mais que dis-je? j'oublie
Ce qui fait mon bonheur ;
Le serment qui me lie,
Qui plaît tant à mon cœur,
Je veux parler d'Annette,
Moi qui l'aime si bien :
Elle est un peu follette ;
Mais cela n'y fait rien.

Vive, laborieuse,
Bon caractère, œil fin,
Tant soit peu curieuse,
Comme la femme, enfin !
Un peu parler, bien rire ;
Mais je dois avouer
Qu'en place de médire
Elle aime mieux louer.

A celle qui m'est chère
J'ai montré ce portrait ;
Je voulais un salaire
S'il se trouvait bien fait.
« C'est vrai, c'est bien moi-même,
» Non, rien à retrancher ;
» Mais tu sais que je t'aime,
» Pourquoi donc le cacher?... »

BOUTADE.

AVIS AUX PARENTS.

On a dit bien souvent : le caprice et la mode
Dictent des lois à tout le genre humain ;

Tel qui se moque à l'aspect de leur code
   Est prêt à l'accepter demain.
Vainement la critique et la raison austère
   Cherchent à nous ouvrir les yeux ;
Ah ! la jeunesse est faible, et le désir de plaire
Lui fait croire souvent que tout est pour le mieux.
Bien grande est son erreur !... Voyez dans la famille :
« Ma toilette, fi donc ! il me faut la changer,
» Sinon je passerais pour une pauvre fille ;
  » Elle pourrait cependant s'arranger ;
» L'entreprendre serait une folie amère.
» Ma modiste a du goût, son travail est parfait.
  » Ah ! j'aime aussi beaucoup ma couturière :
» Elle est exacte, adroite en tout ce qu'elle fait.
» Ne pas les occuper ce serait duperie,
  » Car leur ouvrage est la mode du jour.
» En un mot, si je dois l'avouer sans détour,
» Je ne fais avec goût qu'un peu de broderie.
» Notre occupation ne saurait consister
  » Dans la couture et les soins du ménage ;
» A ce cruel tracas qui pourrait résister ?
» Du domestique faire, ou surveiller l'ouvrage !
» Moi, j'aime à broder, lire et surtout m'amuser. »
Voilà de la jeunesse à peu près le langage.
Eh bien ! parents trop bons, vous verrez, mais trop tard,
Où vous aura conduit une folle tendresse.
La fortune s'acquiert bien souvent par hasard,
De même, bien des fois, on la perd par faiblesse.
Son père est le travail ; il faut alors, par lui,
La forcer doucement à toujours vous sourire.
  Oui, le travail, et surtout aujourd'hui,
A sur notre existence un bien puissant empire.
Vos filles ! mais l'hymen, au jour tant désiré,
Sur leur front virginal vient placer sa couronne :
Le bonheur désormais leur paraît assuré ;

Mais vous savez qu'il n'est durable pour personne.
Enfants, besoins, revers arrivent sans tarder !
Il faudrait travailler ; mais, hélas ! que peut faire
Une main jusqu'alors qui n'a su que broder.
Quel est leur avenir ? — Les regrets, la misère ! ..
Si la leçon est rude, ô vous qui me lirez,
Tâchez, pour vos enfants, qu'elle soit profitable ;
Alors souvent, toujours vous leur répéterez :
Sachez qu'il faut unir l'utile à l'agréable.

HONNI SOIT QUI MAL Y PENSE !

Ici-bas, plus ou moins, chacun fait des souhaits :
L'avare veut de l'or, le soldat de la gloire.
De Zelmire, partout on cite les attraits,
Son esprit l'a placée au temple de mémoire ;
    Eh bien ! ses vœux ne sont point satisfaits :
« Cette grande chaleur me met hors de moi-même,
» Dit-elle, et je voudrais voir tomber un peu d'eau
    » Pour faire pousser ce que j'aime !... »
Comment, de l'eau ! Voilà, j'espère, du nouveau,
Répartit un plaisant qui connaissait la belle ;
Ah ! croyez-moi, l'amour vous cherchera querelle
Si vous la désirez au-dessous de zéro.

A UNE AMIE.

SIMPLE OBSERVATION.

Tendrement occupé de celle qui m'est chère,
Seul je me promenais dans un lieu fréquenté,

18

Quand, bien loin d'y songer, une main étrangère
Soudain toucha la mienne avec légèreté.
Etait-ce le hasard ou douce agacerie?
J'en ignorais l'aimable ou le malin auteur ;
Mais je dois avouer, et sans plaisanterie,
Qu'un doux saisissement vint agiter mon cœur...
Je n'en suis plus surpris, je connais la personne !
Elle est dans son printemps, jolie, aimable et bonne ;
Oui, tout chez Sidonie est décence et candeur.
A mon pressentiment qui me flatte, si j'ose,
Sans blesser les égards, donner légère foi,
Je dirai : Que ce coup sans doute est peu de chose !
Mais je puis supposer qu'elle pensait à moi.

ROMANCE.

Air : *Du premier pas.*

Voulez-vous suivre un avis salutaire?
Pour être heureux gardez la paix du cœur ;
Fuyez le dieu qu'on adore à Cythère ;
Ce petit dieu qui gouverne la terre
     Est un trompeur,
     Est un trompeur.

Une paisible et froide indifférence
Jusqu'à ce jour semblait combler mes vœux ;
Sans nuls soucis coulait mon existence,
Point de désirs, alors point de souffrance :
     J'étais heureux,
     J'étais heureux.

J'étais heureux !... c'est peut-être trop dire ;
Mais sans plaisirs, je n'avais point de maux ;

Le dieu d'amour est venu me sourire,
Dès ce moment mon triste cœur soupire :
    Plus de repos,
    Plus de repos.

Vénus sans doute, ici-bas descendue,
Trouble mon cœur pour la première fois :
Loin d'elle, hélas ! mon âme est éperdue ;
Je la recherche, et la paix m'est rendue
    Quand je la vois,
    Quand je la vois.

La paix, mais non, ma peine est trop cruelle ;
D'un feu brûlant mon cœur est consumé :
Je l'aime enfin. Oui, tout me charme en elle ;
Amour, dis-moi, que pense cette belle :
    En suis-je aimé,
    En suis-je aimé ?

En suis-je aimé ? ce doute m'inquiète :
Quand je la vois, ah ! je ne sais pourquoi,
Mon cœur palpite et ma bouche est muette ;
Si je pouvais la rencontrer seulette :
    Mais plaignez-moi,
    Mais plaignez-moi !

Ah ! dans mes yeux elle doit pouvoir lire ;
Ne sont-ils pas le miroir de mon cœur ?
Charmante amie, eux seuls peuvent t'instruire ;
Ils seront vrais, s'ils peignent mon délire,
    Et mon ardeur,
    Et mon ardeur.

Mais le destin me fut toujours contraire ;
Pour moi, l'espoir est un faible soutien ;
Je n'aurai point le doux talent de plaire,

Il faut gémir, soupirer et me taire :
                    Je le vois bien,
                    Je le vois bien.

BOUTADE.

Qui peut dans ce monde frivole
Se dire un seul moment heureux ?
Hélas ! comme une ombre s'envole
Le moindre plaisir à nos feux !
On le recherche, on le désire,
Il nous échappe, et le bonheur
Auquel chacun de nous aspire,
Souvent n'est qu'un rêve trompeur.

Pourquoi mon cœur est-il sensible ?
Je m'abandonne à ses élans ;
Aussi, jamais il n'est paisible :
Pour un plaisir, mille tourments !
Plus ou moins agité sans cesse,
Je ne saurais croire au bonheur,
Et je redis dans ma tristesse :
La vie est un rêve trompeur !

BOUTADE.

La France en ce jour saint est, dit-on, dans l'ivresse !
En bonne vérité, qui pourrait l'affirmer ;
Mais voyez ces élans, en tous lieux on se presse :

Prières, grands discours, mille jeux pour charmer!...
Instruit par le passé, c'est pure jonglerie;
Rien, non, rien n'est amour; le Français est léger,
Et, pour lui, le nouveau seul anime sa vie!...

BOUTADE.

J'ai voulu, bien des fois, de l'humaine nature
Chercher à définir ce qui la fait mouvoir,
Si le bien qu'elle prêche est un besoin qui dure,
Et si le cœur surtout lui dicte ce devoir.
Hélas! ce que je vois ne peut me satisfaire,
Ou, pour mieux m'exprimer, ne saurait se louer.
Rien, non, rien ne se fait dans le vrai but de plaire :
Il en est un qui perce!... On veut s'attribuer
Le droit de diriger autrui d'après soi-même!
En bonne conscience, est-ce de la vertu?
On serait, selon moi, dans une erreur extrême,
Et ce but, la raison l'a toujours combattu.
Ne pouvant s'y fier, la parole nous blesse ;
L'exemple est préférable, on aime à l'imiter,
Surtout sans pression : voilà de la sagesse
Que l'amour-propre, rien ne saurait rebuter.
Mais pour faire le bien, le tact est nécessaire,
Toujours se rappeler ce qu'ont dit nos aïeux :
La meilleure sagesse est de savoir se taire !
Avec ce beau talent, tout serait pour le mieux ;
Mais ce talent, qui donc, ici-bas, le possède?
Personne, ou bien fort peu, pour être dans le vrai.
D'une manière ou d'autre il faut qu'on vous obsède :
Fais ce que tu voudras, toujours je t'atteindrai!...
De ce siècle, telle est l'infernale maxime.

18..

Nos affaires, fi donc ! il faut nous occuper
De ce que fait Colin, savoir ce qui l'anime ;
A nos secrets désirs il ne peut échapper.
Oui, nous arriverons, même à sa vie intime,
Et la régler selon notre propre vouloir
Ne peut qu'être approuvé : c'est remplir un devoir !....
Vous tous qui m'écoutez, la main sur la conscience,
Si vous la ramenez à de bons sentiments,
Etes-vous devinés, n'est-ce pas la science
Qui, sans cesse, préside à vos délassements ?...
Etres vils, loin de moi, fuyez dans ces repaires
Où, le vice sans masque, apparaît rayonnant ;
Allez, et portez-y vos sournoises prières
Que le cœur droit repousse et ce... vous méprisant !
Hélas ! autour de nous tout est désuétude ;
Aussi, plaignez celui qui, fier de ses vertus,
Auprès de son semblable est sans inquiétude.
On flatte, on tend la main, c'est un piége de plus !...
Oh ! toi que je chéris, aimable solitude,
Hélas ! plus que jamais tu souris à mon cœur ;
Sous mes bosquets touffus, m'adonnant à l'étude,
Le soleil m'apparaît dans toute sa splendeur ;
Mon parterre, avec goût, j'en soigne la parure :
Ici, voyez ces fleurs dont la variété
Charme les yeux selon leur diverse nature,
Et plaisent à nos sens par leur suavité.
Là, plantés avec art, à la vue étonnée,
S'agitent mollement de nombreux arbrisseaux :
Pour moi tout est plaisir ; aussi, chaque journée
S'écoule sans efforts, exempte de tous maux.
Mais ce qui rend plus doux le pénible voyage
Qu'on appelle la vie, hélas ! c'est l'amitié
Qui, veillant près de moi, vient en aide à mon âge,
En disant au Seigneur : *De lui prenez pitié !*

ENIGME.

Chez l'enfance, avec soin, on cherche à me détruire.
Avec esprit si je suis fait,
On désire me lire ;
A m'apprendre on se plaît ;
Et celui qui me compose
Peut se faire un renom.
Je suis encore autre chose :
Une préposition ;
Tous, nous avons les corps, les bois, la terre
Pour habitation ;
Mais chut, il est temps de me taire.

ENIGME.

Trois voyelles forment mon tout,
Objet principal de ce monde ;
Plus ou moins abondant, on me trouve partout.
Par lui la terre se féconde ;
Il cause bien, parfois, d'innombrables revers ;
Mais sans lui, dites-moi, que serait l'univers ?

POUR LA FÊTE DE MARIE.

Mirtis, pour une fête, adresse un compliment ;
Léandre offre un bouquet à Lisette chérie ;
Moi, c'est par le doux serment
De l'aimer à jamais que je fête Marie.

COUPLETS POUR LA FÊTE DE ROSE.

Amis, au plaisir qu'on s'apprête ;
Surtout imitons nos aïeux.
De Rose demain c'est la fête ;
Soyons aimables et joyeux.
Ah ! croyez-moi, sur toute chose,
Laissons le compliment flatteur ;
Pour bien célébrer sainte Rose,
Ne consultons que notre cœur.

De toutes les fleurs des parterres,
La rose y tient le premier rang ;
Et, parmi nous, nos bons vieux pères,
De la femme en disaient autant.
Cet à-propos n'est autre chose
Qu'une bien douce vérité :
Oui, la femme est comme la rose,
Elle nous plaît par sa beauté.

A Rose, que chacun admire,
De cœur portons une santé ;
Et désirons longtemps lui dire
Ces quelques mots de vérité.
L'Éternel, qui de tout dispose,
Vous a comblé de ses faveurs ;
Vous portez le doux nom de Rose,
Et vous captivez tous les cœurs.

POUR LA MÊME.

Je ris, je chante et je suis en train
De m'amuser cette journée ;
Mon travail sera pour demain,
Au plaisir elle est destinée.
Amis, il faut me pardonner ;
A la joie, oui, tout me dispose ;
Cela ne peut vous étonner :
Je veux célébrer sainte Rose.

Vous le savez, Rose est ma sœur ;
Ah ! je n'en suis que plus heureuse ;
Elle peut lire dans mon cœur
Que ma gaîté n'est point trompeuse.
   Amis, il faut, etc.

Mais il en est ainsi de vous,
Pour elle vos cœurs sont sincères ;
Oui, comme moi, vous l'aimez tous ;
Aujourd'hui nous sommes des frères.
   Amis, il faut, etc.

Ensemble, ah ! formons des vœux
Pour une sœur si précieuse ;
Disons, dans nos transports joyeux :
A jamais qu'elle soit heureuse !
   Amis, il faut, etc.

Rose chérie, à ta santé ;
A tout ce que ton cœur désire ;
Nous demandons de ta bonté :
Que peux-tu croire ?... Un doux sourire.

Amis, il faut me pardonner,
A la joie, oui, tout me dispose ;
Cela ne peut vous étonner :
Je veux célébrer sainte Rose.

A-PROPOS.

Les plaisants me disaient : Vous voilà bien heureux ;
D'un garçon vous pouvez mener la douce vie !
Comment l'entendez-vous, ai-je dit à l'un d'eux ?
Le bonheur d'un garçon est d'être en compagnie,
Surtout de varier beaucoup ses goûts : eh bien !
C'est en vivant tout seul que je trouve le mien.

CHANT.

PRISE D'ALGER.

Air de la Cantate : Vive le Roi ! Vive la France !

Dans le doux sommeil de la paix
Se reposait l'heureuse France ;
Sans gloire, le soldat français
Semblait douter de sa vaillance !
Le signal de guerre est donné,
Soudain, sur de brûlants rivages,
Affrontant le flot mutiné,
On voit briller mille courages !   *(Bis.)*

Entendez déjà dans les airs
Ces cris de mort et de victoire !
Tremblez, habitants des déserts,

Devant les élus de la gloire.
Pour vous il n'est plus de repos ;
Tremblez, redoutez leur furie ;
Tous les Français sont des héros :
Ils vengent leur roi, leur patrie.   *(Bis.)*

Témoins sanglants de nos exploits,
Staonéli, plages brûlantes,
Et toi Renommée aux cent voix,
Vantez nos armes triomphantes !
Voyez ces nombreux bataillons,
Voyez ces hordes sanguinaires,
De leurs corps jonchant les sillons,
Mourir en blasphémant nos frères !   *(Bis.)*

Alger ! repaire de brigands,
Alger ! enfin ton heure sonne.
Contemple tes remparts fumants
Crouler sous la foudre qui tonne.
Dans tes murs partout est l'effroi ;
Ah ! c'en est fait de ta puissance !
Il n'est plus de salut pour toi
Que dans les bras de la clémence.   *(Bis.)*

Mais déjà le drapeau des lys
Flotte sur la ville infidèle !
Honneur, honneur à Charles Dix !
France, ta gloire est immortelle !
Oui, Charles ! docile à ta voix,
L'armée a trouvé la victoire ;
Sujette du meilleur des Rois,
Elle s'est couverte de gloire !   *(Bis.)*

CRI FRANÇAIS.

Air : *Du premier pas.*

Le jour paraît, une secrète ivresse
Soudain m'anime et s'empare de moi :
De tous côtés on s'agite, on s'empresse,
Chacun s'écrie en signe d'allégresse :
      Vive le Roi !
      Vive le Roi !

Près du palais de nos Rois on s'arrête ;
Dans l'air, au loin, résonne le beffroi,
Aux jeux, aux chants, tout un peuple s'apprête :
Ah ! je le vois, c'est aujourd'hui la fête
      De notre Roi !
      De notre Roi !

Sur mille points de notre belle France,
De nobles cœurs, fiers d'une antique foi,
Enorgueillis d'une auguste présence
Ont dit aussi, pleins d'amour, d'espérance :
      Vive le Roi !
      Vive le Roi !

Au calme heureux dont nous goûtons les charmes,
S'il succédait un seul moment d'effroi,
Chacun de nous, même au sein des alarmes,
Dirait encore, en volant à ses armes :
      Vive le Roi !
      Vive le Roi !

Preux chevalier, roi chrétien qu'on adore,
Oui, les Français sont égaux devant toi ;
Toujours le faible avec succès t'implore,
Le condamné peut même dire encore (1) :
      Vive le Roi !
      Vive le Roi !

Plus d'un grondeur, que la folie inspire,
Rêve au passé sans trop savoir pourquoi ;
Mais qui pourrait redouter ce délire,
Quand tout Français, avec moi, veut redire :
      Vive le Roi !
      Vive le Roi !

TOUT POUR LE ROI.

Air du Vaudeville des Pierrots.

Dans ce monde, rien n'est durable ;
Tout, dit-on, s'efface à jamais.
Ce principe est-il véritable ?
Consultez le cœur des Français.
Pour les Bourbons, amour, constance,
Etait le cri de nos aïeux ;
C'est encor le cri de la France,
Il le sera de nos neveux.

Des bras d'une mère chérie
La mort enlève les enfants ;
Le sombre hiver, dans sa furie,
Dévaste et nos bois et nos champs.

(1) Allusion aux grâces accordées par Sa Majesté dans son voyage en Alsace.

19

Notre amour ne peut se détruire ;
Pour nous, aimer est une loi ;
Nos cœurs, sans cesse, voudront dire :
Tout pour la France et pour le Roi !

Oui, la France, l'Europe entière,
De Charles vantent la bonté.
N'a-t-il pas, pour vertu première,
Noble franchise, loyauté ?
Français, l'intérêt nous divise ;
Mais tous égaux devant la loi,
Nous avons la même devise :
Tout pour la France et pour le Roi !

Oubli du passé, pour maxime,
Des bons Français tel est l'espoir ;
Que le plaisir qui nous anime
Cimente à jamais ce devoir.
En ce jour tout nous y convie ;
Soyons unis, c'est une loi ;
Oui, répétons toute la vie :
Tout pour la France et pour le Roi !

COUPLET AJOUTÉ A L'OCCASION D'UN REPAS OU ASSISTAIT LE
COLONEL.

Célébrons ce jour mémorable,
Ce jour cher à tous les Français ;
Si le plaisir nous met à table,
Au Roi, tous, buvons à longs traits.
Une autre santé nous est chère
Colonel ! elle est donc pour toi !
Nos cœurs t'ont nommé notre père :
Vive Foucault ! vive le Roi !

FÊTE DU ROI.

Air : *Partant pour la Syrie.*

Une ivresse bruyante
Eclate en ce beau jour ;
Partout on boit, on chante,
Que de marques d'amour !
Au plaisir on s'apprête,
Mon cœur me dit pourquoi :
C'est aujourd'hui la fête,
La fête d'un bon Roi.

Quel spectacle admirable !
Peuple, soldats unis,
En ce jour mémorable
Célèbrent Charles Dix.
Partout la gaîté brille,
Partout même souhaits :
C'est fête de famille,
Les cœurs en font les frais.

Amis, honneur et gloire
A ce Français de plus,
Les pages de l'histoire
Traceront ses vertus.
Charles ! la France entière
Est soumise à tes lois ;
Elle est heureuse et fière
Sous le meilleur des Rois.

Déjà l'enfant prononce
Et répète ton nom ;

Chaque instant nous annonce
Le bienfait d'un Bourbon.
Vois à tes pieds la France
Qui t'offre son bonheur :
Charles ! ta récompense
Est déjà dans ton cœur.

Favoris du Permesse,
Dans vos chants glorieux
Célébrez l'allégresse
De tout un peuple heureux ;
Faites qu'on puisse dire
Dans la postérité :
« Sous Charles, qu'on admire,
» Brillait la liberté ! »

MON HABITUDE.

Air de la Cantate.

Par besoin, peut-être par goût,
Chacun se crée une habitude;
Est-ce un usage? Il est partout,
Sans que le cœur en fasse étude.
Soumis à la commune loi,
Moi, mon habitude m'est chère,
Toujours dire : Vive le Roi !
Voilà celle que je préfère.   *(Bis.)*

Le poète, l'homme éloquent
Aspirent à la renommée ;
De même on voit le conquérant
Ivre d'une vaine fumée.

Pour eux, briller est une loi,
Telle n'est point mon espérance ;
Toujours dire : Vive le Roi !
Fait mon bonheur et ma science.   *(Bis.)*

Si parfois l'homme est malheureux,
A lui ne doit-il pas s'en prendre?
Désirs pressants, souvent nombreux,
Soir et matin se font entendre.
Les écouter est une loi,
Telle du moins est leur maxime ;
Toujours dire : Vive le Roi !
Est le seul besoin qui m'anime.   *(Bis.)*

Nos bosquets ne sont plus riants,
Autour de nous plus de verdure ;
L'hiver, escorté des autans,
Va couvrir de deuil la nature.
Tout doit finir, c'est une loi ;
Mais non, non, la France est fidèle ;
Dire toujours : Vive le Roi !
Sera sa devise immortelle.   *(Bis.)*

ENVOI.

Le poëte, l'homme éloquent
Avec art, élégance expriment leur pensée ;
Mais leur style, parfois, tient lieu de sentiment,
Et notre âme est par eux bien souvent abusée.
Mon seul apanage est un cœur,
Son mérite est d'être sincère.
Ah ! pourrait-il être trompeur ?
Pour trois aimables sœurs, une aussi bonne mère !

19..

Esprit, grâces, bonté, l'art heureux de charmer,
    N'ont-elles pas tout en partage?
Ce que je sens, mon cœur brûle de l'exprimer :
    Ah! oui, son unique langage
    Est de dire qu'il sait aimer.

COUPLETS POUR UN MARIAGE.

Chose qu'on ne voit plus sur terre,
Le diable, un jour, voulut, dit-on,
Etre sage, être solitaire ;
C'était avec condition.
Elle se devine sans peine ;
Seulement lorsqu'il serait vieux.
Cette sagesse est bien la mienne :
Qui de nous pourrait dire mieux ?

Mais ce qui n'est pas moins bizarre,
Ecoutez parler les garçons :
Ici-bas, le bonheur si rare
Se goûte d'après leurs leçons.
Le mot de liberté parfaite
Commence, achève leurs discours ;
Jamais l'amour ne les maltraite :
C'est le dire de tous les jours.

Veut-on leur parler mariage,
Soudain viennent les quolibets ;
Laissons à d'autres l'esclavage,
Nous y soumettre, non, jamais.
Faire des serments est folie,
Le cœur aime à les déranger,
Surtout près de femme jolie :
Pauvres serments, gare au danger !

Qu'en pensez-vous, belle voisine?
Où sont les serments près de vous?
L'heureux mortel qu'amour lutine
Les a tous mis à vos genoux.
Tous ceux qu'il a faits, c'est trop dire,
Plus d'un ne saurait le flatter;
Aujourd'hui la raison l'inspire :
Vous pourrez tous les accepter.

Fils de la gloire et de Bellonne,
Vous que l'hymen couvre de fleurs,
Appréciez votre couronne ;
Pour vous, plus d'ennuis, plus de pleurs.
Et, si jamais à la frontière
L'ennemi vous rappelle à lui,
Retenez l'amour en fourrière :
C'est le mot d'ordre aujourd'hui.

A MON FILS, POUR LA FÊTE DE SA MÈRE.

Mon cher fils, c'est demain la fête de ta mère,
Mon cœur me dit qu'il faut célébrer ce beau jour ;
    Le tien pense-t-il le contraire?
  Non, car pour elle il est brûlant d'amour.
Ah! l'aimer, n'est-ce pas s'apprécier soi-même!
Son bonheur, tu le sais, est de nous rendre heureux ;
    Douce, complaisante à l'extrême,
Tout nous sacrifier est l'objet de ses vœux.
Avec quels soins touchants, avec quelle constance
Elle veille sans cesse à tes moindres besoins :
    Appui de ta plus tendre enfance,
Toujours tu chériras son amitié, ses soins.

Une mère jamais, non jamais ne s'oublie ;
Le cœur la voit encor, même absente de nous,
Et surtout lorsqu'elle est comme notre Zélie :
Aussi soyons toujours bon fils et bon époux.

MON FILS A SON MAITRE,

S'ADRESSANT A SES CAMARADES.

Du bon Louis que nous aimons,
Amis, c'est aujourd'hui la fête ;
Il faut rire et chanter, dansons,
Au plaisir que chacun s'apprête.
Avec une aimable gaîté,
On est toujours sûr de lui plaire ;
Enjoué, vif, plein de bonté,
Tel est son heureux caractère.
Ah ! bénissons le sort heureux,
Le sort qui nous l'a fait connaître.
Pour nous, que de soins généreux !
Ami plutôt que notre maître,
Combien de fois, par sa douceur,
Nous a-t-il évité de peines !
Pourtant, notre mauvaise humeur
Augmentait bien souvent les siennes ;
Mais nos fautes, surtout chez lui,
Ne faisaient qu'effleurer sa pensée.
Plus raisonnables aujourd'hui,
Abjurons une erreur passée,
Et donnons lui preuve d'amour.
Sans cesse à nos maîtres dociles,

Cherchons à rendre chaque jour
Leurs doctes leçons plus faciles;
Soyons studieux et soumis,
Ils diront : Voilà nos amis!

ROMANCE.

Thaïs, au printemps de son âge,
Belle, pure comme un beau jour,
Voyait le bonheur sans nuage,
Tout souriait à son amour.
« Je suis heureuse sans richesse,
» Amour suffit à mes désirs;
» Thaïs disait avec ivresse :
» Sans nuls soucis, j'ai des plaisirs. »

Elle croyait à la constance,
Jugeant Lindor d'après son cœur.
Hélas! cruelle indifférence
Lui montra bientôt son erreur.
« L'amour, l'inconstante déesse,
» Peu de temps flattent nos désirs;
» Hélas! si Lindor me délaisse,
» J'aurai des peines sans plaisirs. »

Adieu, tant douce rêverie,
Plus de bonheur! Par son amant
Thaïs cessa d'être chérie,
Et dit alors en soupirant :
« J'étais heureuse sans richesse,
» Amour seul comblait mes désirs;
» Mon cruel amant me délaisse,
» Ma peine efface mes plaisirs. »

Lindor, au sein de la fortune,
Etait au nombre des heureux ;
Sans regrets, sans gêne importune,
Il fredonnait ces chants joyeux :
« Je suis comblé par la richesse,
» Amour seconde mes désirs ;
» Ah ! je puis dire avec ivresse :
» Sans nuls soucis, j'ai des plaisirs. »

De nous tous fortune se joue ;
Lindor en doutait, il fut pris ;
Amour lui fit aussi la moue :
Dès lors, adieu les jeux, les ris.
« L'amour, l'inconstante déesse,
» Ne charmèrent plus ses loisirs,
» Et Lindor dit avec tristesse :
» Ma peine efface mes plaisirs. »

Dans les palais, comme au village,
On rit, on gémit tour à tour ;
Parfait bonheur, nous dit le sage,
Ne se voit pas, même à la cour !
« L'amour, l'inconstante déesse
» Flattent rarement nos désirs ;
» Aussi doit-on dire sans cesse :
» Plus de peines que de plaisirs. »

COUPLETS POUR UN MARIAGE.

La plante, la fleur printanière,
Tout ce qui respire ici-bas,
Tout veut une main tutélaire ;
Nous le voyons à chaque pas.

Aussi, fille jeune et timide
Bientôt rêvant un sort plus doux,
Dans sa mère aime à voir un guide ;
Mais pour appui veut un époux.

Si, dans le sentier de la vie,
On peut goûter bonheur parfait ;
Gabrielle, aimable et jolie,
Pour apanage a ce bienfait.
Toutefois elle se décide
A suivre un sort souvent jaloux ;
Sa mère restera son guide,
Son appui sera son époux.

Aimer est une loi suprême,
La nature vient l'attester ;
Tout bas son cœur avait dit : j'aime,
Sa bouche a dû le répéter.
Amour, ne lui sois point perfide ;
Mais que lui ferait ton courroux ?
Elle aura sa mère pour guide
Et pour appui son tendre époux.

Héros chéri de cette fête,
Souriez en cet heureux jour ;
Pour vous un bonheur pur s'apprête,
Jurez un éternel amour.
Gabrielle est sous votre égide,
L'aimer est un devoir bien doux ;
Jurez de la prendre pour guide,
Dès lors vous serez bon époux.

L'amour et le dieu d'hyménée
Viennent d'entendre vos serments ;
Tous deux, sur votre destinée,
Sèmeront les fleurs du printemps.

Sans doute, un jour, le dieu de Gnide
Adoucira ses feux pour vous ;
Vous aurez l'amitié pour guide :
Toujours vous serez bons époux.

Il m'en souvient, ma joie est pure,
Les bois, pendant seize printemps,
On renouvelé leur parure
Depuis que j'ai fait des serments.
Amis, l'époque était la même,
Je les chéris plus que jamais ;
Oui, toujours il faut qu'on les aime :
Nos femmes comblent nos souhaits.

COUPLETS POUR UN MARIAGE.

Ce dieu que chacun à la ronde
Caresse et redoute parfois,
Ce dieu qui gouverne le monde,
L'amour, rarement perd ses droits.
Vif, impétueux et volage,
Il ne connaît que ses désirs ;
Oui, tout, même le plus sage,
Ressent ses maux et ses plaisirs.

Pour Thaïs, aimable et jolie,
L'enfant malin cueille des fleurs ;
Tendre plaisir, douce folie,
Lui font goûter mille douceurs.
Joséphine un peu trop cruelle,
Seule résiste au dieu d'amour ;
Mais comme une autre, cette belle
Se laissera prendre à son tour.

Déjà, je la vois lui sourire;
Ce mot si longtemps désiré,
Si cher à l'amant qui soupire,
Ce oui vient d'être murmuré.
Déjà le flambleau d'hyménéé
Brille d'une heureuse lueur,
Et les plaisirs de la journée
Sont le prélude du bonheur.

Fidèle époux, heureuse amante,
L'amour, l'hymen veillent sur vous;
Pour vous, l'avenir se présente
Sous les auspices les plus doux.
Vos chaînes seront éternelles,
Ah! votre cœur les aimera;
Par des jouissances nouvelles
L'amitié les cimentera.

CHANSON DE TABLE.

Amis, il faut de la gaîté,
Elle double notre existence;
Chantons, célébrons la beauté,
Buvons surtout en abondance :
Avec le vin, avec l'amour,
On nargue à jamais la tristesse;
Aimons donc, buvons tour à tour,
Assez tôt viendra la vieillesse.

Rien, selon moi, n'a plus d'attraits
Que ces vallons, cette prairie,
J'y trouve des ombrages frais,
Le calme, une rive fleurie;

20

Sans apprêts, surtout sans rigueurs,
L'amour fait goûter ses charmes,
La vie est pleine de douceurs,
Plaisir seul fait couler des larmes.

Le riche, au fond de son palais,
Etale en vain son opulence,
Dévoré par mille souhaits,
Non, rien pour lui n'est jouissance.
Le laboureur est plus heureux ;
Si la fortune le délaisse,
Tendre amour sourit à ses vœux,
Du plaisir, il goûte l'ivresse.

Amis, il faut de la gaîté,
Elle double notre existence;
Chantons, célébrons la beauté,
Buvons surtout en abondance.
Avec le vin, avec l'amour,
On nargue à jamais la tristesse ;
Aimons donc, buvons tour à tour,
Assez tôt viendra la vieillesse.

A UNE PERSONNE

QUI ME DISAIT QUE J'ÉTAIS UN AIMABLE VOISIN.

Avec plaisir, de Sidonie,
On vante les attraits ;
Chez elle, la grâce est unie
Aux plus agréables talents :
On l'admire, on fait plus, on l'aime !
Entendez-vous ce que l'on dit partout :
« Elle est douce et bonne à l'extrême,
» L'apprécier est preuve de bon goût ; »

Être aimable serait, dit-elle, mon partage !
J'avais tout lieu de croire à sa bonté ;
Mais devais-je espérer qu'elle me fît hommage
De sa plus belle qualité ?

SUR LE DÉPART DE DEUX AMIS.

Loin de celle que j'aime,
Accablé de désirs,
Ma peine était extrême,
J'existais sans plaisirs.
Cette cruelle absence
Faisait gémir mon cœur,
Mais la douce espérance
En calmait la rigueur.

Une absence imprévue
M'agite en ce moment,
Mon âme en est émue,
Pour moi nouveau tourment.
N'est-il pas véritable ?
Tout le monde le sait,
Sidonie est aimable
Et son père parfait.

Mais l'amitié fidèle
Nous impose une loi ;
Il ne faut pas, dit-elle,
Aimer autrui pour soi.
Ce départ m'est sensible,
Ne point le démontrer
Me serait impossible,
Laissez-moi soupirer.

Sur les bords de la Loire,
Allez, voisins charmants,
Gardez douce mémoire
De ces coteaux riants.
Nos plus chères pensées,
En cessant de vous voir,
Vous seront adressées,
Quel sera notre espoir?

Je le connais d'avance,
Vous penserez à nous;
Jamais l'indifférence
Ne se verra chez vous.
Partez, troupe chérie,
Adieu! puisqu'il le faut,
Au gré de notre envie,
Revenez au plus tôt.

UN ENFANT A SON ONCLE ET A SA MÈRE

LE JOUR DE LEUR FÊTE.

On a des devoirs à tout âge,
Mon cœur a su déjà m'en informer;
Je dois, en ce beau jour, en remplir un d'usage,
Il a des droits à me charmer.
Je veux fêter mon oncle et ma si bonne mère;
Pour réussir que dois-je faire?
Un compliment est fade; offrirai-je une fleur?
Un souffle, hélas! suffit pour la détruire!
Je ne vois d'éternels que mes vœux et mon cœur,
Acceptez-les; pour vous, l'amitié les inspire.

A-PROPOS SUR LE SIÈCLE.

ENSEIGNE : *A la bonne foi.*

Un plaisant disait : Croyez-moi,
Vouloir chez l'humaine nature
Exiger de la bonne foi,
Serait démence toute pure.
A Paris, comme ailleurs, allez chez les marchands !...
Monsieur, Madame, entrez, couvrez-vous, prenez place ;
Et, connaissant du sexe et les goûts, les penchants,
Sitôt madame est mise en regard de la glace.
On peut dire et je crois sans trop s'aventurer,
Qu'ils ont de nos aïeux la finesse et la grâce ;
A mon avis, c'est tout, même on peut l'assurer.
Quand on en vient aux prix, adieu toute franchise !
Entendez-les parler : « Mais, Monsieur, c'est nouveau,
» Ailleurs, vous n'aurez pas un article aussi beau ;
» Madame s'y connaît, je veux qu'elle le dise ?
» La finesse, le goût s'y trouvent réunis ;
» On est dans la maison modéré dans les prix.
» Vous pouvez acheter en pleine confiance ;
» Voyez-le, notre enseigne est : *A la bonne foi.* »
      Amorcé par cette jactance,
Forcé par le besoin, qui trop souvent fait loi,
      On se décide, l'on achète ;
Est-on chez soi ?... bientôt un ami connaisseur
      De près examine l'emplète ;
Elle est très secondaire et de peu de valeur.
Va-t-on chez les voisins, ils vous trompent de même...
Vouloir de la franchise est une erreur extrême ;
Tout au plus, il ne faut que se fier à soi ;

                       20..

Au dire alors d'autrui, bien fou qui se rapporte ;
Et, soit dit entre nous, où gît la bonne foi ?
   Voyez, *sur l'enseigne, à la porte !*
Voudriez-vous la chercher dans la société ?
    Riches, pauvres, même les belles,
Tous trompent à l'envi, sont faiseurs de nouvelles ;
L'intérêt personnel commande à l'équité.
   Oui, lui seul gouverne le monde ;
Partout le cœur se tait, on se déchire, on gronde ;.
C'est cruel à penser, mais c'est la vérité.

L'ABSENCE.

  Les sombres frimats, les autans
  Ne font plus gémir la nature ;
  Les oiseaux ont repris leurs chants,
  Les bois, les prés ont leur verdure.
  Tout paraît sourire en ces lieux,
  Mon cœur seul est dans la tristesse ;
  Hélas ! pourrait-il être heureux
  Loin de celle qui m'intéresse !

  Aimable objet de mon amour,
  Loin de toi je soupire encore ;
  A chaque instant, la nuit, le jour
  Un sombre chagrin me dévore.
  En vain j'invoque la raison,
  Le calme en moi ne peut renaître :
  Adieu tant douce illusion,
  L'absence a tout fait disparaître.

  Seront-ils à jamais perdus,
  Ces moments chers à ma pensée ?
  Nos désirs étaient confondus,
  Je regrettais l'heure passée !

Le présent sans cesse à nos yeux
Fuyait comme une ombre légère :
Alors tout secondait nos vœux ;
Dis-moi, t'en souvient-il? ma chère !

Mais un pressentiment flatteur
Soudain me transporte et m'agite :
Doux plaisir fait battre mon cœur ;
Oui, je le sens, il va plus vite !
Du passé, le doux souvenir,
Vient alléger peine cruelle ;
Mon cœur présage l'avenir,
Il est riant!... Tu m'es fidèle !

Non, plus d'absence désormais,
Le sort va selon notre envie,
Nous réunissant à jamais,
Semer des fleurs sur notre vie.
Déjà de ces aimables lieux,
Je partage la douce ivresse,
Prompt retour sourit à mes yeux ;
Il a dissipé ma tristesse.

ÉNIGME.

Je dois mon être à trois voyelles,
Les rois me prononcent souvent ;
On sait qu'il en est autrement
De la part de certaines belles ;
Mais je dois avouer pour elles
Que parfois leur cœur les dément.
Oh vous! en qui tout est sincère,
Vous connaissez mes sentiments ;

Que mon bonheur est de vous plaire !
Selon mes doux pressentiments
A votre amitié je dois croire ;
Mais, pour que je chante victoire,
Accordez-moi le mot flatteur
Qu'en ces vers je cherche à décrire ;
Je sais qu'il partira du cœur,
J'aurai tout ce que je désire.

COUPLETS.

Oui, le présent a seul le droit de plaire,
Bon ou mauvais, pour nous, c'est du certain ;
N'a-t-on pas dit : ce qu'il permet de faire
Sera peut-être impossible demain.

A chaque instant on parle de sagesse,
Seule, ici-bas, fait-elle le bonheur ?
Mais entendez ce que dit la jeunesse,
Ses dogmes froids assombrissent le cœur !

Si le destin, dans sa bizarrerie,
Veut nous charger du lourd fardeau des ans,
Notre raison alors étant mûrie
Nous fera dire : adieu plaisirs bruyants !

Mais en ce jour, ce Dieu dont la puissance
Agit sur nous, sur tout, dans l'Univers,
Doit, à notre âge, avoir la préférence,
Ah ! n'est-il pas un baume à nos revers !

Parfois l'amour fait bien couler des larmes,
Mais l'existence est telle, on le sait bien ;
Elle nous offre en ce moment des charmes,
Et pour gémir que nous faut-il ?... un rien.

Bacchus encore a bien son influence
Sur ce qui peut sourire au genre humain,
Jeunes et vieux, tout le monde l'ensence,
Il veut des chants qu'on nargue le chagrin.

Au faible, au lâche, il donne du courage,
De ses excès faudrait-il s'alarmer?
Soyons joyeux au printemps de notre âge :
Amour, Bacchus, nous devons vous aimer.

De l'avenir, personne ne dispose :
Si le plaisir s'offre, il faut en jouir ;
L'expérience est là pour quelque chose,
Comme un vain songe, il peut s'évanouir !

Sans nous laisser guider par la folie,
Faire le mal que l'on doit redouter,
Ne sait-on pas qu'avec elle s'oublie
Ce qui parfois est lourd à supporter.

Mes chers amis, si vous voulez m'en croire,
Peu de sagesse et beaucoup de gaîté,
Ayons surtout sans cesse à la mémoire
De nos aïeux la grande vérité :

Oui, le présent a seul le droit de plaire,
Bon ou mauvais, pour nous, c'est du certain,
N'a-t-on pas dit : ce qu'il permet de faire
Sera peut-être impossible demain.

UN ENFANT A SA MÈRE.

A chaque instant je dis à ma mère : je t'aime,
Ma bouche alors devient l'organe de mon cœur ;
Pour toi, mon amitié sera toujours la même,
Je serai studieux et j'aurai ta douceur.

A-PROPOS.

Est-il fait un bon mot, une plaisanterie?
Aussitôt chacun dit : cela vient d'un Gascon ;
Et, si l'on s'en rapporte à la tradition,
De l'esprit, la Gascogne est la mère-patrie.
Cependant, à Paris, il est plus d'un badaud,
Après examen fait, qui pense le contraire ;
L'amour-propre jamais ne se trouve en défaut,
Et, chacun ici-bas, en a le nécessaire.
Comme à l'œuvre toujours l'ouvrier se connaît,
De l'esprit parisien, je vais citer un trait :
    Du bon Louis, la dernière heure,
    Dans l'air venait de retentir,
    Et, pour la céleste demeure,
Sa belle âme venait à peine de partir,
    Que, pénétrés d'une sainte tristesse,
    Partout dans Paris, les Français
    Témoignaient leurs justes regrets,
    Quand soudain un cri d'allégresse,
Vint alléger ce tableau déchirant :
Charles le bien-aimé, Charles est Roi de France !
    Sur cet heureux avènement,
    Chacun tira sa conséquence :
Le commerce, dit l'un, deviendra florissant,
Un Bourbon va régner, et c'est un Roi *marchant !*
A ce mot, le voisin part d'un éclat de rire,
A nos enfants aussi ne pourrons-nous pas dire :
    Lorsque notre bon Charles Dix
    Fit, comme Roi, son entrée à Paris,
    Il a plu dans la France entière.
    Voilà des à-propos, j'espère,
    Qui valent bien l'esprit des cadédis ;
En bonne vérité, qui dirait le contraire?

LE RETOUR.

AIR : *Oh ! vous qui voulez éprouver.*

Amis, imitons nos aïeux,
C'est un dogme de la sagesse,
En buvant et par mille jeux
Ils annonçaient leur allégresse.
Pour célébrer tendre retour,
Que dans nos cœurs la gaîté brille ;
Chantons et disons tour à tour :
Le bonheur est d'être en famille.

Le destin, ce maître puissant,
Dirige tout sur cette terre ;
On le sait, il est inconstant,
Compter sur lui serait mal faire.
 Pour célébrer, etc.

Le moment dont nous jouissons
S'enfuit pour ne plus reparaître ;
Il faut dire si nous aimons,
Demain serait trop tard peut-être !
 Pour célébrer, etc.

Interprète de tous les cœurs,
Le mien, vous dit qu'on vous adore ;
Nous vous revoyons, plus de pleurs !
Plaisir va se trouver encore.
Pour célébrer tendre retour,
Que dans nos cœurs la gaîté brille ;
Chantons et disons tour à tour :
Le bonheur se goûte en famille. *(Bis.)*

ENVOI.

L'auteur de ces faibles essais,
Comme il voudrait, n'a pas exprimé ce qu'il pense ;
Si le ciel l'a doué d'une part de bienfaits,
C'est d'un cœur qui vous aime. Ah ! voilà sa science !

AU BAS DU PORTRAIT D'UNE GRANDE ACTRICE.

Par ses talents, ses traits, elle brille ici-bas !
Si tu veux la nommer, songe au dieu des combats ?

CHANSON DE TABLE.

J'ai chanté le dieu de Cithère,
Pour tendre cœur qui sait aimer,
C'était un devoir qui doit plaire,
N'a-t-il pas tout pour nous charmer ?
L'amour double notre existence,
Ses plaisirs sont de tous les temps ;
S'il est un motif de souffrance,
Il offre bien d'heureux moments !

Toujours gai près de la bouteille,
On m'a vu, le verre à la main,
Célébrer le dieu de la treille,
Noyer mes peines dans le vin.
Amis, j'ai chanté la nature,
J'ai fait remarquer sa splendeur,
Les plaisirs qu'elle nous procure,
C'était une dette du cœur.

J'ai méprisé l'art de médire,
Assez de gens ont cet emploi;
Amis, repoussons ce délire,
Il trahit l'honneur et la foi.
A l'amitié tendre et fidèle,
A la puissante vérité,
Offrons une amour éternelle,
C'est le bonheur, c'est la gaîté.

A la déesse de la chasse,
Je consacre ces derniers chants;
Avec elle, toujours on passe
Les plus agréables moments.
C'est elle ici qui nous rassemble,
Chantons, célébrons ses plaisirs;
Boire, aimer, chasser ce me semble,
En tout, c'est combler nos désirs.

COUPLETS.

Jeter un coup d'œil sur le monde,
A mon avis est fort plaisant;
Amis, on se trompe à la ronde,
On en fait un amusement.
L'homme sera toujours le même,
Son intérêt est douce loi;
Par-dessus tout, c'est lui qu'il aime,
Il faut, dit-il, penser à soi.

Oui, d'un chacun c'est la devise.
On dit dans la société:
Tout à l'honneur, à la franchise:
Est-il plus grande fausseté?

Le conquérant rêve la gloire,
Avec elle est le bonheur ;
Il veut de l'or, et que l'histoire
Un jour signale sa valeur.

Le courtisan flatte, déchire,
En lui tout est bien raisonné :
Près de certains, il faut médire ;
Toujours son mérite est prôné.
Suivez le grand dans ses largesses,
Auprès du pauvre, dans les cours,
Il donne de l'or, des caresses,
Son bonheur l'occupe toujours.

Si l'avare ouvre sa cassette
Pour faire circuler son or,
En le sortant il le regrette ;
Mais vous le connaissez encor.
En tout son intérêt l'inspire,
Il s'enrichit en obligeant ;
Pour être heureux l'amant soupire,
Fine coquette en fait autant.

Je vous donne preuve certaine
Que chacun travaille pour soi ;
Si pour chanter j'ai de la peine
Ou du plaisir, c'est bien pour moi.
Que voudrais-je ? Votre suffrage ;
Sans doute, c'est trop désirer,
Je n'ai point l'esprit en partage,
Alors que pouvoir espérer ?

AU BAS DU PORTRAIT DE CHARLES X.

D'un Roi puissant et sage, amis, voilà les traits!
Pieux, noble, courtois, modèle de vaillance,
Il se fait adorer par ses nombreux bienfaits;
Aussi dit-on partout : *Vive le Roi de France !*

ÉNIGME.

Je m'offre souvent à vos yeux,
Surtout dans la classe ouvrière.
Hélas! plaignons ce vice affreux,
Il nous plonge dans la misère.
La raison, cependant, nous est si nécessaire;
Chercher à l'égarer est le plus grand des maux,
Sans elle, il n'est point de sagesse,
L'instinct guide les animaux;
Ils ne le perdent point par excès de faiblesse;
Dites-le-moi, pourquoi ne pas les imiter?
Mais chut! j'ai trop tardé, je crois, à m'arrêter.

ACROSTICHE.

Fêtons amis cet heureux jour,
Rions, oui, tout nous y convie;
Ecoutez les accents d'amour,
Dans ces lieux tout fête Zélie.
Employons-nous pour la charmer,
Rien nous sera plus agréable;
—Il est du devoir de l'aimer,
Car plus qu'elle rien n'est aimable.

De tout, il faut rire en ce monde,
Et sans cesse dire à la ronde :

Bannissons, de nous, le chagrin,
Et ne pensons qu'à l'allégresse ;
Rions, chantons, et dans le vin,
Mes amis, noyons la sagesse.
On n'est, ici-bas, qu'en passant,
Notre existence à la fleur est pareille,
D'un souffle, on nous voit au néant ;
Employons donc ce court instant
Tout au plaisir, tout au dieu de la treille.

Dès longtemps, j'adore Clicère,
Elle a le talent de charmer ;

Comme Vénus, on la révère,
Rien n'est plus doux que de l'aimer.
On est jaloux de moi, peut-être,
Mais cela ne me surprend pas,
Il est si doux de la connaître,
Elle possède tant d'appas !
Rien ne peut me détacher d'elle ;
Elle m'a dit : Jusqu'au trépas
Sous tes lois, je serai fidèle.

AUTRE.

Maintien si gracieux, esprit, bon caractère,
Ayant, sans y songer, l'heureux talent de plaire ;
Rien ne doit vous manquer pour goûter le bonheur ;
Il n'est rien négligé pour pouvoir vous complaire,
Et, qui ne le fait pas, agit contre son cœur.

AUTRE

ADRESSÉE A UNE AMIE.

Eprouvant chaque jour quelque nouveau malheur,
Loin de tous ceux que j'aime et que j'affectionne,
Il faut, je le sens bien, pour goûter le bonheur,
S'acheminer vers eux, l'amitié me l'ordonne.
Aimable Alexandrine, oui, je vais près de vous
Bientôt guider mes pas. Ah! oui, je le répète,
Embrasser une amie est un plaisir bien doux;
Toutefois je n'aurai qu'une joie imparfaite,
Hippolyte sera bien éloigné de nous.

Nélie est douce et bonne, elle a lu dans mes yeux,
Et d'éternels liens nous ont unis tous deux.
L'amitié, je le vois, chaque jour les resserre,
Il n'est rien que je fasse au monde pour lui plaire;
Elle le sait si bien qu'elle me rend heureux.

AUTRE.

Aspirer à jouir d'un bonheur sans nuage,
Ne saurait dans ce monde être le vœu d'un sage;
Néanmoins le mortel qui sera votre époux
Est sûr de le goûter bien pur auprès de vous.

Ne prenez point ceci pour de la flatterie,
A mon âge, le cœur est sans supercherie :
Dire la vérité, ce sentiment si doux
A cultiver, surtout lorsqu'il s'agit de vous,
Ne rend, je puis le dire, encor plus agréable.
Espérez! l'avenir vous sera favorable;
Tel est, croyez-le bien, le désir de nous tous.

21..

AUTRE.

Chacun veut plaire dans ce monde,
L'art est d'en trouver le moyen ;
En cela, le désir seconde ;
Mais souvent seul il ne peut rien
Esprit, bonté, doux caractère,
Ne vouloir que le bien surtout,
Telle est la maxime pour plaire :
Imitons Clémentine en tout,
N'ayons jamais d'autre modèle
Et nous saurons plaire comme elle.

AUTRE.

Mériter votre estime est un espoir flatteur ;
On la doit, je le sens, briguer avec ardeur.
Regardez près de vous, un chacun la désire ;
Elle est mon bien, je crois ; mais ne peut me suffire.
A l'estime, daignez en ce moment heureux,
Unir votre amitié, vous comblerez mes vœux.

AUTRE.

On vous loue, on vous aime, eh ! pourquoi? dites-vous ;
Raison, attraits, douceur, maintien charmant et doux,
Intelligence, esprit, en faut-il davantage ?
Avec ces qualités qui sont votre apanage,
N'est-on pas, dites-moi, forcé de vous aimer,
Et de dire bien haut : Elle a tout pour charmer?

AUTRE.

CONSEILS A UNE AMIE.

Aujourd'hui, mais bien plus qu'on voyait autrefois
Le plaisir à la mode est celui de médire
Et, tel que vous croyez votre ami, vous déchire.
Xavier, ce bon Louis, modèle de nos Rois,
A faire le bonheur du peuple qu'il gouverne,
Nous n'en saurions douter, se dévoue à jamais.
Dans les Français, pourtant, il trouve de la haine,
Riez des vains propos d'une secte inhumaine;
—ci, comme en tous lieux, possédant des attraits,
Naïveté, douceur, par haine ou par envie,
En vous, on trouvera maints défauts de la vie.

Les propos, croyez-moi, sont pour ceux qui les font,
Et l'on rend tôt ou tard justice au vrai mérite;
Ce sont vos qualités qui vous justifieront.
Oui, vous triompherez, j'en suis sûr, par la suite;
Mettez, en attendant, votre bonheur en vous :
—rès peu d'amis!... on s'aime et demain l'on s'évite ;
En est-il de réels?... Choisissez parmi nous !

AUTRE.

Zèle et prudence en tout, excellent caractère,
Esprit fin et rusé, possédant l'art de plaire;
Mutine cependant et ne cédant jamais,
—mitant en cela quelqu'un que je connais:
Ce portrait, ce me semble, aisément se devine.
Au surplus, c'est celui de ma cousine.

L'AUTEUR A SA BONNE MÈRE.

1er de l'an 1807, en Italie.

Aujourd'hui nous touchons à ce jour fortuné,
A ce jour qui commence une nouvelle année,
Où tout se conformant à l'usage donné,
Croit influer beaucoup sur notre destinée.
Chacun fait des souhaits ou donne des présents :
L'enfant, pour des bonbons, embrassse ses parents,
Et, joyeux, leur débite un phrase agréable.
Le laquais, ce jour-là, prenant un air affable,
Dans l'espoir réfléchi d'avoir un écu,
Incline son chapeau plus bas qu'à l'ordinaire.
De son amant, Rosire, un bouquet a reçu,
Un baiser est pour prix, le baiser est rendu.
Pour moi, pauvre soldat, que souhaiter, que faire ?
Loin de vos yeux, privé de tout, sans nul espoir,
Que penser, si ce n'est de bientôt vous revoir !

ENVOI.

Oui, je saurai, mère aimable et chérie,
Apprécier cette faveur ;
Ah ! j'en serai digne toute ma vie ;
Qui me l'affirme ?... c'est mon cœur.

A VOUS !

Vous qui lirez ces vers que l'amour m'a dicté,
De la douce indulgence empruntez le langage ;
S'ils peignent vos vertus, votre amabilité,
Charmants objets que j'aime, ils sont votre apanage.

A VOUS !

Jadis, la reine de Cythère
Reçut la pomme d'or pour prix de la beauté ;
Oh ! vous dont les attraits ont l'art heureux de plaire,
Agréez ce bouquet pour prix de l'amitié.

A VOUS !

Vous qui par vos vertus, vos attraits enchanteurs,
Possédez l'art heureux d'enchaîner tous les cœurs ;
De ma main agréez cette simple couronne,
Que plaisir a tressée et qu'amitié vous donne !

A VOUS !

En proie à la fureur d'un destin rigoureux,
Je gémis doucement sans accuser les dieux,
Et, pour passer mon temps, par un travail facile,
Je cherche à réunir l'agréable à l'utile.

CHANSON BACHIQUE.

Pour convives de ce festin
Prenons la gaîté, l'allégresse,
Et, pour un moment dans le vin,
Mes amis, noyons la sagesse.

Célébrons Bacchus et l'amour,
Ils font les charmes de la vie ;
Buvons rasade tour à tour ,
Le bonheur naît de la folie.

Employons tout à l'embellir,
Notre vie est un court voyage ;
Mettons en croupe le plaisir,
Et laissons la peine au passage.
    Célébrons, etc.

Aimons, chantons, oh ! mes amis,
Sablons cette liqueur vermeille ;
Mon premier bien est ma Philis,
Et mon second est ma bouteille.
    Célébrons, etc.

Du présent cherchons à jouir,
L'impitoyable temps nous presse ;
Il est un temps pour le plaisir,
S'il en est un pour la sagesse.
    Célébrons, etc.

Allons , de ce jus si vanté ,
Remplissons nos verres sans cesse,
Et vidons-les à la santé ,
Et du maître et de la maîtresse.
Célébrons Bacchus et l'amour,
Ils font les charmes de la vie ;
Buvons rasade tour à tour,
Le Bonheur naît de la folie.

A VOUS!

J'ai rêvé qu'aujourd'hui je devais être heureux,
Ce doux pressentiment, je vois, se réalise ;
J'aimais jusqu'à ce jour, sans être aimé de Lise,
Elle vient de jurer de partager mes feux.

A VOUS!

Aimable favori du Dieu de la lumière,
Le plaisir, dites-vous, fuit de cet heureux bord !
Mon cher ami, comment cela peut-il se faire ?
Vous m'avez bien promis de l'habiter encor.

FIN D'UN BILLET.

Voilà ce qu'écrivait l'amant de Mélanie :
Il la vit, l'adora, l'amour fit son malheur,
Insensible à ses maux, elle assombrit sa vie,
En l'accablant du poids d'une injuste rigueur.

A MON AMI.

Le destin, je le sais, est rigoureux pour toi,
Et ton cœur est si pur!... Mais, cher ami, crois-moi,
Tôt ou tard tu verras un terme à ta souffrance,
Dieu n'a pas cru devoir limiter l'espérance.

EPITRE A UN AMI.

Janvier 1812.

Loin de toi, de tes chers parents,
Privé du plaisir de te dire
De bouche tout ce que je sens,
Je prends la plume pour t'écrire.
Mon cher ami, je prouve bien
Que notre vie est un voyage ;
Ce soir j'arrive et pars demain
Du régiment, tel est l'usage.
En quittant le beau Pays-Bas,
Dans le sein de la Westphalie,
Nous avons dirigé nos pas ;
Mais la route à peine finie,
Bridant de nouveaux nos coursiers,
Chez les belles Hanovriennes,
Nous sommes, à franc-étriers,
Arrivés le jour des étrennes :
Bouquets, bonbons, baisers brûlants,
Nous ont défrayés de la route ;
Mais y resterons-nous longtemps?
C'est à coup sûr ce dont je doute.
Cher ami, je crois qu'Annibal
Se plaît beaucoup en Italie ;
Ma foi, faut-il le blàmer?... bal,
Vin, théâtre, femme jolie ;
Il jouit des plus doux plaisirs ;
Dans ce beau pays tout abonde
Pour satisfaire ses désirs.
Depuis quelque temps tout le monde

Ne parle et rêve que combats ;
Mais une chose singulière,
Quand ?... eux, moi, ne le savons pas.
Sur le Turc, le Russe ou l'Ibère,
Devons-nous cueillir des lauriers ?
Ah ! Messieurs, voulez-vous bien faire ?
Passons l'hiver près des foyers.
Quand la saison sera plus belle,
Animés d'une vive ardeur,
Nous viderons notre querelle.
Pour mieux dire, au petit bonheur,
Ayant si peu d'instants à vivre,
Laissons prononcer le destin ;
Il nous guide, il faut donc le suivre,
Ce que nous désirons n'est rien.
Ah ! cher ami, quel verbiage,
Les vieux seuls radotent, dit-on ;
Je vais être l'exception,
Puisque je commence à mon âge ;
Mais je n'ai point perdu mon temps,
Si cela peut t'être agréable ;
Fais partager mes sentiments
A ta famille respectable ?
Adieu ! pense souvent à moi,
Je t'aime ! à jamais je l'atteste ;
Suppose que je sois Oreste,
Fais-moi trouver Pylade en toi.
Aux trois voisines adorables
Vole pour moi quelques baisers,
Ils me seront bien agréables,
Mais bien plus s'ils m'étaient donnés.

AUTRE.

A MA SŒUR.

Chacun son goût dans l'univers,
A son gré, chacun en dispose,
Eh bien ! je veux t'écrire en vers
Et relègue à jamais la prose.
Me blâmes-tu d'agir ainsi ?
Outre le plaisir de t'écrire,
Ma chère sœur, j'y trouve aussi
Le doux agrément de m'instruire.
Me voilà donc quitte à la fin
D'une route désagréable
Et chez le bon Hanovrien
Je serai, je crois, un peu stable.
Quant à ma situation
Je veux te la faire connaître :
Primo, mon habitation
Est humble, agréable et champêtre ;
J'ai pour hôte un de ces vivants
Qui, n'étant heureux qu'à la table,
Comme il vient, sait prendre le temps ;
Pour hôtesse, une femme aimable,
Mais ayant un défaut bien grand,
Celui d'être un peu surannée.
Une fille au minois charmant
Seule égaie un peu la journée.
La chasse m'offre ses attraits ;
Selon ma coutume ordinaire,
On ne trouve presque jamais
De gibiers dans ma carnacière ;

Mais cela n'est point surprenant
Et j'en devine bien la cause,
C'est que, parfois, tout en chassant,
Je suis occupé d'autre chose.

. . . .

LE TONNERRE.

IMITATION.

J'étais chez Penkaris, objet de ma tendresse,
Tandis que nous étions au sein de l'allégresse :
Tout à coup l'air mugit, de livides éclairs
Sillonnent à l'instant l'immensité des airs ;
La foudre au loin résonne, une frayeur mortelle
S'empare de ses sens : — Sauve-moi ! me dit-elle ?
            En se jetant entre mes bras...
Non, je ne vis jamais une beauté pareille !
Je cueillis un baiser sur sa bouche vermeille.
Eh ! quoi ? lui dis-je alors, tu crains ces vains éclats,
Ces rapides lueurs qui meurent dans la nue ;
Ah ! sauve-moi toi-même !... éloigne de ma vue
            Ces yeux qui troublent mon bonheur !
En dardant leurs éclairs jusqu'au fond de mon cœur.

A MON CŒUR.

IMITATION.

Va, mon cœur, va trouver cette cruelle !
Dis-lui la vive ardeur dont je brûle pour elle ?
Peins-lui l'inquiétude accablante où je suis,
Les pleurs que je répands dans ma douleur mortelle ;

Dis-lui bien que plongé dans de cruels ennuis,
Je traîne, sans plaisirs, ma pénible existence;
    Mais que malgré tant de souffrance,
De chagrins dévorants, de larmes et d'amours,
Dis-lui que si je suis encore aimé par elle,
    Je passerai le reste de mes jours
      Dans une allégresse éternelle !

L'ASSEMBLAGE DES CONTRAIRES.

Baiser délicieux, mais trop cruel pourtant !
    Hélas ! sous les brillantes roses
    Où journellement tu reposes,
    Tu caches un trait bien brûlant !
    Ta douceur produit l'amertume ;
    Par toi, j'espérais apaiser
    La vive ardeur qui me consume ;
    Mais tu ne fais que l'augmenter.
Je trouve du poison dans ma douleur extrême,
    Dans le nectar de l'amour même,
Desséché par la soif d'un désir dévorant,
J'implore ta rosée et mon âme ravie
Croit respirer alors les douceurs de la vie,
Et ce n'est que la mort qui coule dans mon sang !

A PHILIS.

    De la beauté, des grâces, des appas,
    Vous possédez le brillant assemblage.
Belle Philis, partout où vous portez vos pas,
    Mon tendre cœur vous offre mon hommage ;

Dès longtemps je languis et je brûle pour vous,
   Je vous adore : oh ! souvenir trop doux !
Oui, toujours devant moi, je crois voir votre image,
Je la vois, je lui parle et, mais quel vain discours?
Philis ne m'entend pas !... Vous tous, dieux des amours,
    Vous qui lisez dans le fond de mon âme,
      Qui voyez l'ardeur qui m'enflamme,
      Ah ! faites pour combler mes vœux !
      Oui, dis-je, faites que ma belle
       Brûle pour moi de mes feux,
   Dont vous voyez que je brûle pour elle !

A LA MÊME.

    Quels chants font retentir ces lieux?
    Quelle secrète jouissance
    M'agite en ces moments heureux?
    Que vois-je? tout semble à mes yeux
    Prendre une nouvelle existence :
Ce vallon frais, par les monts renfermé,
    M'offre une plus riche verdure,
Le doux chant des oiseaux paraît plus animé;
Dans ces aimables lieux, l'air est plus parfumé,
Ce limpide ruisseau roule une onde plus pure.
    Frappé d'un si prompt changement,
   Je me détourne... Oh ! douce jouissance !
J'aperçois ma Philis ! Dans mon ravissement,
    Je cours, je vole à son avance;
   Et, la pressant dans mes bras amoureux,
Je fus persuadé que c'était sa présence
   Qui seule avait embelli ces beaux lieux.

EPITRE A UN AMI.

Ami, comme une ombre légère,
Le bonheur s'envole à nos yeux ;
Aussi je crois que sur la terre
On compte peu de vrais heureux.
Sans cesse, sur notre passage,
La peine vient se présenter,
Un beau jour fait naître l'orage,
Le bonheur ne peut exister.
A peine aux portes de la vie,
Le sort m'a comblé de rigueur,
Toute espérance m'est ravie
De jouir de la paix du cœur.
Ennemi de toute opulence,
Mes moyens bornaient mes désirs,
Et, dans une modeste aisance,
Je voyais naître des plaisirs.
Heureux, nous dit-on, qui croit l'être !
Ce principe, je l'acceptais ;
Hélas ! je n'ai point vu paraître
Ce bonheur que j'en espérais !...
Non, plus de douce rêverie,
Tout, en ce jour, vient m'accabler ;
Ah ! ma solitude chérie
Seule est là pour me consoler.
Et, ce que j'oubliais de dire,
L'amitié qui veille sur moi !...
Plus de tourments, mon cœur respire,
Je vois l'avenir sans effroi.
Non, je n'étais pas à moi-même
En me plaignant de mon destin ;
Ah ! je sens encore que j'aime !
Tout, même le mal, a sa fin...

A L'OCCASION D'UN MARIAGE.

22 août 1821.

Bacchus et le dieu de Cythère
Etaient fêtés par nos aïeux ;
Amis, n'était-ce pas bien faire ?
L'un et l'autre rendent joyeux.
Nous les imitons, ce me semble ;
Qui peut en douter en ce jour ?
Dites-le-moi, qui nous rassemble
Si ce n'est Bacchus et l'amour ?

Au doux exemple de nos pères,
Restons à table longuement,
Vidons et remplissons nos verres,
Savourons ce vin pétillant.
Qu'une gaîté vive et durable
Nous anime en cet heureux jour ;
Goûtons les plaisirs de la table
En attendant ceux de l'amour.

Comme eux, chantons et sachons boire,
Portons tour à tour des toasts ;
Le guerrier, ami de la gloire,
Boit sans cesse au dieu des combats ;
Nous tous, au bonheur de la France,
Oui, vidons ces flacons nombreux,
Buvons surtout à la constance,
Elle comble aujourd'hui nos vœux !

Par elle, Alexandre et Flavie
Viennent d'être unis à jamais ;
Couple aimable et digne d'envie,
Vous et nous sommes satisfaits.

L'hymen couronne la constance,
Mes amis, ils seront heureux :
Attraits, douceur, bonté, prudence
Se trouvent réunis en eux.

Digne magistrat et bon père
Chéri, respecté d'un chacun,
Et vous, aimable et tendre mère,
Jouissez du bonheur commun ;
Applaudissez à votre ouvrage,
Tendres parents des deux époux,
Le destin change... et sans nuage,
Tout leur prédit des jours bien doux !

POUR LA FÊTE D'UN PÈRE.

C'est aujourd'hui, mes chères sœurs,
La fête de notre bon père,
Offrons-lui chacune des fleurs,
Tribut d'une amitié sincère ;
Oui, célébrons ce jour heureux,
Qu'il soit témoin de notre ivresse,
Que lui-même entende les vœux
Que nous dicte notre tendresse.
Il est, oui, tous nous le savons,
Une chose qui doit lui plaire :
En lui disant que nous l'aimons,
Parlons aussi de notre mère,
Si tendre et si bonne pour nous !
Leur amitié, ce charme de la vie,
Nous est d'un exemple si doux,
Que leur âme sera ravie

En leur jurant, en ce beau jour,
Que, sensibles à leur tendresse,
Nous leur rendons le même amour.
Oui, mes sœurs, répétons sans cesse
Les vœux que nos cœurs font pour eux :
Qu'ils nous aiment, qu'ils soient heureux !

POUR UN JOUR DE FÊTE.

Pour vous souhaiter votre fête,
Vous, qui savez plaire et charmer,
Ce n'est point des fleurs que j'apprête,
C'est un vœu que je vais former :
Que l'amitié, que la sagesse
A jamais vous guident partout,
Avec elles, point de tristesse,
On triomphe toujours de tout.
Ah ! puisse la nouvelle année,
Qui commence aujourd'hui pour vous,
Vous voir heureuse et fortunée,
C'est mon vœu, celui de nous tous !

COUPLETS POUR UN MARIAGE.

AIR : *J'ai parcouru la France.*

Au gré de son envie
Et de ses longs amours,
Près d'Elise chérie
Il va couler ses jours.

Oh ! douce jouissance,
Baume consolateur,
Dès lors Gilbert commence
A goûter le bonheur.

Jouis de ta constance,
Le prix en est bien doux ;
Pour cette préférence,
Sois toujours bon époux.
Loin de vous la tristesse,
Aimez-vous tous les deux ;
Au sein de la tendresse,
Coulez des jours heureux.

Ah ! vous qu'hymen enchaîne,
Du temps sachez jouir ;
La vie est une peine
Pour qui veut réfléchir !
Beauté, bonté, richesse,
Tout vous flatte en ce jour,
Tout semble avec ivresse
Couronner votre amour.

Amis, au couple aimable,
Portons une santé ;
De ce jus délectable
Sablons à volonté ;
Au maître, à la maîtresse,
Souhaitons d'heureux jours,
Vive paix et sagesse,
Rions, trinquons toujours !

EPITAPHE.

—

ICI REPOSE

ELISABETH-ZÉLIE

DE BERMONDET DE CROMIÈRES,

NÉE DEVAUX, EN AOUT 1797,

MARIÉE LE 8 JUIN 1813,

ENLEVÉE A SA FAMILLE INCONSOLABLE

LE 10 JUILLET 1836.

—

Fille tendre et soumise, épouse vertueuse !
Elle était bonne mère et comptait des amis...
Hélas! elle n'est plus! une douleur affreuse
Remplace les beaux jours qui nous étaient promis...
Du ciel, où tu dois être, ô ma chère Zélie !
Vois une mère, un fils, un époux malheureux !
Dans les pleurs, les regrets, ils finiront leur vie ;
T'oublier..., non, jamais !... Veille, veille sur eux !...

Priez pour elle !

AU BAS D'UN CHIFFRE

FAIT DE SES CHEVEUX.

Je ne la verrai plus cette femme adorée !...
Ses cheveux !... voilà tout !... quel triste souvenir ?...
Par l'ennui, la douleur mon âme est dévorée,
Avec elle, ô mon Dieu ! j'aurais dû finir !

DÉLASSEMENT.

Vois-tu dans ce bosquet cette rose naissante?
Et que déjà colore son modeste incarnat;
A peine a-t-elle ouvert sa prison odorante,
Vois? comme elle est plus belle, en offrant moins d'éclat!
Mais à peine le dieu brillant de la lumière
  Se montrera rayonnant dans les cieux,
Renonçant, plus hardie, à sa forme première,
Les trésors de son sein viendront charmer nos yeux;
Mais un rien suffira pour la voir languissante.
Ah! ce ne sera plus cette reine des fleurs
Que Lindor, tout joyeux, offrait à son amante,
Privée, en un clin d'œil, de ses belles couleurs;
   Ses feuilles desséchées,
   Et par le moindre vent
   Sans cesse détachées,
  Nous feront dire en soupirant :
Ainsi se voit flétrir la fleur de notre vie!...
La nature renaît au soleil du printemps;
Lorsque notre jeunesse, hélas! nous est ravie,
Rien ne peut nous la rendre, et, chaque jour, des ans
Le pénible fardeau plus ou moins nous afflige;
Alors, cueillons la rose, amis, dès le matin,
Le soir ne la voit plus si belle sur sa tige;
   Et, puisque le destin
   Ne nous est point contraire,
   Que, même en ce beau jour,
   Il nous semble prospère,
   Cueillons rose d'amour,
   Aimons, cherchons à plaire,
  Pour être aimés à notre tour.

SIMPLE OBSERVATION.

Le temps que j'ai déjà passé sur cette terre,
Hélas ! doit s'oublier, ne m'appartenant plus ;
Fût-il un souvenir, même devant me plaire,
Eussé-je des regrets, ils seraient superflus !...
Ce temps n'est plus qu'un point gravé dans la mémoire,
Et la raison m'a dit, en montrant l'avenir :
    Fais-toi désormais une gloire,
    Un grand besoin de bien finir !
    Plus tôt, plus tard s'éteint la vie ;
    Mais toujours elle dure assez,
Pensant à la vertu, si l'on a bien envie,
    De réparer les temps passés !...

PLAINTES DE DAMIS.

Lorsque l'astre du jour eut fini sa carrière,
Et que la sombre nuit eut obscurci la terre,
Lorsque l'affreux hibou, par ses mornes accents,
De l'aimable fauvette eut remplacé les chants,
Le beau Damis, en proie à sa douleur amère,
Quittait en gémissant sa modeste chaumière.
    Il parcourait les coteaux d'alentours,
    Lorsque, songeant à ses tristes amours,
Il s'assied... là, pensif et presque hors de lui-même :
Oh ! nuit, s'écria-t-il, ma douleur est extrême !
Dure jusqu'au moment où l'amante que j'aime
Partage cet amour qui faisait mon bonheur

23

Avant que mon rival ait pris place en son cœur.
Agréables vallons, retraite solitaire,
Eloignez loin de moi le funeste malheur,
Qui toujours me poursuit depuis que ma Clicère
A trahi sans pitié mon amour et mon cœur.
   Oh! que j'aimais cette inconstante!
  Que j'ai passé près d'elle d'heureux jours!
   Dieux immortels, si mon amante
   Reste infidèle à mes amours,
   Si ma Clicère m'est ravie,
Hélas! délivrez-moi du fardeau de la vie.

SIMPLE RÉFLEXION.

Le bonheur, ici-bas, qui de nous l'a goûté?
Voyez dans ce ruisseau, sur ce sable argenté,
Couler cette eau limpide avec tant de vitesse;
De même le bonheur à nos yeux fuit sans cesse!..,
L'amour, ce sentiment qui peut le procurer,
Semble se faire un jeu de nous voir soupirer;
S'il aime à nous montrer l'avenir favorable,
Du poids de ses rigueurs bien vite il nous accable;
Nous berce, en souriant, de ses illusions,
De ses rayons d'espoir que rien ne justifie.
Heureux celui qui peut, domptant ses passions,
Etre assez fort pour dire: amour, je te défie!...
A la douce amitié, qui fait vibrer le cœur,
Soyons fidèles: tout, oui, tout nous y convie;
   C'est un baume consolateur
Qui nous fait supporter les travers de la vie
En calmant, détruisant ce qu'un sort en courroux
Se plaît à méditer trop de fois contre nous.

BOUTADE.

Chacun a son goût sur la terre,
Le satisfaire est un besoin,
Et c'est ce que nous voyons faire
Toujours avec le plus grand soin :
La pêche, les chevaux, la chasse,
Bals, visites, société,
Chacun selon son gré, sa classe,
Cherche à faire sa volonté.
Pour mon compte, au déclin de l'âge,
Ce bruit ne saurait m'émouvoir,
Simplicité fut mon partage,
Aussi je m'en fais un devoir :
C'est dans la douce solitude,
Pensif, le crayon à la main,
Que j'ai pris la bonne habitude
De me passer du genre humain.
La lecture, la poésie
Occupent, charment mes loisirs ;
Ainsi je termine ma vie,
Oubliant qu'il est des plaisirs ;
Mais le cœur a son exigence,
Il nous fait un devoir d'aimer ;
C'est le charme de l'existence,
Ici-bas tout vient l'affirmer !...
J'aime ma Cloris et mes chiennes,
Que de caresses j'en reçois !
Sans cesse avec moi, si des peines
Viennent m'agiter quelquefois,
Leurs jeux, leur ardentes folies
Sont un baume plein de douceur

Qui vient charmer mes rêveries.
Ah! si le peintre, le sculpteur
Voulaient nous offrir un emblème
Touchant de la fidélité,
Vous le savez, comme moi-même,
Le chien vous serait présenté !...
Mes peines ne sont point amères,
Cloris a tout pour me charmer ;
Mes deux chiennes me sont bien chères,
Je suis heureux d'encore aimer !

COUPLETS.

C'est fort bien de chanter,
Mais le tout est de plaire ;
Ce qu'on peut constater,
C'est difficile à faire.
Tel veut un compliment,
Un autre une satyre,
A tout cela, vraiment,
Que pourrais-je vous dire?

Je ne saurais flatter,
Médire, moins encore ;
Quel saint, pour contenter,
Faudrait-il que j'implore?...
Dire la vérité
Peut-être est téméraire ;
Mais c'est ma volonté,
Au risque de déplaire.

Voyez autour de vous
Comme l'intrigue est fière !

Entendez le jaloux
A langue de vipère.
Au lieu de probité,
Audace sans pareille,
A l'humble Charité
On fait la courte oreille !

De ce siècle pervers,
S'il me fallait dépeindre
Les fautes, les travers,
Je serais trop à plaindre.
Tout voir, sans murmurer,
Sans doute est le plus sage,
Mais qui peut assurer
D'en avoir le courage ?

Eh bien ! pour être heureux
Cherchons la solitude,
Les plaisirs et les jeux,
Laissons-les pour l'étude ;
Par elle doucement
S'écoule notre vie,
Ce bonheur du moment
Est bien digne d'envie.

A LA JEUNESSE.

Oh ! vous, que le printemps semble avoir pour désir
Encore de parer de sa robe éclatante,
Pourriez-vous rester froids aux attraits du plaisir ?
La sévère vertu, la gloire éblouissante,
Peuvent, vous enivrant, parfois tromper vos sens ;
    Mais, croyez-moi, vous êtes dans cet âge

23..

Où l'on doit dire : heureux qui peut de ses penchants
    Suivre la loi puissante et sage ;
    Oui, dis-je, heureux qui sait cueillir,
    Dans chaque saison de la vie,
    Les fruits qui peuvent l'embellir !
    Cette maxime était suivie
    Par nos bons pères d'autrefois ;
    Aussi, répétaient-ils sans cesse :
La nature le veut, ainsi que la sagesse,
Pourquoi donc être sourd à l'accent de leurs voix ?...
Oh ! oui, serait bien fou, je le repète encore,
Qui laisserait faner ces passagères fleurs,
    Que la jeunesse fait éclore,
Pour se laisser aller à des dogmes trompeurs !...
La gloire, la valeur, qui remplissent ce monde,
Ne sont que de vains noms et que rien ne seconde.
Ah ! cette renommée, au bruit si merveilleux,
Qui chatouille parfois votre superbe oreille,
N'est que l'ombre d'un songe, ou, si vous l'aimez mieux,
Un écho qui se tait aussitôt qu'on s'éveille.
Oui, sans inquiétude et l'âme sans remords,
Croyez-moi, de vos sens goûtez la douce ivresse,
Du noir destin cherchez à réparer les torts ;
Dans un oubli profond, noyez ce qui vous blesse.
La prévoyance a bien ses côtés attrayants,
    On l'accepte comme principe ;
    Mais trop de fois elle anticipe
Les maux dont l'avenir menace nos vieux ans.
    Oui, mes amis, que rien ne vous étonne,
Et du bonheur cherchez à savourer la paix ;
    Que le ciel menace, qu'il tonne,
    Qu'il lance ses feux et ses traits ;
Fiers au sein des plaisirs que votre âge procure,
    N'écoutez désormais
    Que la sagesse et la nature.

L'ORAGE.

Voyez dans le lointain déjà s'amonceler
Ces nuages épais, à la couleur livide ;
L'astre brillant du jour est prêt à se voiler,
L'hirondelle effrayée a le vol plus rapide,
    Rase la terre en mille sens.
Mais déjà dans les cieux une effrayante flamme,
A mes yeux étonnés s'échappe par torrents ;
Une affreuse terreur s'empare de mon âme,
    Tout se disperse dans les airs :
Des cris aigus, les vents, le tonnerre et la pluie,
    Epouvantent l'univers,
    Par une effroyable harmonie !...
    Cultivateur vigilant,
    Ah ! que ton sort est à plaindre !
    Il n'a fallu qu'un instant,
    Pour que tu puisses tout craindre !
    Fruit de travaux pénibles et nombreux,
    Tu souriais, ta récolte était belle !
    Le temps d'ouvrir et de fermer les yeux
    Hélas ! peut-être, une peine cruelle
Va faire disparaître un espoir aussi doux !...
Mais le ciel semble avoir adouci son courroux ;
Tout se calme, et les vents, et la grêle et la pluie ,
L'air est plus froid, l'azur reparaît dans les cieux ;
Phébus, dont la lumière un moment affaiblie,
A repris son éclat, nous inonde de feux !
    Hélas ! dominé par la crainte,
On regarde, on hésite, on n'ose approfondir
    Un mal qui peut suggérer une plainte ;
On veut savoir, tout en cherchant à s'étourdir.

Oh bonheur! on entend partout des cris de joie;
Nos champs brillent encor, Dieu nous a protégé:
De ce terrible orage ils ne sont point la proie!
Et tout à coup le cœur se trouve soulagé.
Ainsi le matelot, surpris par la tempête,
Avec anxiété levant au ciel les yeux,
Affrontant le danger qui menace sa tête,
Soudain sourit lorsque, selon ses vœux,
Il découvre de loin la rive désirée,
    Et l'atteint sans rien déplorer!...
Nous le voyons, la vie est ainsi mesurée,
Près du mal est le bien, sachons tout endurer.

DERNIER TRIBUT DE L'AMOUR.

O tombe! objet fatal, où, par suite du sort,
Tu viens de renfermer le corps de mon amante;
Ah! serais-tu, mais non, le séjour de la mort?
Dans ton sein, ma Cloris est encore vivante!
Oui, notre amour y brille encor des mêmes feux;
Malgré moi, toutefois, un horrible malaise
Agite mon esprit : sans cesse de mes yeux
Coulent des pleurs; mon âme est dans une fournaise:
Je me sens consumé par des feux inconnus,
Mais ils ne sauraient être aussi doux que naguère.
O tombe! mes regrets seront-ils superflus?
Non, reçois mes soupirs, exauce ma prière!
Reçois ces vifs baisers, entremêlés de pleurs;
Puisque je ne le puis, hélas! rends-les toi-même
A ces restes chéris, objets de mes douleurs;
Rends-les à ma Cloris, et dis-lui que je l'aime!...
Si des cieux qu'elle habite, ah! c'est là son séjour!

Elle daigne jeter sur moi, sur sa dépouille
Un de ces doux regards où brillait tant d'amour !
Tant d'amour !... à ce mot ma paupière se mouille ;
      Elle ne pourrait s'offenser.
      Ta juste pitié, mon audace,
      Ne sauraient que lui retracer
      Les doux serments que rien n'efface,
      Qu'on pardonne même l'erreur.
Oui, je suis pardonné ! Dans le céleste empire
Il n'est point de colère, on comprend la douleur ;
Oh ! ma Cloris, entends ce que mon cœur m'inspire ?
Que je répéterai jusqu'au dernier soupir :
Vivante, je t'aimais !... Morte, je t'aime encore !...
Ah ! pourrai-je bientôt pour toujours m'assoupir.
Saluer avec joie une mort que j'implore !
Alors, ô tombe ! ô toi que j'arrose de pleurs !
Oh ! oui, tu recevras ma dépouille mortelle !...
Cet espoir me sourit, adoucit mes douleurs ;
Il est, oui, je le sais, une vie éternelle !
      Mon âme, alors montée aux cieux,
    Unie avec celle de mon amante ;
Nos cendres reposant ensemble dans ces lieux.
O tombe ! tu le vois ? ma mort devient pressante ;
Oui, je serai par elle au nombre des heureux !
Nous serons réunis, ô sort digne d'envie !
Ma mort fera ce que n'a pu faire la vie !

SIMPLE RÉFLEXION.

Vous savez d'où provient l'erreur de notre vie ?
Le sage nous l'a dit : Oui, d'écarts en écarts,
Nous voulons contenter, assouvir notre envie,
Ne point mettre surtout de borne à nos regards.

L'inconnu disparaît, nous rêvons des systèmes
En déchirant la terre, escaladant les cieux,
        Et nous nous oublions nous-mêmes...
La vérité souvent se présente à nos yeux;
Nous semblons l'ignorer !... Bien plus grande et plus sage,
La nature se rit des règles, des cordeaux,
Elle a ses propres lois, elle en sait faire usage;
Sans le secours de l'art, termine ses travaux.
En vain nous mettrions toute notre science
        Pour chercher à la deviner;
        Ses merveilles et sa puissance
Disent que devant elle il faut nous incliner.

ÉPITRE A MON AMI.

« Depuis un temps bien long, car l'amitié calcule,
» Je n'ai reçu de vous, pas même une virgule.
» Ces fables, ces chansons, ces aimables envois;
» Votre silence met mon esprit aux abois.
» Vous savez, mon ami, combien j'aime à vous lire !... »
Voilà ce qu'il vous plaît, aujourd'hui de m'écrire;
J'y suis sensible; aussi je reprends mon crayon,
Et voudrais vous offrir douce distraction;
Mais tout ce que je vois a si peu l'art de plaire,
Me fatigue à tel point, que chercher à me taire
Serait peut-être un bien; mais pour vous obéir,
Je vous écris, voilà ce que je viens d'ouïr :
On trouve surprenant, on critique à la ronde,
Celui qui se décide à se passer du monde.
Entendez s'exprimer la généralité :
Sur cette terre on doit vivre en société,
C'est le premier des biens. Notre frêle existence
Y récolte les fruits d'une heureuse assistance.

Les soucis dévorants qu'un bizarre destin
Fait naître sous nos pas, mille choses enfin,
Passent comme un éclair, et, tout nous fait connaître
Que la société seule fait apparaître,
Ce que l'on connaît peu, c'est dire le bonheur.
Est-ce la vérité?... Je dis : c'est une erreur.
Dans ce que l'on veut faire, on songe à la durée,
Que satisfaction vous en soit assurée.
Il faut donc faire un choix dans ses matériaux ;
Surtout point de mélange, ils peuvent être beaux :
C'est une qualité qui ne saurait suffire ;
Il faut du bon, devant beaucoup moins se détruire.
Eh bien ! qu'entendez-vous par la société?
L'assemblage de tous ; en bonne vérité,
Où trouverez-vous du bon?... Faites-en l'analyse,
Et, la main sur le cœur, que rien ne se déguise.
Le grand ne voit que lui ; par son or, son pouvoir,
Vous écraser lui semble un louable devoir.
Commerçant, artisan, même à l'humble chaumière,
Quel est l'esprit de tous?... Chacun a sa manière ;
N'importe les moyens, s'efforce à s'enrichir,
A cette soif, il faut que tout vienne fléchir.
Allez-vous au salon de telle ou telle dame?
Aussitôt votre vue, on se lève, on s'enflamme,
Mille mots d'amitié viennent vous accabler.
Etes-vous disparu? Rien ne peut égaler
Tout ce que contre vous on invente; on peut dire :
C'est l'esprit des salons, toujours, toujours médire !...
Il est pour moi surtout une classe de gens
Dont l'aspect, le contact bouleversent mes sens :
Ces hommes qui pourraient, par leur indépendance,
Acquise avec de l'or, des notions de science,
Vivre heureux, ici-bas, et même s'attirer
Ce vulgaire respect qu'on n'ose mesurer,
Entre nous, n'étant bien que pure politesse,

Qui, faite adroitement, ressemble à la caresse.
Ils devraient être heureux !... Hardiment je dis non !
Ah! pour eux, je ne vois qu'humiliation...
Désaveu d'un public, à la voix écrasante,
Leurs moindres actions, par la presse mordante,
Mises dans tout leur jour, dans un jour qui souvent
Doit donner à penser au plus indifférent.
Croyez-vous, cher ami, ces leçons profitables?
Ils n'en font hautement pas moins les agréables,
Tendent, serrent les mains, caressent le Pouvoir,
Sur ce qu'on leur a fait feignent ne rien savoir...
Ah! j'ai beau réfléchir, et pour la sotte espèce
Faire une large part en tout ce qui la blesse;
Comme elle, je ne puis accepter de sang-froid
Tout ce qui déshonore un être comme moi.
Cette société que l'on aime et qu'on vante,
N'est qu'un amas confus dont l'aspect épouvante;
Et je ne donne ici qu'un bien faible aperçu
De tout ce que je sais, de tout ce que j'ai vu...
Sans doute, bien des gens diront: c'est une fable!
Ce malade écrivain trouve tout détestable;
Cela, n'en doutez pas, provient de son état...
Pour ne point les entendre, éviter un éclat,
Je me sépare d'eux autant qu'il m'est possible;
Qu'ils en fassent de même et me laissent paisible,
Tout seul je pourrai mieux du sort, fût-il mauvais,
Aidé par la raison, supporter les arrêts.
Il est un sentiment que bien haut j'apprécie,
Celui de l'amitié, vrai charme de la vie.
Heureux celui qui peut en goûter la douceur,
Mais sans être animé par un esprit d'aigreur.
Voyons, dites-le moi, la main sur la conscience,
De l'amitié qui donc en connaît la puissance?
Je puis bien hardiment nous nommer tous les deux;
Mais, c'est du genre humain qu'il faudrait les aveux;

Pour ne point en gémir, je prends le parti sage,
Tout en disant que Dieu n'a point à son image
Modelé notre espèce, attendu qu'il est bon,
Je promets de ne faire aucune attention
Sur le bien ou le mal qui s'opère en ce monde
Et du docteur *Pangloss* sans un esprit de fronde,
Car on peut jusqu'alors, sans un mauvais vouloir,
Sans doute, supposer que je vois trop en noir,
Accepter désormais la morale immortelle :
Nous passons, ici-bas, comme la fleur nouvelle,
Pour adoucir nos maux, espérer d'être heureux,
Mes *amis*, croyez bien que tout est pour le mieux ;
Je veux aller plus loin, j'en ai la certitude,
Comme moi, faites donc une sévère étude
De cette liberté que demande le cœur ;
Fermez les yeux, laissez de côté le frondeur ;
Alors, moi le premier, satisfait qu'on m'oublie,
Qu'on ne me dira plus : *Vivre seul est folie.*
Comme par le passé, le présent, l'avenir,
Chaque jour commencé, je le verrai finir
Avec ce calme heureux que l'on aime à mon âge,
Sans regrets des plaisirs, dont souvent l'assemblage
Nous font verser des pleurs, au lieu de nous flatter ;
J'aurai moins de sujets alors pour m'attrister.
Vous ne me direz plus, pourquoi donc ce silence ?
Eloignés, il nous faut douce correspondance !
Comme vous, je le sais, ah ! ce délassement
Toujours fait oublier les peines du moment ;
Je puis dire la nôtre, où l'âme toute entière
S'y montre avec ce charme, avec cet art de plaire
Que tous deux nous savons si bien apprécier.
Sans nulle pression, voulant m'initier
Dans cet art précieux qu'on nomme agriculture,
Sans mettre votre esprit à la moindre torture ;
Vous m'en faites connaître, et je puis dire aimer,

24

Les immenses progrès dont il faut s'estimer ;
De mon côté, non, rien qui puisse vous instruire.
Si parfois je parviens à vous faire un peu rire,
Soit par la chansonnette ou le conte plaisant ;
Si vous m'applaudissez, c'est vous dire indulgent.
A mes yeux, cher ami, c'est un bien grand mérite,
Car l'ennui, je le sais, se redoute, s'évite ;
Mais la tendre amitié, quand l'esprit fait défaut,
Montre de l'indulgence, elle sait qu'il en faut.
Je compte sur la vôtre, elle m'est nécessaire,
Surtout comme pardon de n'avoir su me taire.
Dès lors, un peu plus bref, d'une meilleure humeur,
Cherchant à surmonter ce qui blesse le cœur ;
Si je ne puis avoir le don d'être agréable,
Au-moins je ferai tout pour être supportable.
Adieu, répondez-moi ; de votre esprit plaisant
Vite un échantillon, c'est un besoin presssant,
Qui seul pourra calmer la peine que j'endure
Au contact peu flatteur de l'humaine nature.

ÉPITRE A MON AMI.

J'ai reçu, cher ami, votre aimable missive,
Déjà je commençais à la trouver tardive.
Je l'ai lue et relue avec un tel plaisir,
Que j'ai de suite été guidé par le désir,
Par le désir pressant, bien naturel sans doute,
D'y répondre aussitôt, car l'amitié redoute
Un silence qui peut parfois inquiéter.
Sans rechercher l'éloge, on aime à l'accepter
Lorsqu'il est, du talent, la digne récompense.
Oui, soyez satisfait ; des deux bouts de la France

Déjà la renommée, aux innombrables voix,
A prôné des succès inconnus autrefois,
Simplifiés par l'art, dus à votre génie,
Une immense faveur s'y trouve réunie.
Vos machines dès lors à des prix modérés,
Encouragent d'autant les esprits timorés ;
Travaillée avec goût, cette mère du monde,
Avec bien moins de peine, en sera plus féconde.
Honneur à vos efforts, à vos brillants succès !
Votre nom, cher ami, ne périra jamais !
Combien de grands seigneurs brigueraient votre place?
L'or, la beauté, l'orgueil, sur la terre tout passe ;
Le vrai mérite est là, c'est un souffle divin
Inspirant le respect à tout le genre humain :
Vous n'êtes plus, il vit au-delà de la tombe !...
Plaignons le faible esprit qui tôt ou tard succombe
Sous le poids d'un orgueil souvent démesuré.
Non, pour lui le bonheur ne peut être assuré ;
Mais un ardent désir, mûri par la sagesse,
Celui d'avoir un nom, serais-ce une faiblesse?
Ami, j'aurais alors à me le reprocher.
Comme vous, je voudrais n'avoir pas à chercher
Une célébrité qui vous immortalise.
Je désire ; mais quoi ! le ciel me favorise ;
Sur moi, votre amitié jette un reflet brillant,
Un mérite qui fait qu'on me croit du talent.
Tel on est, a-t-on dit, et tel on s'associe ;
Ah ! de cette faveur, oui, je vous remercie...
Secondé par l'esprit, encor si je pouvais
Vous distraire un moment par mes faibles essais,
Sans toutefois prétendre avoir quelque mérite,
Jouir de ce bonheur que l'amour-propre excite ;
Foyer de ma science, ah ! j'aurais dans le cœur
Ce sentiment, dit-on, prélude du bonheur,
La satisfaction de vous être agréable.

Sans vanité, faisant ce dont je suis capable,
Indulgence, amitié se montreront pour moi,
L'avenir ne saurait me causer de l'émoi ;
Je vais donc, cher ami, dans l'espoir de vous plaire,
Finir cet entretien par la chanson légère.

Vouloir contenter tout le monde
Serait, je crois, un rêve creux ;
Aussi, répétons à la ronde :
Tout, ici bas, est pour le mieux.

Entendez-vous gémir l'avare?
Tout maintenant est hors de prix !
Demandez-vous de son argent? gare !
A dix pour cent, ou je ne puis.

Laure voudrait qu'on la marie ;
Lucas, Lindor... ils sont trop laids !
Victor te plaira, je parie?
J'ignore ce que je voudrais !

Voyez ce brillant militaire,
Naguère il était laboureur ;
Son état cesse de lui plaire,
Il voudrait encor plus d'honneur.

Entendez, pour sa crinoline,
Se plaindre la dame du jour ;
Serais-ce à moi qu'on la destine?
J'y veux quatre mètres de tour.

Quoi? dans un sac vouloir me mettre !
Suivre la mode est une loi,
Il faut amplement s'y soumettre,
C'est un pressant devoir pour moi.

Un labour, pour sa récolte,
Dit que de l'eau serait un bien ;
Une chaleur, même bien forte,
Se désire par son voisin.

J'ai beaucoup d'or dans ma cassette,
Rien ne manque dans mon boudoir;
Mais à quoi sert d'être coquette?
Me dit chaque jour mon miroir.

Ce qui fourmille sur la terre,
C'est, je le vois, les mécontents;
A cela, que pouvons-nous faire?
Dire comme dans l'ancien temps :

Vouloir contenter tout le monde,
Amis, serait un rêve creux;
Aussi, répétons à la ronde :
Tout, ici-bas, est pour le mieux.

Cher ami, comme tout, dans ce monde frivole,
Se finit mon épître. On a dit, nous dirons
Que ce soit bien ou mal, vieille ou nouvelle école,
Presque tout, bien souvent, finit par des chansons.

LES DEUX RENARDS.

FABLE.

Deux renards, m'a-t-on dit, vivaient d'intelligence;
L'un et l'autre rusés, tous ne le sont-ils pas?
C'est une qualité qu'ils portent de naissance,
Bien leur en vaut, le piége étant prêt sous leurs pas!
    L'un était vieux, alors l'expérience
    Venait en aide à l'instinct naturel;
Jugez s'il se faisait souvent des coups de maître!
Non loin de leur terrier, terrier que nul mortel
Ne pouvait soupçonner que si près il pût être,
Se trouvait une ferme, et l'on sait que toujours

La gente volatille y fourmille sans cesse.
  Tout ce qui s'éloignait des cours
N'y reparaissait plus, tant ils avaient d'adresse ;
    On le savait si bien,
    Qu'on ne négligeait rien
  Pour avoir, autant que possible,
  Moins de pertes à déplorer ;
Enfin cela devint de plus en plus nuisible
A la faim, que par force il fallait endurer.
Mais de ces gens maudits, nous pourrions, ce me semble,
Tromper la vigilance en inspectant les lieux
Où, pour passer les nuits, notre gibier s'assemble !
    Dit un renard, et, c'était le plus vieux.
Ami, la nuit est sombre, elle nous favorise ;
Point de presse surtout, allons en tapinois ;
  J'ai tout espoir que, par cette entreprise,
Nous pourrons assouvir, et cela bien des fois,
  Un appétit qui souvent nous dévore.
    Partons... Les voilà tous les deux
Arrivés sous le toit. Au moindre bruit sonore
  L'oreille au guet, portant partout les yeux,
Se rassurant bientôt, par le profond silence,
    Que rien n'interrompt autour d'eux.
  Voilà, dit l'un, qui de plus près s'avance,
  Un jour qui peut bien nous favoriser ;
Mais il faudrait savoir où conduit cette issue ;
    S'il ne s'agit simplement que d'oser
Je suis prêt, dit le jeune. Eh bien! si l'on me tue,
Tu pourras te sauver comme si rien n'était.
Il s'élance aussitôt, flaire avec soin, regarde
L'intérieur obscur et bientôt reconnaît
Qu'au moindre bruit ouvrant la porte, en cas de garde,
  On pourrait bien risquer d'être surpris.
Ne croyant point devoir s'arrêter à la crainte,
Il fallait éviter l'épouvante, les cris :

Doucement il se glisse et, par sa patte étreinte,
Sa proie est mise à mort, même sans s'éveiller.
Pour lui, ce n'était plus le cas de sommeiller ;
De ce lieu dangereux, il faut disparaître.
Le seul moyen était la petite fenêtre
A laquelle il parvint, non sans quelques efforts.
Nos larrons, tous joyeux, songèrent au plus vite
      A s'éloigner de ces abords.
Et, bientôt arrivés sans encombre à leur gîte,
Ils firent du larcin de copieux repas.
Ce n'est pas tout : comment ferons-nous par la suite?
Dit le jeune renard. Qui de nous ne sait pas
Que la précaution toujours est nécessaire
Lorsque, comme nous, on veut se préserver?
Le réduit d'où je sors n'est bâti que de terre :
J'entrevois un moyen pour vite nous sauver,
Dans le cas imprévu d'une prompte surprise;
Faire un, même deux trous : avec nous, dans cet art,
      Non, personne ne rivalise ;
Nous pourrions désormais défier le hasard,
Ayant soin toutefois, avec certaine adresse,
      De les masquer à de perfides yeux ;
Dès lors, plus à gémir d'une sombre détresse.
La crainte, trop de fois, nous a fait soucieux :
Du jour, ne devant plus redouter la lumière,
Des chasseurs et des chiens l'éternelle colère,
On pourrait nous inscrire au nombre des heureux !...
L'à-propos fut goûté : la nuit encore obscure
Leur donnait le moyen de le mettre à profit ;
Alors, pleins de l'espoir qu'un bel appas procure,
      Un bien faible instant leur suffit
Pour aller sur les lieux, et, sans hésiter, faire
Tout ce qui paraissait si bien les satisfaire.
Le terrier ne fut pas quitté le lendemain,
Cette précaution leur parut nécessaire ;

Mais dans la nuit suivante, agités par la faim,
    Favorisés par un profond silence,
Vers leur garde-manger ils portèrent leurs pas.
Après en avoir fait le tour avec prudence,
Ils s'y logent soudain, évitant tout fracas.
    Saisir leur proie avec dextérité,
Et, comme on voit l'éclair s'échappant de la nue,
Ils quittèrent les lieux avec rapidité...
    Devant penser qu'une prompte venue
Pourrait leur coûter cher, dans le cas présumé
    Que le larcin aurait pu se connaître;
Ils s'abstinrent, dit-on, trois nuits d'y reparaître;
Mais l'endroit était bon : tout étant consommé,
Il fallait assouvir une faim dévorante;
Mêmes précautions, entre eux deux, même entente;
Ils se rendent alors aux trous mystérieux,
S'y glissent doucement, non sans un peu de crainte;
Elle était naturelle et contraire à leurs vœux;
En tout, la volonté bien des fois est contrainte!
    Déjà de l'œil, le cœur joyeux,
    Ils convoitaient quelle serait la proie
    La moins difficile à saisir.
    Trop courte fut cette secrète joie!
La porte s'ouvre : à peine eurent-ils le loisir
De se sauver, ce qu'ils avaient rendu facile!...
De retour au terrier, revenus de leur peur,
Notre précaution était-elle inutile?
Dit le jeune renard ravi de leur bonheur.
Non; alors répétons la vérité commune :
Plusieurs précautions valent beaucoup mieux qu'une.

ÉPITRE A MON AMI.

Assis dans mon jardin, et de dame nature
Admirant la fraîcheur, la diverse parure,
Souriant quelquefois et, s'il faut sans détour
L'avouer, critiquant les sottises du jour,
Cherchant à soulever, de plus d'une figure,
Le masque favori qui donne à l'imposture
Un inique pouvoir, cette facilité
De faire, trop de fois, croire à la vérité ;
Enfin, mon cher ami, recherchant avec calme
Une tranquillité qui sourit à mon âme,
Je viens d'être témoin d'un colloque piquant,
Et je vais mot à mot, ma mémoire m'aidant,
T'en faire le récit. Avant que je commence,
Tu sauras que, victime un peu de l'indolence
D'un certain jardinier; mais c'est beaucoup d'honneur
De le nommer ainsi!... D'un simple laboureur,
Mon soi-disant parterre, à mon avis, ressemble
A la société ; présentant un ensemble
Que, par délicatesse, on ne peut définir ;
Mais qu'il faut accepter ou se faire honnir.
Là, le mal et le bien, le suave et l'ivraie,
Près d'une belle rose, on voit la fleur de haie,
Le végétal qui croît au milieu de nos champs ;
Alors ne croyez pas aux récits étonnants
Par celui qu'aujourd'hui je me plais à vous faire...
Un rosier, un chardon, dans mon humble parterre,
S'offrent donc, par hasard, aux regards fort surpris,
Dans un épais massif, à peu près réunis.
Ce matin, le soleil, ce dieu de la lumière,
A peine commençait à réchauffer la terre,
Qu'un colloque assez vif vint s'établir entre eux.

LE CHARDON.

Quelle suavité, combien je suis heureux
De croître auprès de vous !... Ces roses qu'on admire,
Leur éclat varié, ce parfum qu'on respire,
Oui, par votre présence, on peut, en vérité,
Appeler ce séjour : le séjour enchanté.

LE ROSIER.

Merci du compliment, comme tel je dois prendre
Le langage pompeux que vous faites entendre.
Il est vrai, lorsqu'on voit un public connaisseur
S'extasier devant la beauté de ma fleur,
Dire surtout qu'elle est la reine d'un parterre ;
Si je dois l'avouer, ce serait vouloir taire,
Nier un sentiment qui ne peut que flatter ;
Toutefois, je gémis d'entendre chuchotter,
Critiquer un hasard qu'a voulu la nature ;
Mais tant de maux, hélas ! que la nature endure,
Que le bon goût, peut-être, aurait dû corriger !...
En censeurs rigoureux pourquoi donc s'ériger ?

LE CHARDON.

Mon cher voisin, ce mot vous choquera peut-être ;
Mais près de vous ayant eu le bonheur de naître,
Ce me semble, cela doit mettre entre nous deux
Accord de sentiments et ce don précieux,
L'amitié dont le charme à chaque instant procure
Ce bien-être qui seul plaît et fait qu'on endure
Les coups d'un sort bizarre, injuste trop souvent.
Eh bien ! mon cher voisin, sans nul déguisement,
Quels sont donc ces propos, en un mot, ce langag
Déplacé, dites-vous, d'un fort mauvais usage ?...
Vous ne sauriez avoir, et je dois le penser,
Le dessein arrêté, celui de m'offenser,

En voulant, près de moi, conserver le silence,
Je sais que l'on a dit : mais c'est une science ;
Bienheureux est celui qui peut la posséder !
Je le crois ; mais alors on ne saurait céder
A ce, qu'à juste titre, on nommerait faiblesse ;
Parler à demi-mot, sans que l'on vous y presse,
Sans motif, mettre en jeu la curiosité !....

LE ROSIER.

Admettons, en cela, de la légèreté.
A ce passé, mettons une fin, je vous prie.
Comme moi, vous savez que souvent dans la vie,
Un oubli raisonné devient une vertu !...

LE CHARDON.

Ce principe, jamais ne sera combattu ;
Mais c'est pousser trop loin une simple demande ;
Cette réserve, enfin, qui donc vous la commande ?
Ma foi, vous me feriez, en un mot, supposer
Que c'était contre moi qu'on s'est plu de jaser !

LE ROSIER.

En l'admettant, c'est bien un devoir de me taire,
Car répéter le mal ne saurait jamais plaire.

LE CHARDON.

Trève de sentiments ; je désire savoir
Ce que l'on a pu dire : à moi, plus tard, à voir
Si c'est une critique, en juger la portée,
Si l'amour-propre veut qu'elle soit réfutée ;
Mais si je me souviens d'une réflexion
Faite, je puis le croire, avec intention,
Vous ne sauriez blâmer ce que l'on a pu dire !

LE ROSIER.

Ah! vous allez trop loin ; c'est chercher à détruire
Ce que j'aimais encore à conserver pour vous.
Non, non, rien de commun désormais entre nous ;
Et, puisque vous voulez, poussé par l'arrogance,
Connaître, malgré moi, ce que de vous on pense ;
La place du chardon est dans le coin d'un champ.

LE CHARDON.

Il vous sied bien d'avoir pris cet air important,
J'y devrais opposer le dédain du silence ;
Mais il est bon, je crois, que votre omnipotence,
Votre orgueil déplacé aient leur châtiment.
Il est vrai, vous offrez un certain agrément
Placé dans un endroit qu'un chacun vous destine ;
Le caprice en cela, vous le savez, domine
Pour les vôtres, pour vous, soyez mal, soyez bien,
Votre contentement ne se compte pour rien.
Avez-vous une fleur qui, sans doute, à l'envie
Flatte mille regards, elle vous est ravie
Avant que votre orgueil même en soit satisfait.
En est-il autrement ?... Le moindre vent qu'il fait,
L'astre brillant des cieux, par son ardeur brûlante,
En a-t-il désséché cette feuille odorante
Et ravi les couleurs qui la font distinguer.
Bientôt elle n'est plus !... Qu'avez-vous à briguer?
De briller un moment !... Mais ces fleurs, vos voisines,
Qu'avec peu de justice on appelle mesquines,
Sans avoir votre éclat et le parfum si doux,
Ont, selon mon avis, un mérite sur vous.
Leur beauté qu'elles ont leur vient de la nature ;
La vôtre, vous savez bien qui vous la procure!
Le jardinier; souvent l'enfant capricieux

Qui ne regarde rien pour atteindre le mieux
Taillé dans tous les sens : qu'arrive-t-il sans cesse?
Vous n'avez plus de sève et, dans un jour de presse,
Vous allumez le feu du certain jardinier.
Un dernier mot, et que vous ne pouvez nier :
Reportez-vous à votre essence primitive ;
Vous bordez une haie, et votre fleur chétive,
De la bergère, à peine, attire les regards !...

LE ROSIER.

Je devrais mépriser de si puérils écarts ;
Mais vous en tireriez, sans doute, conséquence ;
On approuve, dit-on, en gardant le silence.
Eh bien ! je vous dirai qu'on ne juge, ici-bas,
Que parce que l'on voit. On ne demande pas
Enfin d'où venez-vous? La chose nécessaire
Est de pouvoir briller, heureux qui peut le faire !...
Il est vrai, de sa tige, on sépare ma fleur.
Ah ! parce qu'elle est belle et que, par son odeur,
Elle prodigue aux sens un charme irrésistible ;
Qu'on la cite partout. Ah ! puis-je être insensible
Quand je la vois mêlée à ces masses de fleurs
Pour former ces bouquets aux brillantes couleurs?
A la soirée, au bal, dans les mains de Zelmire,
Ou fixée à son sein offrant, à qui l'admire,
L'assemblage enivrant, ce rêve du bonheur.
Oui, je suis fier d'offrir une si belle fleur !...

LE CHARDON.

Eh bien ! oui, je le vois, vous flattez l'amour-propre ;
Moi, je dis qu'à l'utile il vaut mieux être propre.
Le fabricant de draps me cultive avec soin ;
Pour lui, ma tige, un jour, est d'un premier besoin.

25

En est-il autrement?... A peine la nature
Me montre à la lumière, on me donne en pâture
Au docile animal que Silène montait
Lorsque, près de Bacchus, jadis il se montrait.
Mu par un vif esprit qu'anime la satyre,
On m'envoie en présent! J'en ris, car c'est bien dire
A celui qui reçoit, sinon le mot fâcheux,
Ce qui le sous-entend, qui ne vaut guère mieux!...

LE ROSIER.

Vous vous glorifiez beaucoup trop d'être utile.
Apprenez donc qu'il m'est également facile
De dire que la rose unit à la beauté,
Pour la nature humaine, une autre qualité :
De sa feuille qui tombe, avec soin distillée,
On en retire une eau de son nom appelée.
Le médecin l'emploie à soulager les yeux
Et dit que les effets en sont prodigieux;
Mais je crois qu'il est temps, j'ajoute même sage
De mettre prompte fin à notre amer langage.
Ce que fait la nature, il nous faut l'accepter;
Tout, sur la terre, a bien son mérite à citer!...
J'ai voulu vous cacher ce que la médisance
Prononçait contre vous dans ce lieu de plaisance.
Excité par excès de curiosité,
Moi, par des mots piquants et par légèreté,
De suite il a jailli cette espèce de flamme
Qui, loin de s'amoindrir, s'allumait dans notre âme.
Nous en sommes venus!... Mais voilà la raison
Qui demande, qui veut qu'en toute occasion,
Sans cesse, on reste sourd et muet à l'injure,
Et qu'il faut se laisser guider par la nature.

LE CHARDON.

En suivant désormais ce dogme précieux,
Restons bien convaincus que tout est pour le mieux.

Enfin, mon cher ami, s'il m'est permis de croire
A la fidélité de ma faible mémoire,
Voilà bien, mot à mot, le colloque plaisant
Qui m'a fait, ce matin, passer un doux moment,
Et penser, je l'avoue, à bien de nos semblables!...
Ah! combien en est-il que l'orgueil rend coupables!
Et qui, vindicatifs, ne peuvent se flatter
D'écouter la raison qui dit de s'arrêter,
Lorsque la passion, mauvaise conseillère,
Par des appas trompeurs commande le contraire!
Le chardon, le rosier, après réflexion,
Avoir fait ressortir le mauvais et le bon,
Dus à leur caractère et même à la nature,
Acceptant la raison qui, sans cesse, procure
Le don d'apprécier le bien, la vérité,
Par un simple langage, empreint d'aménité,
On prouvé qu'ils pouvaient, malgré leur humble sphère,
Donner une leçon qu'on peut dire exemplaire!...
Ma tâche est achevée avec plaisir et goût,
Dois-je en être content?... Il faudrait avant tout
Etre persuadé, si ce n'est de vous plaire,
Au moins pour un moment d'avoir su vous distraire.

HISTORIETTE.

Dans une ville dont le nom
Ne peut venir à ma mémoire,
Deux familles à beau renom
Si, toutefois il faut en croire
Ancienne notoriété,
Depuis de fort longues années
Vivaient en grande intimité;
Mais il en est des destinées

Las ! comme de tout ici-bas :
Sans le vouloir, sans le connaître
Le mal arrive, on ne sait pas
Ou bien trop tard qui l'a fait naître..
J'en ai l'exemple sous les yeux,
Il m'est offert par ces familles.
Dans leur personnel gracieux
Figuraient deux charmantes filles :
Elles étaient seules d'enfants ;
Une amitié vive et sincère,
Cette amitié du bon vieux temps
Qui vous unit et qui resserre
Les doux nœuds que forme le cœur,
Chez elles, se montrait riante
Et se disaient : mais le bonheur
Si rare, dit-on, nous contente ;
Oh ! non, jamais félicité
Ne saurait être plus entière !...
Craindre parfois la parenté
Serait un bien qu'on ne sait faire ;
Elle engendre l'intimité
Qui conduit plus loin qu'on ne pense.
Le jeune Arthur, ami, parent
De ces familles ; dès l'enfance
Vif, enjoué, conteur plaisant,
Accueilli sans la moindre gêne,
Ne laissait point passer un jour
Sans qu'avec plaisir il ne vienne
Faire son petit doigt de cour.
C'était une histoire nouvelle
Qui, le plus souvent, égayait
Et, d'autres fois, une querelle
Dont la final déplaisait ;
Voyant que c'était une amie,
Soit malheur ou légèreté,

Qui deviendrait une ennemie.
On allait en société :
D'abord, c'était la retenue
Qui se montrait visiblement;
Une autre histoire était connue,
On s'éloignait totalement.
Comme on voit dans un incendie,
Sujette d'un fier aquilon,
Soudain une flamme en furie
Jeter la consternation.
Dans la société, de même
Un malaise, qu'on redoutait,
Mettait une froideur extrême
Chaque fois qu'on la fréquentait.
En cela, comme en toute chose,
Il ne saurait, dit la raison,
Se voir un fait sans une cause.
Eh bien ! avec attention
Cherchons, s'il se peut, à connaître
Celle du mal qui nous surprend ;
Ces familles, dont le bien-être
Se puisait dans le sentiment,
Sous le voile de la prudence,
Avaient formé ce grand projet.
Arthur brillait par la jactance,
Comme elle est un mauvais cachet ;
On crut qu'il serait nécessaire
D'approfondir adroitement
Tout ce qu'il pourrait dire ou faire.
Le destin veut que le méchant
Ne puisse trop voiler la trace
D'actes, dont l'impunité
Ne fait que donner de l'audace.
Une accablante vérité,
Sans tarder, vint prendre la place

Des soupçons qui pesaient sur lui.
A l'aide même du mensonge,
Attirer l'attention d'autrui,
Hélas! est un vice qui ronge
Et détruit la société.
Arthur, s'étant trop fait connaître,
Fut à l'instant mis de côté ;
Honteux, n'osant plus reparaître,
Il fut cacher en d'autres lieux
Les vifs remords de sa conduite.
Dès lors on se disait : il faut que l'on évite
Un menteur comme un ami dangereux.

LE RACCOMMODEMENT.

ROMANCE.

Plaignons l'homme faible et sensible;
Pour lui, n'est point fait le bonheur.
Pour qu'il soit durable et paisible,
Il faut garder la paix du cœur.

Arthur aimait la tendre Adèle,
L'Hymen vint couronner leurs feux
Et, l'amitié toujours fidèle,
Resserrait leurs aimables nœuds.

Chaque jour ils aimaient à se dire :
Soyons unis jusqu'à la mort!
Leur bonheur tenait du délire,
Partout on enviait leur sort.

Un beau ciel n'est point sans nuage,
Un rien suffit pour le voiler ;
De même hélas! dans un ménage
Moindre soupçon vient le troubler.

Güidé par la noire folie,
Arthur dut paraître inconstant ;
Un jour, cruel jour il oublie :
C'était une erreur d'un instant !...

Adèle, contre l'ordinaire,
Fut susceptible, eut du chagrin ;
Arthur employa la prière,
La pauvrette n'écoutait rien.

Hélas ! tendre amitié pardonne,
Nouveaux serments furent donnés
Et, dès lors, le bonheur couronne
Les nœuds des époux fortunés.

Plaignons l'homme faible et sensible,
Pour lui, n'est point fait le bonheur :
Amis, pour le goûter paisible,
Il faut garder la paix du cœur.

ÉPITRE A MON AMI.

HONNI SOIT QUI MAL Y PENSE.

Je suis presque certain que tu dis en toi-même
Que fait donc cet ami, sa paresse est extrême ?
Sa lyre qu'en fait-il, plus de sons, eh ! pourquoi ?
Je le sais, le silence est souvent une loi ;
Mais aussi l'amitié nous impose la sienne,
L'accomplir est un droit, il faut que l'on y vienne.
Comme je ne saurais chercher à mériter
Le titre d'indolent et, que pour l'éviter
Il faut, bon gré, malgré, que j'accorde ma lyre,
Je la reprends ; mais quoi ! rien, non rien ne m'inspire !

Toutefois j'oubliais que je suis limousin,
Noble pays, jadis dépeint par Poquelin,
Dans un sieur Pourceaugnac. Par l'esprit qu'il lui donne
Jugeait les habitants dans sa seule personne.
Etait-ce bien ou mal? en ce cas épineux,
Peut-être aurais-je tort de dessiller les yeux :
La vérité, parfois, ne peut être agréable;
Mais le doute souvent nous est insupportable;
En un mot, le silence est nul en ce moment,
Acteurs et spectateurs, plus ou moins finement,
Viennent de se montrer à la face du monde.
Comme de toute chose, un chacun à la ronde,
A parlé longuement; et tu dois bien penser
Que de parler encore on est loin de cesser,
Dans notre *belle* ville!... En bonne conscience
L'adjectif est de trop, le bon goût s'en offense.
A Limoges enfin, l'esprit imitateur,
Comme un éclair, se montre en régénérateur.
Une Exposition, dite universelle,
Est conçue, arrêtée, électrique étincelle
Du centre de la France embrase les esprits :
A l'ouvrage les grands, surtout force petits!...
Au jour dit, mille yeux d'une foule compacte
Avec avidité, mon idée est exacte,
Regarde, dois-je dire, admire les talents,
Les immenses produits de soi-disant savants!
Non, regarde, c'est tout; mais c'est bien quelque chose !
Tout a sa conséquence, et chacun pour sa cause
Fait plus ou moins mousser un sot empressement.
La curiosité, mobile du moment,
Est tout ce qui ressort de ce charlatanisme;
J'oubliais toutefois qu'un superbe égoïsme
A pris sa large part au brillant impromptu;
Mais ici-bas, dis-moi, n'est-il pas reconnu
Que de tous temps il fut, et sera même encore,

Le dieu qui nous inspire et je crois qu'on adore !
Oui, le *primo mihi*, venu de nos aïeux,
Sera bien la vertu de nos petits neveux.
On a donc beaucoup vu, bien plus que moi, je pense,
Car s'il faut l'avouer, et cela sans offense,
Ennemi du fracas, je suis resté chez moi.
Par indiscrétion, veut-on savoir pourquoi?
On m'a dépeint Janus, comme ayant deux visages :
Dans n'importe les rangs, sans distinction d'âges,
La masse en est hélas ! si forte de nos jours,
Que pour ne pas les voir, il nous faudrait toujours,
Sinon fermer les yeux : ce que j'ai fait, le faire ;
Garder l'incognito dans sa petite sphère.
La raison, je le sais, prescrit de s'abstenir
Lorsqu'on ne peut soi-même avec fruit définir
Les mille et mille objets soumis à notre vue,
Rechercher, s'il se peut, la chose inaperçue.
Vient-on de suivre ici ce principe divin?
Je l'ignore et ne puis qu'en modeste écrivain
Relater les on-dit qui, s'il faut les en croire
Ne sauraient rien graver de bien dans la mémoire.
Eloges hasardés, mérites méconnus,
Enfin le médiocre et le beau confondus !
Un tel état de chose aisément se devine.
Le monstre hideux est là, la faveur qui domine,
Régit tout ici-bas, surtout en Limousin ;
Mais le plus curieux et ce qui dépeint bien
Cette lourde peuplade, à la bouche béante,
C'est l'orgueil qui l'a fait agir scène tenante.
On m'a dit bien des fois, dès mes plus jeunes ans,
Que bien petit était le nombre des savants,
Que la science infuse est encore un problème !
J'étais jusqu'à ce jour dans une erreur extrême.
Par la pièce jouée, on nous a bien fait voir,
Que n'importe l'état, le degré de savoir,

On pouvait hardiment décerner des médailles !...
Artistes, fabricants, éleveurs de volailles,
Là, sont les résultats. Etes-vous satisfaits?
De tous côtés j'entends : Où prendre les niais?...
Nous sommes au surplus forts de l'expérience;
Bien rusés seront ceux, même avec leur science,
Qui nous feront tomber dans un piége nouveau !...
De ce qu'on a voulu nous dire utile et beau,
En raccourci, telle est la risible finale !...
La tâche, il est bien vrai, sera souvent fatale
A quiconque voudra rendre un chacun content;
Car pour en alléger le poids toujours pesant,
Il faudrait une chose !... Elle serait certaine
Pour arriver au bien; mais elle est surhumaine!
Pure abnégation, sévère vérité!...
Ah! qu'on aille fouiller dans la société,
Ce serait, dans la mer, chercher un grain de sable !...
Ce que je dis ici paraîtra détestable;
A ceux-là, je réponds : en retraçant ces faits,
Vous reconnaissez donc quelques-uns de vos traits?
Alors, pour l'avenir, que cela vous corrige,
Tout en sera bien mieux, même l'honneur l'exige !...
— Palais de l'Industrie, ah! c'en est fait de toi,
Ta belle architecture et ce je ne sais quoi
Qui charmaient tous les yeux, un mot a dû suffire,
Et déjà tu n'es plus !... Tout doit donc se détruire !
Cruelle vérité, qui porte dans nos cœurs
Ce motif trop réel d'incessantes douleurs !...
Il est, nous le voyons, un terme à toute chose,
A tort, avec raison, on rit, partout on glose;
On ne suit en cela qu'une commune loi :
Si j'ai parlé de Jean, sans nul doute, sur moi,
Il a fait ou fera fausse ou plaisante histoire.
Faut-il nous en fâcher? Je ne saurais le croire;
Tout, à la fin de l'an, se trouve confondu,

C'est un prêté, dit-on, qui sans doute est rendu.
On ne saurait blâmer une telle maxime ;
Ne plaignons que celui que le mal seul anime !...
— Ta patience enfin est à bout, cher ami,
Je laisse avec raison ce récit à demi ;
Mais avec ton esprit, par cette simple esquisse,
Tu jugeras pourquoi si doucement je glisse
Sur ce que le bon sens appelle vérité.
Chacun sait ce que vaut la triste humanité ;
Ne point s'en tourmenter, en but de la refaire,
Est, je crois, le plus sage, et ce qu'il nous faut faire.
Adieu, pour aujourd'hui ; si, d'être paresseux,
Tu m'as taxé parfois, je te vois soucieux
En achevant de lire un si long verbiage ;
Mais souvent on radote, et c'est bien à mon âge !
Il faut donc pardonner, surtout n'ignorant pas
Que, lorsque je t'écris, le temps fuit à grands pas.

A MON AMI.

Ami, grande nouvelle !
Tout de bon, cette fois,
J'ai perdu la cervelle,
Ou du moins je le crois ;
Mais si j'allais te dire :
J'ai lieu de t'accuser !
D'ici je te vois rire ;
Mais tu veux t'amuser ?
Pure plaisanterie,
Alors je le prends bien.
Non, non, la flatterie
N'a jamais valu rien.

L'orgueil est notre essence
Hélas! s'il est flatté,
Il prend de la puissance.
Comme l'enfant gâté,
Commande, nous maîtrise;
Tout à sa volonté
Et rien à notre guise.
Tel je suis en ce jour!
Dans ton style agréable,
Où l'on voit tour à tour
Briller l'esprit aimable
Qui vous plait et séduit;
Et ces mots de satyre
Frappant à petit bruit,
Instruisant sans médire.
Tu m'as, par trop souvent,
Accordé du mérite,
Je me suis cru savant;
On se flatte si vite!
Eh bien! le croirais-tu?
Je fais gémir la presse!
Ah! le cœur m'a battu
Depuis cette faiblesse;
Toutefois ma raison
A repris son empire,
Et, sans prétention,
Je crois bien pouvoir dire :
Si vous riez de moi,
De vous, j'en fais de même!...
S'il était une loi,
D'une rigueur extrême,
Appréciant l'esprit,
Prononçant une peine
Contre tout sot écrit,
Qui n'aurait pas la sienne?

Partout oisiveté !
Imprimeurs et libraires,
Selon leur piété,
Auraient pour leurs prières,
Du temps à disposer.
Tant d'autres industries
Pourraient se reposer.
Mille papeteries
Brocheuses, relieurs
Feraient bien triste mine !
Comme partout ailleurs,
Si l'esprit ne domine
Parmi les écrivains,
Tel qui veut de l'ouvrage,
Tout en claquant des mains ;
Il est sot, c'est dommage,
Dira-t-il en riant ;
Mais il me donne à vivre ;
Leur nombre en étant grand,
Si l'orgueil les enivre,
Nous n'en serons que mieux.
Alors je vais donc faire,
Pour ma part, des heureux !
— Par bonheur, sur la terre,
Dieu qui veille sur tous,
Dans sa sagesse extrême
A créé parmi nous
De ces êtres, *quand même !*
Qui trouvent tout fort bien ;
S'ils veulent bien me lire,
Alors je ne crains rien.
Dois-je encore le dire,
Mais qui ne le sait pas ?
Un livre a du mérite,
N'est point un embarras

Pour celui qui l'édite,
Lorsqu'il séduit les yeux
Soit par sa reliure,
Son format gracieux
Et sa riche dorure ;
Au fait, le contenu
N'est qu'un faible accessoire ;
De nos jours, c'est connu,
C'est même de l'histoire.
Pourtant, mon cher ami,
Sous le poids de la crainte,
Oui, mon cœur a gémi ;
Toutefois, point de plainte,
J'agis en volonté.
Je sais que la critique,
Souvent par âpreté,
Avec bonheur s'applique
A noircir, à briser
La moindre renommée ;
Qui ne sait la priser !
La faveur est fumée !...
Je crois donc que le mieux
Est de faire à sa guise,
Souvent fermer les yeux
Et prendre pour devise :
Advienne que pourra !
Viendrait-on à médire ;
Mais le public rira !
Eh bien ! laissez-le rire.
L'amour-propre jamais
N'a guidé ma pensée.
Dans mes faibles essais,
Trop justement blessée,
Si mon âme, parfois,
Montrant de l'amertume,

A pu mettre aux abois,
Ayant vieille coutume,
Certains mauvais esprits ;
Si cela les corrige,
Bravos à mes écrits,
Ils auront fait prodige !
Qu'ai-je voulu pour moi ?
Chose bien nécessaire,
Suivre la grande loi,
A nous tous salutaire,
Craindre l'oisiveté
Qu'engendre la paresse.
Dans ma simplicité
S'écoule ma vieillesse,
Sans le moindre regret
Des plaisirs de ce monde !...
Dans son humble trajet,
Ainsi roule son onde
Le modeste ruisseau ;
Ah ! rien ne l'a troublée,
Elle suit son niveau !...
De même, à ma pensée,
Je laisse libre cours !
En cette circonstance,
Et puis dire toujours,
Je puise la science
Dans les plis de mon cœur,
C'est lui seul qui m'inspire !
Avec moins de rigueur,
Qu'on veuille alors me lire !
Mon orgueil est celui
D'avoir désiré plaire ;
Accordez-moi pour lui
Indulgence plénière !
Adieu, mon cher ami,

Cette fois, je le pense,
Ce n'est pas à demi
Que, de ta patience,
Hélas! j'ai mésusé;
Mais je vois ton sourire,
Ah! je suis excusé,
Tu n'as plus qu'à le dire.

A MA FULVIE.

A vous, charmants oiseaux, chantres de la nature,
Je vous prends à témoins des peines que j'endure;
Comme vous, respirant sous ces ombrages frais
Le parfum de ces fleurs qui bordent ces bosquets;
Comme vous, animé par cette vive flamme,
Par cet amour divin qui fait vibrer mon âme.
J'attends, il ne vient pas : ah! ne m'aime-t-il plus,
Mes soupirs, mes amours seraient-ils superflus;
Que penser de l'objet qui m'attache à la vie!...
Mais je le vois!... Accours, adorable Fulvie;
Viens, et qu'un doux baiser prouve, comme toujours,
Que nous sommes heureux au sein de nos amours!
— Naguère, près de toi, caché par ce feuillage,
Tu parlais!... Curieux, comme on l'est à mon âge,
Je t'écoutais. Mais quoi!... Par ces mots dont le cœur,
En juge souverain, connaît seul la valeur,
Tu disais : Je ne puis bien être appréciée.
Oh! oui, mon cher Lindor, ignore ma pensée!
Ma bouche, par pudeur, n'a pu dire, exprimer
Le sentiment de feu qui me force d'aimer.
Mes yeux, même un sourire; ah! ce qui dans l'amante
Dénonce de l'amour la flamme si brûlante,

Tout avec soin caché n'a pu se deviner ;
Puis-je donc espérer de le passionner ?
Ah ! Lindor, je voudrais, oui, je voudrais te dire
Qu'ici-bas, seul pour toi, mon tendre cœur soupire ;
Mais en moi, tout, oui, tout doit te le faire voir !
Le dire !... Trop cruel serait mon désespoir
Si tu ne partageais pas ce feu qui me dévore ;
Dans cette incertitude, ah ! dois-je attendre encore !...
— Des larmes s'échappaient de tes yeux, et ton sein
Vivement agité, mieux que tout, prouvait bien
Que ces plaintifs accents émanaient de ton âme !
Oh ! ma Fulvie ! objet de ma plus tendre flamme,
Te dire, t'exprimer ce qu'éprouvait mon cœur,
En cet heureux moment, ce moment de bonheur ;
Non, je ne le pourrais. Ah ! par délicatesse,
Je dus me comprimer ; mais, pour toi, ma tendresse
N'a pu que s'augmenter depuis cet heureux jour.
Oui, ce que tu disais, je le dis à mon tour,
A la face du ciel, du soleil qui l'éclaire
Et de Dieu qui m'entend, je jure de tout faire
Pour que ton vif amour ne s'éteigne jamais
Et que le Dieu des cœurs couronne nos souhaits !

EPITRE A MON AMI.

Encore, cher ami, me taxer de paresse !
Ce mot, venant de moi, flatte, jamais ne blesse.
L'amitié, je le sais, sans un mauvais vouloir,
Désire que le cœur en tout se fasse voir.
Est-on près ? C'est la bouche, interprète fidèle,
De ce qu'il nous suggère qui, plus ou moins, rappelle
Que l'oubli, la paresse, apportent tôt ou tard

Ce malaise fâcheux, dont la trop large part
Afflige si souvent notre frêle existence !
Etes-vous loin ! alors, c'est la correspondance,
Ecrit quotidien que l'homme a su créer,
Qui, par son vif attrait, a l'art de suppléer
Au plaisir qu'on n'a pas, qui sans cesse procure
Ce bonheur idéal, charme de la nature.
Loin de toi, cher ami, c'est ma plume toujours
Forcément à laquelle il faut avoir recours.
Je ne sais trop pourquoi; mais tout me porte à croire
Qu'aujourd'hui, mon humeur n'est pas commode, est noire.
J'avais bien fait le vœu, dans un jour de gaîté,
De ne plus m'occuper de la société :
Eh bien ! sans le vouloir, il m'arrive sans cesse
La preuve d'actions dont l'énormité blesse,
Que je voudrais cacher pour l'honneur des auteurs.
L'honneur, mais en ont-ils ? Non, il se place ailleurs,
Où l'on sait en goûter le charme irrésistible !
La mauvaise action !... qui peut croire possible
De la voiler aux yeux de quiconque a du cœur ?
Soudain de bouche en bouche, une vive rumeur,
Prompte comme l'éclair qui sillonne la nue,
L'annonce : c'en est fait, partout elle est connue !
Aussi, dit-on, voyez à si riche blason
Ce grand, qui n'a de grand que son illustre nom,
Qui, par son mauvais cœur, déshonore sa race !
Sentiments les plus chers, devant lui tout s'efface ;
Il lui faut, avant tout, de l'or et des plaisirs !...
Il est une autre classe, ayant d'autres désirs,
Peu fière d'imiter l'exemple de nos pères
Qui, dans leurs vieux castels, dans leurs humbles chaumières
Trouvaient, goûtaient toujours ce qu'on nomme bonheur,
Le cherche chez autrui !... Ce foyer où le cœur
Se dilate sans crainte, où l'amitié chérie
Vous fait, à chaque instant, apprécier la vie,

Se quitte avec plaisir, comme un lieu de douleurs !
Ah ! ne doit-on pas dire : Autres temps, autres mœurs !
Pas de petit chez soi, se disaient-ils sans cesse ;
Ailleurs, on peut trouver aménité, tendresse ;
Donnez-vous de la gêne ? on cherche à l'endurer,
Par simple politesse, on le fait ignorer ; ·
Mais qui donc ne sait pas que, dans nous, il domine
Un suprême besoin, un besoin qui nous mine ;
S'il se trouve altéré par une crainte, ou bien
L'habitude brisée... ah ! nous savons combien
Ce charme a du pouvoir sur une âme sensible !
C'est elle qui la rend supportable, paisible.
Tout, oui, tout nous attache à notre intérieur ;
Notre chat est fripon, on aime sa douceur ;
Par son espièglerie il excite au sourire,
C'est un moment passé, souvent propre à détruire
Soudaine inquiétude ! Et ces oiseaux, ces chiens
Dont on veut surveiller, contenter les besoins !
Avez-vous un parterre ? oh ! c'est là qu'avec joie,
A chaque instant, toujours, votre goût se déploie :
Soit greffer ou planter, mille choses enfin
Font qu'avec peine on voit, du jour, venir la fin ;
Hélas ! êtes-vous seul ? les besoins de la vie
Se devinent chez vous, et votre âme est ravie
Voyant que l'amitié, qui ne peut s'acheter,
S'offre et calme les maux qu'on ne peut éviter !
Voilà, qui dira non ? l'assurance flatteuse
Que c'est dans son foyer que la vie est heureuse.
Penses-tu le contraire ? Ah ! je ne le crois pas ;
Comme moi, détestant ces faiseurs d'embarras,
Laissant à qui de droit les affaires du monde,
L'aride politique et la fière faconde
De tous ces novateurs aux cerveaux altérés ;
Dédaignant les plaisirs bruyants, immodérés,
Dans ton castel, au sein d'une aimable famille,

Tu vis heureux, content; pour toi, le bonheur brille.
Du sort je ne saurais accuser la rigueur ;
Une chose pourtant me pèse sur le cœur :
Nous sommes éloignés? Mais qui donc sur la terre
Ne forme pas des vœux? N'a-t-on pas la prière
Qui prouve, à chaque instant, que l'homme a des besoins;
Pour les diminuer, il y met tous ses soins ;
Hélas ! y réussir est la chose impossible,
Même ce résultat lui deviendrait nuisible.
Le dégoût naît souvent de la satiété,
Le désir est alors de toute utilité,
Et même, on peut le dire, un charme à l'existence,
Surtout, si près de lui, vient briller l'espérance.
Eh bien! mon cher ami, je ne murmure plus,
Point de regrets, dès lors, je les vois superflus !
Si l'amitié contrainte en devient plus intime,
J'accepte cet espoir ; je puis dire : il m'anime
D'une tranquillité qui me fera goûter
Ce que mon faible esprit parvenait à m'ôter ,
La douce paix du cœur, cette paix sans laquelle,
Quelque soient nos plaisirs, l'existence est cruelle!...
Par la correspondance, avec ces riens piquants
Qui, s'ils n'instruisent point, égaient par moments,
Tu verras, ou du moins je me plais à le croire,
Que chercher à te plaire occupe ma mémoire.
Bien vite réponds-moi; tu ne peux ignorer
Qu'un silence trop long me ferait endurer,
Si ce n'est autre chose, un malaise pénible,
L'amitié ne pouvant jamais être insensible.

ACROSTICHE.

Certains faibles esprits trouvent tout impossible ;
En vers, ils ne sauraient faire votre portrait !
La tàche, je la prends, elle n'est point péniblé ;
Il ne faut que vous voir : la nature à souhait
N'a rien fait désirer pour que vous puissiez plaire,
Esprit, grâces, talents, tout ce qu'à votre mère.

De ce que je vous dis, n'ayez pas à rougir ;
Entre vous, entre moi, que doit-on voir surgir?
La simple vérité. Le compliment est traître ;
Il n'est presque jamais ce qu'il cherche à paraître.
Vanter, vouloir cacher soit le bien, soit le mal,
Rarement réussit, on peut dire est fatal.
On doit, et je le fais, dire ce que l'on pense ;
Ne pas agir ainsi ce serait une offense.

CHANSON.

Adèle, dans la fleur de l'âge,
Cherche, vole après les plaisirs ;
Rien, non, rien ne la décourage ;
Sans tarder, viennent les soupirs !
La maxime n'est point suivie,
En ne prenant de tout qu'un peu,
Amis, la vie
N'est plus qu'un jeu.

Sans cesse, enivré par la gloire,
Le conquérant veut des combats ;
Dans une nouvelle victoire,
Ah ! qui trouve-t-il ?... Le trépas !
    La maxime, etc.

Lindor brille par la richesse ;
Elle n'est pas selon ses vœux !
Cherchant à l'augmenter sans cesse,
Il l'aventure dans les jeux !
    La maxime, etc.

Dans les palais, dans la chaumière,
Rarement on est satisfait ;
On a plus que le nécessaire
Et pourtant on forme un souhait.
    La maxime, etc.

C'est ainsi qu'est l'espèce humaine,
Vouloir tout à satiété ;
L'expérience, en souveraine,
Pourtant dit grande vérité :
Que la maxime soit suivie !...
En ne prenant de tout qu'un peu.
      Amis, la vie
      N'est plus qu'un jeu.

LA VEUVE DU SOLDAT

PRÈS LE BERCEAU DE SA FILLE CHÉRIE.

Que mon sort est cruel !... Je n'ai plus de soutien,
Sous une froide pierre est celui que je pleure !...
Mon Emma, dans ce monde, est mon unique bien ;
Elle est souffrante, hélas ! Je crains qu'elle ne meure !...

Elle est moins agitée et son corps moins brûlant.
Grands Dieux! dois-je espérer? Mais elle se réveille,
Le jour, la nuit, faut-il redire en soupirant :
Ah! que tout paraît long à la douleur qui veille !

L'épaulette, la croix, ce signe de l'honneur,
Pour lui, tout annonçait un avenir prospère!
Hélas! qu'est devenu cet espoir de bonheur?...
Je ne vois qu'une tombe et ma douleur amère!
   Elle est moins, etc.

Dieu tout-puissant, ô toi! qui vois tout ici-bas,
Prends pitié de mes maux, à genoux, je t'implore!
Mon cœur est ulcéré par un cruel trépas;
Sur un autre malheur doit-il gémir encore?
   Elle est moins, etc.

Douce espérance, ô toi! soutien des malheureux;
Auprès de ce berceau, vois une mère en larmes!
Ah! verse dans son cœur ce baume précieux
Qui, s'il ne guérit pas, adoucit les alarmes!
Elle est moins agitée et son corps moins brûlant.
Grands Dieux! dois-je espérer?... Mais elle se réveille,
Le jour, la nuit, faut-il redire en soupirant :
Ah! tout paraît bien long à la douleur qui veille !

CHANSONNETTE.

ALLUSION A CE QU'ON ME FAIT ÉPROUVER.

Plaisir trop attendu,
Encor qu'il se désire,
Se trouve avoir perdu
Beaucoup de son empire.

A cette vérité,
On a l'expérience ;
Oui, le cœur consulté
Le prouve à l'évidence.

L'hiver, aux cheveux blancs,
Vient achever l'année ;
Maman, depuis longtemps,
Ma toilette est fanée :
Tu me dis à demain
Pour tenir ta promesse ;
Je vois de l'incertain,
Et le besoin me presse !

Dieu veut que du présent
L'humanité dispose ;
Jouis de ce moment,
Demain, c'est autre chose !
Bals, réceptions,
Vont s'offrir à l'envie ;
Que de distractions
Pour charmer notre vie !

S'il fallait refuser
Pour défaut de toilette :
Ah ! ne point s'amuser,
Rester toute seulette !
Ici-bas le plaisir
Est l'éclair dans la nue ;
Sachons donc le saisir
S'il s'offre à notre vue.

Les petits et les grands
Sont comme moi, ma mère ;
Il n'est qu'un seul printemps
Dans une année entière !...

Plaisir trop attendu,
Encor qu'il se désire,
Se trouve avoir perdu
Beaucoup de son empire.

MORALE EN ACTION.

Le bon père Lucas, de ces vieux d'autrefois,
De cette rare, excellente nature,
Dont la devise était : *fais ce que dois,*
Se trouvait baptisé : *la bonne créature.*
S'imposer des privations,
Voulant faire le bien, *quand même,*
Pour lui, n'était point de ces actions
Que l'on devait louer, les poussant à l'extrême;
C'était un plaisir, un devoir
Qui lui faisaient goûter un bonheur dans la vie.
Satisfait le matin, on l'y trouvait le soir,
N'étant point dominé par une folle envie.
— Le bizarre destin qui, je crois, ici-bas,
Joue au colin-maillard sur notre destinée,
Avait blessé cruellement Lucas,
Puisqu'on m'a dit que, dans la même année,
La mort avait frappé sa femme et ses enfants!
Sa raison en fut altérée
Et ne revint qu'avec le temps.
Ce bon vieillard avait une certaine aisance,
Ayant pu jusqu'alors, avec facilité,
Aidé de son intelligence,
Cultiver sa propriété;
Mais réduit à lui-même, il ne pouvait suffire
Aux besoins d'un travail que la saison pressait.

27

Son cœur lui vint en aide et soudain un sourire
Anima tous ses traits!... Son frère qu'il aimait
Ayant plusieurs enfants, plongé dans la détresse,
    Par suite de malheurs nombreux,
Il prit un de ses fils, en faisant la promesse
Que s'il le méritait, il le rendrait heureux...
Victor était actif, doué d'intelligence,
Avait les qualités qui surgissent du cœur,
    Le sien était par excellence.
    Mais, ici-bas, il est un grand malheur;
    L'être parfait est à naître, je pense!
Eh bien! Victor aimait, recherchait les plaisirs,
    Non, toutefois, comme cette jeunesse
    Qui ne sait mettre un frein à ses désirs.
Il venait de payer sa dette à la patrie;
A cette dure école, heureusement pour lui,
    Il n'avait point empoisonné sa vie,
    Comme on le voit trop souvent aujourd'hui,
Par ces vices honteux qui font rougir sans cesse.
Toutefois le café que l'on joue au billard
Etait un grand besoin!... Parfois le travail presse,
On s'amuse et l'on croit qu'il n'est jamais tard!
De Victor, telle était trop souvent la faiblesse!
Aussi, qu'arrivait-il? des nuages épais
Faisaient prévoir qu'avant la fin de la journée
La foudre gronderait, et l'on sait que jamais
On ne doit s'abstenir à cette peur donnée,
Qu'une riche récolte, espoir du laboureur,
    En un clin-d'œil peut être anéantie;
Ce sentiment, hélas! n'agitait point son cœur
Resté calme, il fallait achever la partie;
Il pouvait cependant préserver un malheur!...
Le bon oncle Lucas mettait sa confiance
Dans les soins de Victor qu'il pensait éclairés;
    Aussi, jamais un mot de méfiance.

Donnait-il des avis, ils étaient modérés.
Pourtant les revenus, satisfaisants naguère,
    Sans trop tarder, allaient en décroissant;
La gêne, toutefois, en aucune manière
Ne se faisait sentir, la bourse seulement
Ne grossissait pas comme elle aurait dû le faire;
L'amitié nous rend bien aveugles quelquefois;
Mais qui donc peut nier la suprême évidence?...
Chez le riche, aussi bien chez le fin villageois,
Hélas! de plus en plus il est une science
Qui devient un besoin tout en faisant rougir,
Celle de s'occuper des affaires des autres!
Encor bon si le cœur tout seul faisait agir;
Mais comme on le voit trop il est de faux apôtres;
En un mot, un voisin, c'était par intérêt,
Dit un jour à Lucas : « Il serait de prudence,
» Je crois, mon cher ami, de mettre un temps d'arrêt
    » A votre aveugle confiance.
    » J'aime Victor, il est bon, il est doux;
    » Mais il est jeune, et c'est vous dire
» Que pour vous, pour lui-même, il a besoin de vous;
» Il en est temps encor!... Comme la jeune plante
» Qui demande un tuteur pour braver les autans,
    » Il faut à la jeunesse ardente
    » Des conseils sages, incessants!
» Croyez-moi, surveillez, surtout avec adresse,
» L'amour-propre, on le sait, facilement se blesse
» Et, pour faire le bien, on pourrait irriter
» Ce que l'homme prudent doit toujours éviter. »
— Dans ce conseil, Lucas voyait vérité grande;
Mais affaibli par l'âge et dominé surtout
    Par le cœur qui commande,
Comme par le passé ferma les yeux sur tout.
Miné par le chagrin des pertes si sensibles
D'êtres chéris que rien ne pouvait remplacer,

Les jours, les longues nuits de plus en plus pénibles,
Hâtèrent le moment qu'il devait trépasser.
Sentant qu'il arrivait à cette heure suprême,
Il appela Victor, et lui tendant la main :
« Mon ami, lui dit-il, je me juge moi-même ;
    » Aujourd'hui, peut-être demain,
» J'aurai, tout me le dit, achevé ma carrière ;
» A Dieu j'ai demandé pardon de mes péchés ;
» Le mal, je ne crois pas avoir voulu le faire.
    » Si j'ai des ennemis cachés,
» Je les plains ; je fais plus, de cœur, je les pardonne.
» Te prenant avec moi, j'ai voulu ton bonheur,
» L'aisance le procure, eh bien ! je te la donne :
» Voilà mon testament, il est en ta faveur,
» Tout mon bien est à toi ; mais que cet avantage
» Ne te détourne pas du sentier de l'honneur.
» Rappelle-toi surtout de cet ancien adage :
    » *Sans le travail, point de beaux jours !*
» Au plaisir modéré, sans doute, on peut sourire,
» C'est un délassement ; mais au devoir toujours,
  » Celui qui veut prospérer, doit souscrire.
  » Il est encore une autre vérité
    » Que nous apprend l'expérience :
   » *Jamais, avec légèreté,*
   » *N'accordez votre confiance ;*
   » *La mère de la sûreté,*
   » *On le sait, est la méfiance !* »
Le bon père Lucas, dans ses derniers moments,
Disait ce qu'il aurait dû faire dès longtemps.
   Plus d'une fois, Victor, je pense,
  Eût profité de ces douces leçons ;
Impossible, son cœur était tout de clémence ;
  Il voulait même éviter les soupçons !

LOGOGRIPHES.

I.

Je suis sur mes six pieds le roi de l'univers ;
Sans moi l'homme n'est rien, la vertu peu de chose.
    Je suis trouvé sur mille points divers ;
Pour m'acquérir, chaque jour on s'expose ;
Tout est sacrifié, parents, amis, honneur,
C'est une passion qui nous ronge le cœur.
Toujours avec plaisir on l'aime, on la caresse,
Enfin, telle est de nous la cruelle faiblesse.
En cherchant dans mon sein, j'y vois, ami lecteur,
    Une charge de confiance
Près d'un banquier toujours offrant de l'intérêt ;
Mais, ailleurs, l'affidé de la maison d'arrêt.
On y remarque un fleuve, une ville de France
Ayant pour certain fruit de la célébrité :
Ce mal dont le poison partout est redouté.
Chaque jour nous prenons ce que j'y vois encore,
Plaisir, richesse, adieu, tout par lui se dévore.
On y découvre un art aux mortels précieux,
L'homme avec lui s'ébat sur la plaine liquide.
J'y vois encor le nom d'un être fabuleux
Autrefois redouté, dont l'audace intrépide
Allait jusqu'à vouloir escalader les cieux.
Celui de l'animal habitant nos murailles,
Qui se nourrit de grains, des bas ronge les mailles ;

27..

Ce qu'on emploie aussi pour mesurer les champs;
Du bon Silène, enfin, la docile monture;
Lecteur, il est un terme à tout dans la nature,
Tout esprit est, je crois, assez à la torture;
Je finis, pour moi-même, il s'en fait déjà temps.

II.

Sur quatre pieds, lecteur, je suis un amas d'eau;
Je me corromps parfois; mais étant nécessaire,
On me porte des soins et suis près du hameau,
Sans mon chef, je deviens une mesure agraire.

III.

Je suis, sur mes sept pieds, un vice épouvantable;
Le mortel avec lui devient insupportable:
Je dirai le fléau de la société;
Les devoirs, la vertu, non, rien n'est respecté.
Un odieux dédain, une arrogance extrême,
Lui font tout oublier, son idole et lui-même;
Mais ce tableau, je crois, offre assez de clarté.
Si tu veux exercer un peu ta patience,
Recherche dans mon sein, tu trouveras, lecteur,
La haute qualité que révère la France,
Un droit seigneurial, ce métal corrupteur
Utile à l'univers et que chacun encense;
L'instrument du lieu saint, compagnon du malheur,
Dont les sons variés enchantent notre oreille;
L'écrit auprès duquel l'acteur baille et sommeille;
Et cette faction, source de tant de maux,
Qui ravit à la France un Roi, que dis-je? un père!
L'organe précieux sans lequel la lumière
Serait indifférente à l'homme, aux animaux;
Un menu grain en mars semé pour l'ordinaire,
Une énorme machine, utile aux grands travaux,

Ou bien, si l'on préfère, un oiseau de passage,
Aussi du cuisinier un objet important,
Indispensable même en un petit ménage ;
Ce qu'on voit répété dans la ville, au village ;
Un mot cher à l'amour, délice du présent ;
L'état d'un laboureur, très simple, mais utile ;
Un terme de blason ; ce qui, dans le tonneau,
D'ordinaire, est laissé par le buveur habile.
Trois pronoms, un article, un lourd et sot oiseau,
Dont le nom est inscrit dans les fastes de Rome ;
On peut y remarquer un sens utile à l'homme,
Qui du chant des oiseaux fait priser la douceur ;
Une machine ronde instrument de supplice,
Un oiseau de rivière, ou bien cette couleur
Dont se servent parfois la coquette et l'actrice ;
Selon les vieux écrits, un monstre fabuleux,
Dans ces temps, vrai fléau de la nature entière ;
Un réduit fort étroit, un espace de terre
Entouré, submergé par les flots écumeux ;
L'endroit où sans péril on passe une rivière.
En cherchant avec soin, lecteur, encor j'y vois
Cette plante, dit-on, qu'estimaient les Gaulois.
Ils la cueillaient toujours avec cérémonie ;
On dit qu'elle guérit cruelle maladie.
Vois ces réunions que président les ris,
Où l'Amour et Bacchus nous font trouver des charmes.
Nos aïeux les aimaient ; il s'en trouve à Paris :
On y chante, on y boit, les verres sont les armes ;
De plus, un adjectif, et cet art précieux
Sans lequel les humains, plongés dans l'ignorance,
Douteraient des hauts faits qui parent leurs aïeux.
J'y remarque un canal de peu de contenance ;
Ce qui sert dans les prés à faire couler l'eau.

Mais c'est assez, je crois, se creuser le cerveau ;

Accorde-moi, lecteur, une entière indulgence ;
Si tu ne trouves pas dans ce modeste écrit
La grâce nécessaire, et surtout de l'esprit,
N'ayant point le défaut, pour mieux dire le vice
Que j'ai prisé, je pense, à sa juste valeur ;
J'ai des droits, ce me semble, au léger sacrifice
Que je te vois forcé de faire en ma faveur.

IV.

Sur six pieds on me voit aux plaisirs, à la guerre ;
Je suis dans tout pays de grande utilité ;
    Ma force est extraordinaire ;
On admire ma grâce et ma légèreté.
A me décomposer pour peu que l'on s'applique,
    J'offre deux notes de musique,
Ce pesant animal utile à nos travaux,
Qui dans le genre humain ne voit que des bourreaux ;
    Une épithète indigne, avilissante.
L'homme qui se l'attire est flétri pour toujours ;
Cet endroit où l'on met la liqueur bienfaisante
Qui flatte, nous enivre, à qui l'on a recours,
Pour chasser le chagrin qui souvent nous dévore ;
Ces interjections, signes de la douleur,
Parfois d'étonnement, l'annonce du bonheur !
Si l'on cherche avec soin, on y découvre encore
    Ce que souvent dans sa fureur
Un volcan fait jaillir cette matière ardente,
Qui brûle en un clin d'œil une moisson riante ;
    Tu dois me deviner, lecteur.

V.

Dans l'univers entier, sur quatre pieds, lecteur,
On me caresse, on m'aime, et chacun me protége.
Rendre heureux le mortel qui me donne son cœur
Est ma félicité, ses maux, je les allége :

Si tu m'ôtes mon chef, je suis du corps humain
La plus noble partie; on me dit immortelle;
Et qui ne le croit pas, son malheur est certain.
Je suis parfois indigne et le plus souvent belle.
Mais je dois m'arrêter, mon cadre est circonscrit;
Tu me devineras sans nul effort, je pense.
O vous! que je voulais dépeindre en cet écrit,
De grâce, accordez-moi toute votre indulgence.

VI.

Sur mes sept pieds, on me redoute, on m'aime;
Je maîtrise l'orgueil, mon pouvoir est suprême;
Mon désir, toutefois, se trouve limité;
Je voudrais, mais ne puis savoir la vérité;
On dirait qu'à mes yeux elle n'ose paraître.
Je déteste le mal et fais beaucoup d'heureux;
Je me tais, cet aveu doit me faire connaître.
En fouillant dans mon sein, vois le nom glorieux
      D'un héros que Rome a vu naître,
A jamais illustré par ses vaillants exploits,
Qui sut dompter la Gaule et lui donna des lois;
On y trouve le nom d'une ville de France;
Celui d'une rivière ou d'un département;
Un gibier volatile et le saint bâtiment
A qui Noé, dit-on, a dû sa délivrance.
      Avec un peu d'attention,
A me décomposer, dis-je, si l'on s'applique,
Sans peine on trouvera deux notes de musique:
Une mesure agraire, une conjonction.
Mais à l'épreuve assez j'ai mis ta patience,
Ami lecteur, je sens que je dois m'arrêter;
En faveur du sujet que je viens de traiter,
      Je demande ton indulgence.

VII.

Je diffère, lecteur, de l'humaine nature,
Quatre pieds on me donne; elle marche sur deux ;
Je suis très délicate, et puis être fort dure;
Si l'on vient à me perdre, adieu mots doucereux !
Avec trois je sais plaire à l'amant, à la belle,
  A tout le genre humain.
Pour me dire, parfois on a vu la cruelle
Hésiter un moment, me mettre au lendemain;
Avec trois pieds encore on soigne mon plumage,
Qui devient pour le riche un objet de ménage.
  A Rome on révère mon nom,
Aussi peut-on le voir figurer dans l'histoire.
Avec deux le savant me dit conjonction ;
Mais tu m'as deviné, tout me porte à le croire.

VIII.

Je marche sur sept pieds ; siége de l'opulence,
  Chez moi parfois on cite l'élégance ;
Ouvrage des mortels, souvent je suis détruit
Par la main de celui qui même m'a construit ;
Soumis sans cesse au goût comme nombre de choses,
  On me vante, on me trouve affreux.
  J'offre, si l'on me décompose,
  Un élément, un mal contagieux,
  De la Bohême une petite ville,
L'animal qui détruit une gent inutile,
Traître parfois, aimé, caressé par l'enfant.
De la musique encore une note se trouve,
Un prénom et ce mot qu'amitié seule approuve,
Enfin ce qu'on impose à l'homme fainéant.

IX.

Avec cinq pieds, partout le sage me révère,
Dans ce siècle, je suis une plante étrangère;
Bien peu de gens, hélas! me pratiquent de cœur,
Avec moi cependant on arrive au bonheur;
L'infortuné supporte, et dirai même oublie,
L'énorme pesanteur du fardeau de la vie;
  Mon charme est tout, on le sait, et pourtant
   On me délaisse bien souvent.
Sur trois je suis insecte et rampe sur la terre;
J'ai cela de commun avec certaines gens,
   Pour moi je ne saurais mieux faire;
Mais l'homme s'avilit et perd son caractère.
  On peut sur trois me voir sous bien des sens;
   Je suis plante, ville de France,
Et dans tous les pays de grande utilité.
   On trouve encore un mot d'enfance,
Tendre amitié l'emploie, il est très usité.
A me décomposer pour peu que l'on s'applique,
  On y verra deux notes de musique;
   De plus une conjonction...
   Mais trève d'explication.

X.

  Sur mes sept pieds, ami lecteur,
  Je suis la compagne du sage;
  Me pratiquer est un bonheur.
  A la ville et même au village,
  On me prêche souvent en vain;
  Lorsqu'il s'agit de moi, sans cesse,
  On me renvoie au lendemain;
  C'est le dire de la jeunesse,

Et du barbon même parfois.
En me décomposant, j'y vois
Un objet de peu d'importance ;
Mais d'une grande utilité ;
A la voiture, à la balance,
A nos yeux il est répété.
Un pronom s'y présente encore,
Ce que redoute la beauté ;
Hélas ! tout par lui se dévore.
Ami lecteur, pour t'amuser,
Non, il n'est rien que je ne fasse ;
Mais il ne faut point m'abuser,
Je m'aperçois que je te lasse.

XI.

Je suis avec six pieds un funeste prestige ;
Avec moi la beauté donne à l'homme des fers ;
Je suis un arbre encor dont on cite la tige ;
Chaque jour on m'emploie à mille objets divers.
De l'homme on trouve en moi la plus noble partie,
Le nom d'une rivière ou d'un département,
Une ancienne province, et ce fier élément
Dont les rochers craintifs redoutent la furie.
On y voit une branche utile au jardinier,
Qui soutient au printemps la plante potagère,
Et sous une autre forme, utile au marinier ;
        De plus, un objet nécessaire.
Redoutons-en l'effet dans les mains du méchant ;
Le faible en a besoin ; à la guerre on l'emploie.
        J'offre une préposition,
Une mesure agraire, une interjection,
Signe de la douleur et même de la joie ;
Cet objet si vanté qu'on voyait autrefois
Chez les Grecs, les Romains, briller dans les tournois,

Enfin l'on y remarque un imposant ouvrage,
La hauteur, l'élégance en forment la beauté ;
Dans un pont, plus ou moins on le voit répété.
Pour les chiens, les chevaux, un mot mis en usage ;
Mais je me tais, lecteur, je lasse ton courage.

XII.

Je marche sur sept pieds, et parfois je fais rire ;
Dans un cercle d'amis on aime à me produire,
Car on passe avec moi certains moments heureux ;
J'exige un peu d'esprit, mais rejette l'emphase.
Parlez avec finesse, et de la périphrase
Empruntez avec art le tour ingénieux ;
Alors on me lira, même je saurai plaire.
Si vous m'ôtez trois pieds, mon aspect est brillant ;
Amis, c'est dans mon sein, après longue carrière,
Que vient se reposer le matelot errant ;
Toujours en guerre, en paix, l'homme me trouve utile,
Et dans tous les pays je suis près d'une ville ;
En cherchant dans mon tout, tu peux trouver, lecteur,
Cet objet si vanté dans Rome, dans la Grèce,
Que l'on voyait briller dans ces jeux où l'adresse
Bien souvent l'emportait sur l'antique valeur.
Le vêtement du pauvre, une mesure agraire ;
      Ce qui toujours fait l'ornement
Des places, des palais, et cette arme première
Dont nos preux chevaliers se servaient à la guerre.
On y remarque encor, selon le *Testament*,
Ce qui sauva jadis une famille sainte.
      Lecteur, ici je m'arrête de crainte
      De te lasser... Devine maintenant.

XIII.

Sur quatre pieds partout je porte l'épouvante;
      Petits et grands, pauvres et potentats,

28

Non, de me maîtriser personne ne se vante.
Tout croûle devant moi, grandeurs, sceptres, Etats ;
Sans ma tête et ma queue, encore je commande.
Chaque jour les humains font tout pour m'acquérir ;
Aurait-on des vertus, toujours on me demande.
Sur trois pieds, en amour, je puis vous attendrir ;
Un seul donne l'espoir, un seul vous fait périr.
Un de plus de ma part serait de trop, j'espère ;
En ce cas, cher lecteur, permets-moi de me taire.

XIV.

Avec cinq pieds je suis l'ornement d'une ville,
    Témoin de mille ébats divers ;
    Au village on me dit utile.
Dans ce monde, on le sait, chacun a ses travers ;
Si me décomposer est le tien, par exemple,
Je t'offre cet endroit connu dans les vaisseaux,
Où, quand ils sont mutins, on met les matelots.
Sans ma tête et ma queue, en Suisse on me contemple ;
    Dans un concert, réduit à deux,
    C'est toujours par moi qu'on prélude.
Je suis encor pronom... Soyons silencieux,
Car pour me deviner il te faut peu d'étude.

XV.

Sur quatre pieds, je fais trembler l'audacieux ;
Sur la table du riche, avec trois je figure,
    Et si tu me réduis à deux,
On le sait, je commande à l'humaine nature.

XVI.

Je marche sur six pieds, et suis, ami lecteur,
A chaque instant du jour utile à la lingère.
Si me décomposer avait l'art de te plaire,
Je t'offre un animal que poursuit le chasseur ;

Il est craintif et sa course est légère.
Sur quatre pieds encore on aime ma blancheur ;
Celle de ma Thaïs est petite et charmante.
Réduit à trois, voyez ce mot plein de douceur,
Difficile à gagner, qui toujours nous enchante ;
    Deux pronoms, un département ;
Ce qu'amitié chérie aime à faire sans cesse,
Qui plaît à tout le monde, et surtout à l'enfant.
Du chantre ailé des bois je t'offre ici l'adresse ;
Il y cache avec soin le fruit de ses amours ;
    Dans ce beau mois où tu vois la nature
      Reprendre ses brillants atours.
      Le nom d'une nymphe y figure.
      Mais c'est assez t'importuner,
Avec facilité tu dois me deviner.

XVII.

Sur sept pieds, cher lecteur, j'habite dans les eaux ;
Mais, si l'on m'en ôte un, je cause bien des maux.

XVIII.

    Sur onze pieds, aimable, mais sévère,
Je possède le don de captiver les cœurs,
    Le printemps morne de ses fleurs,
    Amour mè prendrait pour sa mère.
A me décomposer, si tu te plais, lecteur,
Je t'offre de l'Egypte une ville fameuse
Et le nom d'un héros jadis son fondateur,
Celui d'un tendre époux qui, dans l'onde écumeuse,
Trouva la mort, allant près d'Héro malheureuse,
    Chaque jour aide à me former
    Quant à cinq je suis réduite.
    Fille du temps, à quatre en vous de suite
Je gâte les beaux traits qui vous font admirer ;

A trois enfin, laid , mais utile
De silence, j'étais la monture docile.

ENVOI.

Ce logogryphe, amis , aisément se devine ;
On ne peut se tromper, même le voudrait-on.
Lisant les premiers vers avec attention
Aussitôt l'on dira : mais c'est Alexandrine !

XIX.

Je suis avec cinq pieds pénible à supporter ;
Lorsque je règne, adieu toute fraîcheur, verdure,
L'homme, les animaux, de même la nature,
    Tout, dis–je, doit me redouter.
    Je suis toutefois nécessaire ;
    Le mal, le bien que je puis faire,
Ainsi Dieu l'a voulu par ses divins décrets.
A me décomposer, si tu pouvais te plaire,
    Je puis offrir à tes yeux satisfaits
Ce métal désiré par nous tous sur la terre,
Une interjection dénotant le mépris ;
Mais si tu ne veux pas fatiguer tes esprits,
Retranche simplement et ma queue et ma tête,
    Je t'offrirai la dignité
Qu'en ce moment partout chaque bon Français fête :
Vive qui la possède est le cri répété.

XX.

Souvent, à mon aspect, on est saisi d'effroi
    De plus, ou de moins de surprise,
Et, si vous éprouvez tendre amitié pour Lise,
Priez qu'elle n'ait pas le cœur dur comme moi ;
A me décomposer, s'il vous prend fantaisie,
    Je suis un instrument à vent,
Un métal précieux aux besoins de la vie ;
    Mais c'est assez, devinez maintenant.

CHARADES.

I.

On cherche à mériter mon premier dans ce monde ;
Mais souvent on l'obtient sans aucun fondement.
On pense à mon second dans une nuit profonde,
Et sans lui l'univers ne serait qu'un néant,
Pour dire mon entier à celle qu'il adore,
Amis, plus d'un amant se lève dès l'aurore.

II.

Mon premier, mes amis, est préposition ;
On trouve bien souvent mon second chez les hommes.
C'est un affreux défaut, mais la prétention
    Nous fait voir bien mieux que nous sommes.
Mon tout une fois dit, renoncez à l'espoir.
Car ce serait en vain qu'on voudrait en avoir.

III.

Je nourris dans mon sein toutes sortes de bêtes ;
Je suis calme, et soudain j'enfante des tempêtes.
Mon second dans l'hiver se fait plus ressentir ;
Mais je plais à celui qui veut se divertir.
On admire mon tout dans la nature entière ;
Depuis un jusqu'à sept fut mon nombre en tout temps ;
Plusieurs petits esprits, même l'homme à talents,
Voudraient bien l'augmenter... c'est difficile à faire.

28..

IV.

Si je consulte la grammaire,
Je vois que mon premier est préposition.
Mon second plait toujours, surtout s'il est sincère,
Son prix est dans l'intention.
Mon entier se demande à celui qu'on offense;
Je ne suis point, je crois, dans ce cas avec vous :
Toutefois je pourrais redouter mon silence,
Peut-être m'aura-t-il valu votre couroux,
L'amitié, cependant, n'est jamais succeptible ;
Mais si j'avais encouru ce malheur.
Soyez à mon égard, de grâce, moins terrible ;
Si j'ai des torts, ils sont ignorés de mon cœur.
Cet aveu, je le pense, a le droit de vous plaire ;
On acquiert du mérite en sachant oublier ;
Alors toute vertu vous étant familière,
Je conserve l'espoir d'obtenir mon entier.

V.

Goûté par tout le genre humain,
Je puis faire oublier un moment son chagrin ;
Mais il maudit parfois ma funeste influence.
J'ôte, donne la force, et puis devenir vieux;
Alors je me dépouille et suis par excellence.
Il faut bien se garder de me mettre en tous lieux ;
Tel endroit me convient, tel autre peut me nuire.
Devenu mon second, on ne peut me produire ;
Alors, ami, je perds mon usage premier,
Et l'on se sert de moi pour faire mon entier.

VI.

Mon premier est compact, lourd est sans nul éclat ;
Selon moi, mon dernier aisément se devine,
Deux voyelles le font. Mon tout vit de rapine,
Et, mâle de sa race, il est craint par le rat.

VII.

Animal domestique, on aime mon premier ;
Nous serions malheureux privés de mon dernier,
Et puissé-je avec vous posséder mon entier.

VIII

On devient mon premier en s'unissant à vous ;
En proie à mon second, tout fléchit sous ses coups ;
Mon entier, de tout temps redouté, se désire,
Il se fait rechercher et trop souvent maudire.

IX.

Mon premier chez les Grecs brillait dans les tournois ;
Mon second entretient l'amitié la plus pure ;
Du bon Silène enfin la docile monture
    Fait de mon tout sa pâture parfois.

X.

On trouve en mon premier l'utile et l'agréable ;
Il croît avec lenteur, on en voit de très vieux ;
Il est pour les humains d'un prix incalculable,
Et s'offre à chaque instant à nos mains, à nos yeux.
Mon second peut parfois nous ennuyer et plaire,
C'est à l'oreille seule, amis, à le juger ;
Dans le cours de la vie il est très nécessaire ;
A plusieurs animaux on le donne à manger.
Mon entier est liquide et de couleur varie ;
On en fait plus ou moins usage dans la vie ;
S'y livrer est affreux ; il faut bien l'éviter,
L'homme avec ce défaut à tout à redouter.

XI.

Mon premier, nous dit-on, se voyait autrefois
Chez le peuple romain et dans l'antique Grèce ;
Toujours on le citait dans ces brillants tournois
Où la mâle vigueur s'unissait à l'adresse.
Dans la ville, au village, en tous lieux habités,
Avec art, mon second se voit de tous côtés ;
Mon entier, cher lecteur, sert à l'agriculture,
Et dans chaque pays il change de structure.

XII.

Mon premier, mes amis, se compose de jours,
Et dans tous les pays le nombre en est le même ;
Mon second peut déplaire, et quelquefois on l'aime,
A notre oreille alors il faut avoir recours.
 Motif de peines, de plaisirs,
On le voit souvent détruit par un orage,
 Et peu de fois il comble nos désirs.

XIII.

 Toujours l'enfance et la vieillesse
 Font mon premier avec difficulté ;
 Mon second se prêche sans cesse,
Heureux qui le devient, c'est une qualité.
Mon tout est de la vie une pénible image,
 L'homme souvent le trouve précieux ;
Mais sur un point s'il offre un réel avantage,
Sur un autre parfois il est très épineux.

XIV.

Mon premier est, dit-on, l'instrument du chasseur ;
De la tendre amitié le second est le gage,
Et devient précieux s'il part de notre cœur.

De mon tout les sultans font un cruel usage.
De l'esclave tremblant plaignez le triste sort,
Hélas! s'il le reçoit, c'est un arrêt de mort!

XV.

Près du palais des rois, même de la chaumière,
Mon premier, cher lecteur, se voit pour l'ordinaire;
Sous les traits d'un vieillard toujours représenté,
Mon second détruit tout dans sa course légère.
Mon entier de tout temps fut une qualité,
Avec elle nos preux captivaient la beauté.

XVI.

Mon premier, chez Cloris, brille par la blancheur,
On peut y remarquer élégante parure;
Mon dernier est un mal dont on craint la rigueur,
Et mon tout est un don que nous fait la nature.

XVII.

Mon premier, si je dois en croire la grammaire,
Est préposition...; faute d'eau, mon dernier,
Tout importun qu'il est, nous devient nécessaire,
Et, pour s'en préserver, l'on créa mon entier.

XVIII.

Mon premier est un crime; il est aussi rapide;
Malgré nous mon second s'acquiert de jour en jour.
Mon tout, lecteur, se voit bien souvent en amour:
A telle il plaît, par tel il est trouvé perfide.

XIX.

En faisant mon premier l'homme se rend coupable.
De tout temps mon second fut une qualité:
L'employer à propos est toujours profitable,

On n'en fait point usage auprès de la beauté.
Mon tout fut un poète, et son nom mémorable
Est passé dès longtemps à la postérité.

XX.

Mon premier, mon dernier ne diffèrent en rien ;
Ils sont la qualité de tout homme de bien.
Mon entier est aimé, je crois, par tout le monde,
On apaise avec lui le jeune enfant qui gronde.

XXI.

Mon premier, mon dernier, sont pronoms tous les deux ;
Mon tout est un tissu de fil, ou bien de soie,
Cloris à sa toilette avec succès l'emploie ;
Sans lui, pourrait-on voir les contours gracieux
Que sa taille élégante et svelte offre à nos yeux ?
On le trouve parfois caché sous le feuillage ;
Le chasseur le déteste et le brise à l'instant.
Nos lois, même en ce jour, en défendent l'usage ;
Mais j'en ai par trop dit, je me tais maintenant.

XXII.

Au son de mon premier, une meute égarée
Se rallie, et pourchasse avec plus de vigueur
Un cerf qui fuit en vain une mort assurée,
On le dit l'instrument favori du chasseur.
Dominé par l'orgueil, Damis dont on s'amuse,
A côté de son nom veut mettre mon dernier ;
Il croit par là tromper ; c'est lui seul qu'il abuse !
Féroces assassins, redoutez mon entier !
De toutes les longueurs, il est de forme ronde,
On ne saurait, je crois, s'en passer dans ce monde.

XXIII.

Un terme de blason est, lecteur, mon premier,
On le remarque aussi répété dans la roue.
Un pronom personnel est, dit-on, mon dernier ;
De mon tout, bien souvent, la jeunesse se joue ;
Sans lui, l'homme n'est rien dans la société,
C'est un guide puissant, nécessaire à tout âge ;
L'acquérir est un bien, et cette qualité
Est, je crois, du bonheur l'assurance et le gage.

XXIV.

Mon premier est article ; il est pronom, parfois.
Mon second, toujours vert, à l'homme est fort utile.
Mon tout est un gibier qu'on trouve dans les bois ;
Le chasseur qui l'abat passe pour être habile.

XXV.

Mon premier dans la vieille France
Etait un titre respecté ;
Malgré certaine indifférence,
Il flatte encor la vanité.
Mon dernier plait à bien du monde,
On en vante la qualité ;
Dans nos plaisirs il nous seconde.
Mon tout est le fait d'un bavard ;
Celui qui s'adonne à cet art
N'a point la franchise en partage ;
S'il dit vrai, c'est un pur hasard,
Il est réprouvé par le sage.

XXVI.

Mon premier, vers Noël, se chante d'ordinaire ;
Mon second est, lecteur, un fleuve renommé.
On exige mon tout souvent dans une guerre ;
Mais, je m'arrête ici, tu m'as déjà nommé.

XXVII.

Mon premier de tout temps fut l'ennemi du bien ;
A le faire l'enfant met toute sa science :
Mon second, cher lecteur, est un mot très ancien,
Encore il signifie entière jouissance ;
L'homme sans cesse en butte à des revers nouveaux
Exprime par mon tout la masse de ses maux.

XXVIII.

Sans mon premier Cloris, dont on cite l'adresse,
Blesserait ses beaux doigts modèles de blancheur.
Pour plaire, mon second exige de l'adresse ;
On en cite la forme et souvent l'épaisseur.
Pour se débarrasser d'importune visite,
A mon entier, lecteur, on a recours de suite.

XXIX.

Mon premier, cher lecteur, se voit dans mon dernier,
Et, chose rare, mon entier
Est un amas de mon premier.

XXX.

Mon premier est un instrument :
Dans les bois, le chasseur aime à le faire entendre ;
A l'homme mon second sert de délassement ;
On est, pour ainsi dire, obligé de l'apprendre,
Etant un jeu de société ;
Il veut un coup-d'œil juste avec certaine adresse.
Mon tout est pour Paris de grande utilité,
Et sa vue à nos cœurs inspire la tristesse.

XXXI.

Sur l'animal qu'on entend braire,
Mon premier, cher lecteur, se voit pour l'ordinaire ;

Maintes gens cependant, et même à grand renom,
Pourraient se l'affubler, vu leur triste ignorance,
Ayant pour tout esprit une sotte arrogance.
    Mon dernier se nomme pronom.
Le riche et le mendiant de mon tout font usage ;
Il les soutient lorsqu'ils sont au déclin de l'âge ;
Avec lui bien souvent on se fait respecter,
On l'aime; mais on doit parfois le redouter.

XXXII.

Mon premier, nous dit-on, est une particule :
Il déplaît à l'amant, même au solliciteur;
Contraire à nos désirs, sans cesse on l'articule,
Quelquefois par devoir, trop souvent par rigueur.
Mon second est, s'il faut en croire la grammaire,
Pronom démonstratif; mon entier, cher lecteur,
Est un digne prélat favori du Saint-Père.

XXXIII.

    Une voyelle est mon premier;
L'armurier, le tourneur fabriquent mon dernier.
Mon tout, selon les gens, est dur ou favorable,
Amical, dangereux, et parfois charitable.

XXXIV.

A mille objets divers on place mon premier;
    Il est de bois, de fer, de cuivre même.
    Mon tout soumis aux lois de mon dernier,
Souvent est agréable ou de laideur extrême.

XXXV.

On place mon premier à la porte des rois,
Le chasseur imprudent le redoute parfois.

29

Fuyez de mon second la présence importune,
Cœurs sensibles, pourtant plaignez son infortune !
Utile aux passagers, préservant des revers,
Mon tout est sur les ponts, dans mille endroits divers.

XXXVI.

L'homme sur mon premier affronte les hasards,
Et sa vaste étendue étonne ses regards.
  Si l'on consulte la grammaire,
Un adverbe de lieu se trouve en mon dernier.
Le cœur fait de mon tout un devoir nécessaire ;
De la reconnaissance, ami, c'est le dernier.

XXXVII.

  En parlant on fait mon premier ;
  C'est un défaut trop en usage.
Un pronom personnel, lecteur, est mon dernier.
Mon tout, bien ou mal fait, est dans notre visage.

XXXVIII.

Une plante aquatique est, lecteur, mon premier,
Ou si l'on veut encore, au billard on l'emploie ;
Dans l'Europe, surtout, l'indigent avec joie
  Reçoit l'offre de mon dernier.
On mange avec plaisir au dessert mon entier.

XXXIX.

Mon premier, nous dit-on, est le fait du tailleur :
En lui gît le talent; ami, le fin joueur
Parfois, dans un tripot, en fait mauvais usage;
Mon second se donnait jadis à la plus sage.
  Un minéral est mon dernier, lecteur.

XL.

Un pronom possessif est, lecteur, mon premier ;
Ce lieu si réputé dans Rome, dans la Grèce,
Où l'on voyait briller le courage, l'adresse;
    Ce lieu, te dis-je, est mon dernier.
Sexe aimable et charmant, on dit que mon entier
Pour vous est une étude, un agréable usage !
On peut le supposer, le croire est un outrage,
Sans le vouloir, peut-être, on le voit fait pour vous ;
Mais n'est-ce pas un mal reprochable à nous tous?

XLI.

    Une voyelle est mon premier ;
Dans l'hôtel, au théâtre on trouve mon dernier.
Mon tout est prodigué souvent par habitude :
Nos aïeux le donnaient au mérite, à l'étude ;
Pour moi, venant de vous, il saurait me flatter ;
Trop heureux si jamais je puis le mériter.

XLII.

Mon premier, mon dernier, sont deux pronoms, lecteur :
L'un est propre à la chose et l'autre la démontre.
De mon tout la gazelle évite la rencontre ;
    Buffon nous dit qu'en Perse, le chasseur
    Le met en croupe, et s'il voit la gazelle,
Il pose l'animal, qui soudain court vers elle ;
L'atteindre et l'étrangler est le fait d'un moment ;
Avec le tigre il a certaine ressemblance ;
Enfin, pour m'expliquer un peu plus clairement,
On le voit figurer dans certaine balance.

XLIII.

J'admire mon premier en vous, belle Cloris,
    Vous le parez avez grâce, richesse;

De sa blancheur je suis surpris,
Aussi, quand je vous vois, je le fixe sans cesse.
Mon second n'est pas moins agréable à mes yeux ;
C'est un art, c'est un don que nous fait la nature ;
Oui, vous le possédez!... doux et mélodieux,
En tout temps avec lui vous plairez, soyez sûre !...
  Le matelot, le jardinier,
  Doivent connaître mon entier,
Et vers lui, chaque jour, le dieu de la lumière,
Au regret des humains, va finir sa carrière.

XLIV.

Au doigt de ma Cloris j'aime à voir mon premier :
Il est, si vous voulez, d'une forme carrée,
Par lui notre raison souvent est égarée.
Avec peine parfois on atteint mon dernier ;
  Une monnaie est mon entier.

XLV.

Mon premier quelquefois est dédaigneux, amer :
  Chez ma Zélie on le voit agréable ;
Vous me direz : Pourquoi?... C'est qu'il est véritable.
Mon dernier, cher lecteur, se pêche dans la mer.
Mon tout comme entremets figure à notre table.

XLVI.

  On peut voir mon premier
  Sur la bête de somme ;
  Dieu créa mon dernier
  Pour l'animal, pour l'homme,
  Et sans lui mon entier
  Deviendrait inutile.
  Pour te rendre, lecteur,
  Ma recherche facile :

En largeur, en longeur,
De forme je diffère ;
L'homme est mon créateur,
Je lui suis nécessaire.

XLVII.

Une couleur est mon premier ;
L'oiseau possède mon dernier ;
Mais à chaque espèce il diffère.
Amis, bien rarement
Mon entier se profère ;
Il est par trop mortifiant.

XLVIII.

Quand l'âge vient assiéger la coquette,
A mon premier elle a soudain recours ;
Par le buveur mon second se rejette ;
Il est pourtant utile tous les jours.
Mon tout parfois tourmente l'homme,
Avec peine on le met sur la bête de somme.

XLIX.

Nous sommes quatre dans ce monde,
Chacun formant une couleur,
Contre nous bien souvent on gronde ;
Jamais nous ne montrons d'humeur,
Un jeu qui plaît à ma Sophie,
Un instrument utile au laboureur,
Un terme de géographie
Est mon dernier, ami lecteur.
De mon tout craignez la piqûre,
C'est un reptile dangereux :
Que de gens à douce figure,
Las ! comme lui sont venimeux !...

L,

Aimable et tendre objet d'une amitié sincère,
Si vous dites un mot, je serai mon premier ;
Heureux, je ferai tout alors pour vous complaire.
Une négation, je pense, est mon dernier :
Jean-Bart et Duguesclin, chéris de la victoire,
　　Dans les fastes de mon entier,
On le sait, ont acquis une immortelle gloire.

LI.

　　De mon premier notre grammaire
　　Fait une préposition ;
　　Sur un tel point de l'hémisphère,
On vante mon dernier pour la production,
　　Le malheureux l'obtient avec prière ;
Il peut aussi former un agréable son.
La coquette, le fat, l'homme à grand étalage,
　　Dans mon entier se logent rarement ;
Si l'intérêt le veut, le bon ton le défend :
Chaque hôtel a le sien, ou du moins, c'est l'usage.

LII.

　　Je suis une interjection,
　　Me mériter n'est point aimable ;
　　Par une transposition,
　　Je deviens un arbre agréable.

LIII.

Mon premier sert à l'homme, il en est l'inventeur ;
On juge de son prix par son teint, sa finesse,
　　Chacun de nous en aime la blancheur.
　　Combien de fois, dans une aimable ivresse,

Me reportant à ces temps fabuleux,
J'ai souhaité douce métamorphose!...
Celle dont j'ai la foi sur ce premier repose :
Par elle il est pressé; que de moments heureux!...
Je me tais... Mon second est utile à la terre ;
   Le sage ordonne d'en user.
On a vu le Français, plein d'une ardeur guerrière,
  Donner la mort, tout embraser,
   Souvent la recevoir lui-même,
  Ou pour sauver ou ravoir mon entier ;
Mais, chut! j'ai résolu par ces mots le problème.

LIV.

Souvent de mon premier dépend notre existence ;
Avant de l'entreprendre on devrait réfléchir ;
Mais l'homme en son printemps, sans nulle expérience,
S'imagine qu'il peut sans crainte tout franchir ;
Enfin chacun de nous, plus ou moins, dans ce monde,
   Ou bien, ou mal fait mon premier.
Autrefois, même encore, on se prêche à la ronde,
Pour devenir ou bien paraître mon dernier.
Lecteur, mon tout parfois est pénible, agréable ;
A tel, plus d'un Français que l'on pourrait citer,
A cueilli des lauriers; tel autre, insurmontable,
  A vu périr qui voulut l'affronter ;
  Mais il est temps, je crois, de m'arrêter.

LV.

Une conjonction est mon premier, lecteur.
Ce brillant animal plein de feu, de vigueur,
Utile à nos travaux, aux plaisirs de la ville,
Par notre faute est bientôt mon dernier;
Le riche seulement possède mon entier :
C'est un objet commode et surtout fort utile.

LVI.

Mon premier est plat, rond, fait avec de la brique,
Et nous est chaque jour de grande utilité ;
Mon second, cher lecteur, se connaît en musique.
Un insecte est mon tout : pour ta facilité,
Je te rappellerai qu'on le dit économe ;
     Mais tu sais comment il se nomme.

LVII.

    Si la vertu, si la sincérité
    Etaient toujours nos guides sur la terre,
Mon premier n'aurait point de juste utilité ;
Mais les peuples ont vu qu'il était nécessaire,
Et tous en ont construit pour leur tranquillité.
    Un adjectif qui désigne le nombre,
       Ami lecteur, est mon dernier ;
       Hélas ! malgré nous, comme une ombre,
       S'enfuit à nos yeux mon entier,
       Déesse inconstante et légère,
Nous faisons nos efforts pour l'attirer vers nous ;
    Mais trop souvent, sourde à notre prière,
Plus ou moins les mortels murmurent de ses coups.

LVIII.

Ah ! si de votre bouche où la grâce respire,
Un jour je m'entendais nommer par mon premier,
Heureux, vous me verriez aussitôt vous sourire,
Et, vous offrant mon cœur, je ferais mon dernier.
Mon tout est une pâte utile à la lingère,
On la fait de froment ; mais chut, je dois me taire.

LIX.

Votre cœur, belle Éléonore,
Me fait connaître mon premier,
Oui, cette qualité fait que l'on vous adore ;
Si l'on voit avec peine arriver mon dernier,
Elle est bien plus cruelle encore
Lorsqu'il faut malgré soi vous dire mon entier.
C'est un souhait, est-il sincère?...
Si maintes fois on consultait son cœur,
Rarement on voudrait le faire,
D'un départ toujours triste étant l'avant-coureur.

LX.

Mon premier, cher lecteur, à la ville, au village,
Utile chaque jour, des humains est l'ouvrage ;
On voit le boulanger souvent à son côté.
De tout temps mon dernier fut un mal redouté.
Le brillant animal cité pour le courage,
Celui qui plaît par sa docilité,
Cet autre à la pesante allure,
De mon tout font leur nourriture.

LXI.

Thaïs, chez vous on cite mon premier ;
On aime sa blancheur et sa délicatesse.
Un pronom possessif, je pense, est mon dernier.
Mon tout se vante encor chez ma belle maîtresse,
Chacun de nous le trouve gracieux.
Noble et décent, vous qui daignez me lire,
Le vôtre est le mieux à mes yeux,
C'est une vérité que je me plais à dire.

LXII.

Ami lecteur, si la beauté que j'aime
Voulait me prodiguer tendres embrassements,
Toujours désirant plus, dans mon ardeur extrême,
Je dirais mon premier, je crois, à tous moments.
      Au grenier, au moulin, sans cesse
    Etant utile, on trouve mon dernier ;
Il diffère, on le sait, en largeur, en finesse.
Le pauvre sur son dos a souvent mon entier

LXIII.

Avant de vous connaître, adorable Zelmire,
Non, je n'ai jamais su définir mon premier :
Ce corsage, ce teint et ce pied que j'admire,
Tout en vous chaque jour me le fait prononcer.
      Une consonne, une voyelle,
Un pronom si l'on veut, vous montre mon dernier.
Dans la Bourgogne on trouve mon entier.
On y fait de bon vin ; mais chut, je me décèle.

LXIV.

Un pronom possessif, je pense, est mon premier.
      Je n'aurais point assez de mon dernier
Pour tracer vos vertus, vos talents agréables,
      Et vous êtes bien trop aimables,
Mesdames, selon moi, pour faire mon entier,

LXV.

Animal domestique, espiègle, mais fripon,
On aime mon premier, c'est une compagnie
Ayant, je puis le dire, un peu d'analogie
Avec certaines gens affichant le bon ton.

Un docteur nous a dit, si j'ai bonne mémoire,
　　　Qu'ici-bas tout est pour le mieux ;
　　　Faut-il absolument le croire?
Non, car je vois des cas qui me semblent douteux ;
Entre autre mon second, dont la volonté seule
Est une loi qu'il faut bon gré, mal gré subir ;
Il s'installe chez nous, aux champs, dans une meule ;
L'abriter serait trop, mais il faut le nourrir,
Sans compter tout le mal qu'il se plait à nous faire.
Pourquoi cet animal est-il donc sur la terre?
Tant d'autres questions à ne pas en finir !...
Docteur Pangloss, je crois que le dire du sage
Est plus vrai que le vôtre, il faut en convenir,
En prêchant aux mortels : *patience et courage!*...
Mon tout est, selon moi, facile à définir :
Epoux, père parfait et dans la fleur de l'âge,
Actif, intelligent, haute capacité ;
　　　Mais j'arrête ici ma pensée,
　　　J'entends qu'on dit : c'est une vérité ;
　　　Ma charade est donc devinée.

LXVI.

　　　Quand mon premier est riche de verdure,
　　　J'aime, j'en admire l'émail ;
　　　Il plait aussi quand la nature
Pour le prix de nos soins, nous offre son travail.
　　　De mon second, que dois-je dire?
Ami lecteur, je suis dans l'embarras.
En y portant les yeux, mon cœur bat et soupire,
　　　Et ma raison me dit tout bas :
　　　Faible créature, silence,
　　　Mets de côté ton orgueil, ta science,
　　　Jamais tu ne me comprendras !
Définir mon entier, de même est difficile ;

Comme objet, il dépend de notre affection,
Du mérite qu'il a, surtout s'il est utile.
Adjectif masculin, toujours avec raison,
  Au fat, au pédant, on l'adresse.
Tout ce qui vient de vous, un mot, une tendresse,
  Un conseil, vient le dénoncer,
Et, vous remerciant, je dois le prononcer.

LXVII.

  Le tailleur, la moindre ouvrière
  Et la maîtresse de maison,
Qui sait que le travail est toujours nécessaire,
   Alors par besoin, par raison,
   A chaque instant de la journée,
   Font usage de mon premier.
   La jeunesse est passionnée
Des effets que produit sur elle mon dernier,
  Et, ce serait mauvais tour à lui faire,
   Si, dominé par mon entier,
  On l'en privait par astuce ou colère.

LXVIII.

Si l'on me demandait comment est votre cœur,
Ce que je puis penser de votre caractère,
Prononcer mon premier, je ne saurais mieux faire;
On ne me dirait point que le mot est flatteur;
Mais une vérité qui serait dévoilée.
Privés de mon second, ce serait le néant,
   La race humaine désolée,
Plantes, animaux, tout périrait à l'instant.
Oh! vous qui me prêtez une oreille attentive
   Chaque matin, en vous voyant,
   Et j'en trouve l'heure tardive,
Je vous dis mon entier toujours en souriant.

LXIX.

Mon premier se recherche avec avidité,
Mobile souverain de tout sur cette terre,
    On le désire en quantité,
Et pour le posséder on est prêt à tout faire.
Chaque heure, chaque jour, composent mon dernier :
C'est un fardeau pénible, il attriste, il afflige ;
Avec lui c'en est fait, adieu plaisir, prestige !
    On doit pourtant l'apprécier.
    Mon tout, parfois nous épouvante
    Par ses affreux mugissements ;
La jeune fille prie, elle est toute tremblante,
Le laboureur gémit dans ces cruels moments,
    Hélas ! sa moisson est pendante.

LXX.

La race humaine, insectes, animaux,
Enfin ce qu'ici-bas jouit de l'existence,
A mon premier avec certaine différence,
    Puisque les corps sont inégaux.
Mon dernier est un mal à peu près incurable ;
    Le feu, des fois, parvient à le guérir.
    Mon tout s'estime, est admirable,
    Il faut souvent le contenir :
    Sans raison et sans prévoyance,
On peut s'en repentir ; il devient arrogance.

LXXI.

    Peu de personnes peuvent dire
    Qu'elles n'aiment pas mon premier,
Et l'avare surtout avec bonheur l'admire.
Ce n'est point ici-bas qu'on trouve mon dernier ;
    Mais bien dans le céleste empire.

30

Mon entier est un fruit qui plaît à l'œil , au goût ;
Aux dames on l'offre surtout,
C'est leur faire un plaisir extrême ;
En un mot, tout le monde l'aime.

LXXII.

Une habitation ne saurait se construire
Sans avoir mon premier de diverses grandeurs ;
Souvent par son travail on le cite, on l'admire ,
Alors il a plus ou moins de valeur.
De mon dernier, on recherche l'ombrage ;
Jouet du caprice des vents,
De tout, sur cette terre, il nous offre l'image,
Aussi, son existence est de bien courts instants.
De mon entier, que dois-je dire ?
Objet de luxe et de nécessité ,
On n'attend pas qu'on le désire,
On l'offre, il est toujours avec joie accepté.
L'ambitieux , autrement c'est fort rare,
Brigue, fait tout pour l'obtenir.
Notaires , avocats, le banquier et l'avare,
Par tout ce qu'il peut contenir
Le serrent avec soin ; pour eux, c'est une idole.
La jeune fille y cache aimable souvenir,
Il est heureusement privé de la parole !

LXXIII.

Notre faiblesse, on peut dire est extrême ;
Tous, nous avons mille et mille besoins ;
Nous sommes flattés qu'on nous aime
Et, pour y parvenir, nous mettons tous nos soins ;
Aussi, de mon premier, nous soignons l'existence,
Nous en faisons une société :
Notre raison, sans médisance,
Ne vaut pas sa fidélité !

À beaucoup d'animaux, à l'humaine nature,
Mon dernier, on peut dire, est de nécessité,
  Et, pour nous tous, il est une parure.
   Comment vous dépeindre mon tout ?
Dans les jardins, les champs et même dans la ville,
Sans la moindre culture, on le trouve partout ;
On cherche à le détruire ; il est pourtant utile.

LXXIV.

Mon premier, toujours vert, d'une belle venue,
Donne un produit surtout utile aux malheureux.
   Une substance bien connue
Est mon second. S'il est parfois mélodieux,
L'oreille nous le dit bien souvent détestable ;
Aussi, diversement, il agite nos sens.
   Mon tout est un oiseau des champs
Dont le gazouillement n'est point désagréable.

LXXV.

  Un instrument est mon premier ;
Il figure à l'orchestre et souvent à la chasse ;
A l'entendre, je crois, rarement on se lasse :
L'oreille, toutefois, n'aime pas l'écolier.
   Mon second se dit particule,
  Il est encore un signe nobilier.
A l'aspect de mon tout, le criminel recule,
  Quand du supplice on en fait l'instrument ;
Mais s'il devait m'unir à celle qui m'écoute,
Ah ! je l'accepterais comme un bien doux présent ;
   Il serait de fleurs, sans nul doute.

LXXVI.

  Ami, pour mieux utiliser
  Certaine bête à longue oreille,

L'homme a jadis inventé mon premier.
Un pronom personnel, je pense, est mon dernier.
On se fait craindre, on fait merveille
Quelquefois avec mon entier ;
Lorsqu'on l'emploie avec adresse,
C'est un tuteur chéri par la vieillesse.

LXXVII.

J'aime à me trouver dans les bois
Lorsque mon premier y résonne.
Une particule, je crois,
Ou bien une voyelle, avec une consonne,
Ami lecteur, font mon second.
Mon troisième, on peut dire, a pour frère Apollon.
Quant à mon tout, on le renie
Dans un concert, dans un salon ;
Mais il n'en est pas moins un charme de la vie
Pour l'humble villageois : ce rustique instrument
Préside à ses plaisirs ; c'est un délassement
Qui lui donne la patience
De mieux porter le fardeau si pesant
De sa bien douloureuse et bien frêle existence.

LXXVIII.

Mon premier est article et note de musique,
Et mon second un arbre utile et toujours vert.
Mon tout est un gibier sauvage et domestique ;
A la table du riche et du pauvre, on le sert ;
On trouve dans le goût certaine différence
L'un est beaucoup plus délicat ;
Dans tous les cas, la faim donne la préférence,
Par le fait, à celui qu'on trouve sur le plat.

LXXIX.

Boulangers, pâtissiers, dans le moindre ménage,
De mon premier, on fait chaque jour grand usage.
Mon second est mortel, cautériser soudain
Pour en guérir est un moyen.
Mon tout, produit de la nature,
A divers animaux, leur sert de nourriture.

LXXX.

Mon premier est un mot qui transporte de joie,
S'il émane d'un cœur qui vous est dévoué ;
Mais, hélas! chaque jour, par astuce on l'emploie,
Aussi, combien de fois, est-il désavoué !
Mon second se reçoit avec reconnaissance,
Tribut d'une bonne action,
D'une âme satisfaite, il est l'expression :
Nous faisant chérir l'existence,
On le garde, on le soigne avec précaution.
A chaque instant, surtout à la lingère,
Ami, mon tout est nécessaire.

LXXXI.

Dans ce que nous faisons, la raison nous ordonne
Que toujours mon premier doit être réfléchi ;
Cependant qu'elle est la personne
Qui, dans ce grand devoir, n'a pas souvent fléchi ?
Aussi, nous arrivons au terme de la vie,
En répétant tous à l'envie :
Si jeunesse savait,
Si vieillesse pouvait !
Mon dernier est puissant, c'est lui qui sur la terre
Parle en maître, dicte des lois.
Devant lui la justice est muette parfois ;
Mon entier est toujours le fait d'un caractère,

Peu sociable, on peut dire mauvais ;
C'est encore un oiseau qui vit dans les marais.

LXXXII.

Une voyelle est mon premier,
Et mon second s'emploie en terme de musique ;
Comment exprimer mon entier,
Hélas ! c'est un mot élastique
Dont la signification
Est celle que le cœur lui donne ;
Le mériter serait ce que j'ambitionne,
S'il m'est donné par certaine personne.

LXXXIII.

Mon premier a la terre
Pour habitation,
Et mon dernier est plus ou moins prospère,
Selon la végétation ;
Sans lui, point de feuille jolie.
Mon entier est un mal
Qui tient de la folie.
Malheur à l'animal
Chez lequel il se déclare,
Sa guérison étant, on peut dire, fort rare.

LXXXIV.

Si je consulte la grammaire,
Mon premier a plusieurs significations
En l'écrivant, un simple accent vous fera faire
Ce qu'on appelle une faute grossière ;
Mais nous pouvons lui voir d'autres acceptions.
Il est verbe, adjectif, et si je cherche encore,
Article, substantif et préposition.
Ajoutez-y ce que j'ignore,
Bien plus grande sera votre indécision ;

Enfin de l'alphabet, c'est une simple lettre.
Cherchons à définir mon second maintenant :
     Eh bien ! je ne saurais vous mettre
L'esprit à la torture, et dirai simplement
Que le musicien l'emploie à chaque instant,
     Il est particule autrement.
Heureux celui qui peut obtenir mon troisième
     De la main de celle qu'il aime,
Car il doit, sans nul doute, émaner de son cœur,
Et qu'il peut dire alors : J'entrevois le bonheur,
Puisque j'ai su trouver le secret de lui plaire.
Mon tout est un objet utile à la lingère.

LXXXV.

     Les boulangers, la cuisinière
     Font usage de mon premier ;
     Sa forme est celle de la terre.
Dans la musique, on trouve mon dernier.
Active, prévoyante et comme ménagère,
Notre bon Lafontaine a cité mon entier.

LXXXVI.

     Celui qui veut être sincère,
     Non, jamais ne saurait nier
     Que son cœur s'émeut, se resserre
     En présence de mon premier,
     Surtout si, par sa destinée,
     Il doit en braver les fureurs :
     Cette impression spontanée
     En fait redouter les horreurs.
     Si je consulte la grammaire,
     Un adverbe est mon second.
Avez-vous fait quelque chose pour plaire,
     Un compliment, le moindre don ?
     Mon tout à l'instant se profère
Comme un signe obligé de satisfaction.

LXXXVII.

Si mon premier est votre caractère,
Vous serez à plaindre toujours.
Oisif, vous connaîtrez les soucis, la misère,
Vous coulerez de tristes jours.
Si, par malheur, dame nature
S'est montrée avare envers vous,
Et que dans une vie obscure
Vous cherchez un bonheur ignoré de nous tous,
Mon dernier s'en ressent, vous rend insupportable,
Pour vous qui m'écoutez, il en est autrement,
On l'apprécie, on le trouve agréable.
Mon entier se voit à la table
Du pauvre quelquefois et du riche souvent :
C'est vous dire qu'il sert aux besoins de la vie.
Son produit annuel est immense aux humains,
Sa douceur est extrême, il vous lèche les mains ;
En le tuant, on fait acte de barbarie.

LXXXVIII.

Mon premier, cher lecteur, n'est plus comme autrefois,
Par sa légèreté, sa richesse et sa grâce,
On l'admirait dans les tournois ;
Dans ce siècle, il n'a plus sa place ;
De ce brillant objet, le nom seul est resté.
Mon second est article et note de musique.
Mon troisième nous est de grande utilité ;
Ame d'une industrie, après on en fabrique
Un combustible économique.
Un sage de l'antiquité
En plein midi cherchait un homme ;
Il traitait bien son siècle comme
Il le connaissait, car, dit-on,

Il se crut obligé de prendre une lanterne.
Pour trouver mon entier, cette précaution,
    Dans la société moderne,
    Serait pure dérision.
    Dans les palais, dans la chaumière
    Enfin, je puis dire partout :
Plus ou moins d'entre nous ont beau dire et beau faire,
    Ils ont été, sont et seront mon tout.

LXXXIX.

    Mon premier, sur cette terre,
    Est un mobile puissant ;
    Avec lui, point de misère,
On le reçoit toujours en souriant.
    Si le destin vous favorise,
    En le multipliant chez vous,
    Vous pouvez, selon votre guise,
    Satisfaire vos moindres goûts.
    Parez de mon second votre épouse chérie,
    Elle en sera, je puis dire, ravie.
Voudrez-vous faire un jour l'état de cuisinier,
Il vous faudra bien sûr acheter mon entier.

XC.

    Mon premier est un arbrisseau
    Qui conserve son vert feuillage,
Et le tourneur habile en fait un grand usage.
Mon second, très souvent, est agréable, est beau ;
    Parfois, il est tout le contraire :
    La moindre chose le produit.
Au gibier, aux oiseaux, mon tout est nécessaire ;
    Ils s'y cachent, c'est un réduit

Qui vient en aide à leur faiblesse.
Le jardinier, le laboureur
L'utilisent avec adresse,
En font, avant longtemps, un objet protecteur.

XCI.

Mon premier, et c'est l'ordinaire,
Se doit à l'éducation :
Substantif masculin, il faut, si l'on veut plaire,
L'être toujours sans affectation.
Mon dernier, d'après la grammaire,
Est un pronom démonstratif.
On redoute mon tout, mais il est nécessaire ;
Le nombre des méchants est si grand sur la terre !
Il faut qu'il soit adroit, actif,
Il éclaire alors la justice.
Parfois, on cite ses excès ;
Il fait crier à l'artifice,
Mais le paliatif est de brillants succès.

XCII.

Dans la musique, on voit mon premier, mon second,
Mon troisième se nomme une négation.
Mon tout est un fléau pour la nature humaine ;
Mais il se voit si rarement,
Que ce serait une crainte bien vaine
Que de l'appréhender, ne fût-ce qu'un moment.

XCIII.

De nos jours, mon premier s'emploie
Pour transporter de lourds fardeaux ;
On le citait à Rome et dans l'antique Troie ;
C'était, dit-on, un objet des plus beaux.
Mon second, cher lecteur, est un de ces oiseaux

Que l'on trouve partout et dont l'intelligence
Le porte facilement
A parler passablement.
Dans nos maisons et dans une ambulance
Mon tout s'emploie à chaque instant.

XCIV.

Mon premier se nomme pronom.
Comment expliquer mon second?
La raison nous dit bien de l'être
Alors, tant bien que mal, on cherche à le paraître :
On se pare du mot ; mais en réalité
Dites-moi, qui de nous en a la qualité?
Mon tout, sans doute, est pressant, agréable
Lorsqu'il s'adresse à la personne aimable
Qui, par sa bonté, sa douceur,
A su captiver votre cœur.
Entre eux, les puissants de la terre
En font un usage fréquent ;
Motif de paix et quelquefois de guerre,
On ne sait trop, le recevant,
S'il faut craindre ou sourire: on s'abstient, c'est bien faire !

XCV.

Lorsqu'on parle de vous, oui, c'est avec justice
Que l'on prononce mon premier ;
Aussi, fait-on un bien grand sacrifice,
Si l'on renvoie à mon dernier
Pour dire que vous savez plaire.
Mon tout est plus pénible encore à supporter :
Lorsqu'il faut vous le souhaiter,
On voudrait dire le contraire.

XCVI.

'Une ancienne monnaie et dont on fait usage
Encore de nos jours, se trouve mon premier.
Oui, pour moi, ce serait un bien grand avantage
De pouvoir avec vous cimenter mon dernier.
   Objet d'utilité première,
Je suis dans le palais, comme dans la chaumière.

XCVII.

   Consultant le dictionnaire,
Je vois que mon premier est un instrument creux
De grande utilité à la couturière,
   Substantif si vous l'aimez mieux.
  Dans les châteaux, dans une forteresse,
   L'œil étonné contemple mon second.
Il arrive souvent que la ruse et l'adresse
   Font mépriser cette profession.
Toutefois, par moments, il prête à la magie,
On peut même ajouter à l'admiration.
   Si votre conduite est régie
  Par le besoin d'employer mon entier
   Aux actions de votre vie,
   De vous, on doit se méfier.
Pour acquérir l'estime, il faut être sincère,
   Toujours suivre son droit chemin,
Ce serait adopter le principe contraire,
Si, dans ce que l'on fait, on paraît incertain.

XCVIII.

  Le tailleur, la moindre ouvrière,
  Et la maîtresse de maison
Sachant que le travail est toujours nécessaire,
  Tous, secondés par la raison,

A chaque instant de la journée
Font usage de mon premier.
La jeunesse est passionnée
Des effets que produit sur elle mon dernier,
Et ce serait mauvais tour à lui faire
Si, dominé par mon entier,
On l'en privait par astuce ou colère.

XCIX.

A la ville, au village,
Je puis dire en tous lieux,
Riches et malheureux
De mon premier chaque jour font usage.
Maintenant mon second,
Selon notre grammaire,
Note de musique, une conjonction
Qui, parfois, ne saurait vous plaire,
Laissant de l'indécision.
Mon troisième, à nous tous, inspire la tristesse,
Si votre âme a cette couleur,
On vous redoute, on vous délaisse,
Votre aspect inspire la peur.
Si la chaleur, parfois, vous devient salutaire,
Mon tout vous est alors un objet nécessaire ;
Aussi, l'on dit avec raison,
Que c'est un meuble utile à tout une maison.

C.

Mon premier, ici-bas, jamais ne se refuse,
On en aurait autant qu'on pourrait en compter,
Même pendant un an, que si je ne m'abuse
On ne saurait encor se contenter.
Il en est de cela comme de bien des choses,
Plus on en a, plus on veut en avoir,.

Pour en bien définir les causes,
Il ne s'agit que de vouloir.
De l'humaine nature, oui, telle est la faiblesse,
Il faut qu'elle se plaigne et désire sans cesse :
Je puis mentir, hélas ! ce n'est point cette fois !
Un pronom possessif est mon second, je crois.
L'eau qui tombe en cascade, ou qu'agite l'orage
Forme mon tout près d'un rivage.

CI.

La demeure de mon premier
Est dans le sein de notre mère ;
Douce amitié veut mon dernier,
Ce mot seul a le droit de lui plaire.
Que dirai-je de mon entier ?
En suivre le précepte, hélas ! est nécessaire,
Lui seul devrait diriger notre cœur ;
Mais il faut l'avouer, c'est un mot sans valeur.

CII.

Le monde est un théâtre où chacun y paraît
Montrant ses passions et souvent sa faiblesse.
Soit par besoins, soit par adresse,
On y fait mon premier, et l'on se tromperait
Si l'on comptait y voir un semblant de franchise ;
On s'y flatte soudain, on s'y ridiculise ;
Toujours le plus adroit est le moins malheureux ;
En un mot, chacun y vient faire
Ce qui pour le moment semble le satisfaire.
Par un motif impérieux,
S'il faut d'une personne
Parfois cacher le nom,
Le devoir vous ordonne
D'employer mon second ;

Cette sage mesure
Est de l'honnêteté.
Dans la moderne architecture
Mon tout se fait bien rarement.
Autrefois, des châteaux c'était un ornement.

CIII.

Mon premier est une substance
Indispensable, on peut dire, à l'enfance.
Remède, aliment précieux,
La quantité qui, par jour, s'en consomme
Par les animaux et par l'homme,
Serait un chiffre curieux.
Comment, d'une manière aimable,
Exprimer mon second? Ma bonne volonté
Eprouve une difficulté
Qu'on peut dire insurmontable.
Avec deux voyelles, comment
Demander et pouvoir dire ce que l'on pense?
J'y renonce pour le moment;
Ce soin, je l'abandonne à votre intelligence.
Pour mon entier encore, il faut me résigner
A presque garder le silence.
Le peu que je dirais, pourrait le désigner.
Vous mettre sur la voie est pourtant nécessaire :
Eh bien! c'est une plante, une herbe potagère.

CIV.

Mon premier, pour l'ordinaire,
Est l'ouvrage d'un charron.
Selon le Dictionnaire,
Il a pour définition :
Substantif masculin; mais, chut! il faut me taire.
Un roi, c'est Frédéric-le-Grand,

Disait de mon second : *Des sots, c'est la Gazelle.*
Avec bien moins d'esprit, je dirai simplement :
    Cette expression est sujette
A mettre sur autrui ce que, le plus souvent,
    On craint de dire ou faire par soi-même ;
Enfin c'est un détour de peu de loyauté,
    Reçu pourtant dans la société.
    Mon embarras se trouve encor extrême
    Pour en terminer avec vous,
Car il faut de mon tout dire ce que je pense,
    Je ne saurais en être alors jaloux.
    Il établit la différence
    Entre les animaux et nous.
Ah ! si de la parole on leur donnait l'usage,
    Ils nous diraient avec raison :
Dieu vous a fait sur nous un brillant avantage,
En usez vous toujours ? Nous pouvons dire : non,
    Nous n'avons eu que l'instinct en partage ;
Mais nous le conservons en toute occasion.

CV.

Mon premier a plusieurs significations.
Pour ne point abuser de votre complaisance,
Je dirai simplement que c'est une science
    Qui, bien des fois, prête aux illusions ;
Substantif masculin, selon notre grammaire,
    Des châteaux il fait l'ornement.
Selon le goût, les lieux, sa structure diffère,
    Et l'on peut dire également,
    Selon ce que l'homme en veut faire.
    Je vois aussi que mon second
    Se nomme une négation,
Faite d'une consonne avec une voyelle.
    Pour mon troisième, offrez-le à celle

Que votre cœur a fait choix,
Il faut alors qu'elle soit riche et belle ;
Pour la cuisine encore, on s'en sert bien des fois,
Etant un objet fort utile,
Car sans lui, mon entier deviendrait inutile.

CVI.

Le destin vous est-il prospère ?
Mon premier, par le cœur, aussitôt prononcé,
Vous assurait bien, je l'espère,
Que je m'y suis intéressé.
Mon second est un avantage
Qu'on paie, bien souvent, par des privations ;
Mais l'amitié nous aide à finir le voyage
En nous comblant de consolations.
S'il s'agit de raison, des bienfaits de ce monde,
Nous voyons, chaque jour, que la divinité,
Malgré sa sagesse profonde,
N'a pas fait mon entier avec égalité.

CVII.

Une monnaie ancienne est mon premier,
Un adverbe de lieu, je crois, est mon dernier ;
Mon tout est une fleur qu'on peut dire ordinaire,
Et dont l'odeur est bien loin de nous plaire.
Pris sous une autre acception,
Pour nous tous, ici-bas, c'est une triste chose ;
N'importe la position,
Nous en avons souvent une trop forte dose.

CVIII.

Chez ces peuples guerriers, si vantés dans l'histoire,
Dans leurs fêtes, dans leurs tournois,
S'ils célébraient une victoire,
Mon premier, par l'éclat, y brillait chaque fois.

31..

En s'occupant de vous, veut-on être sincère,
Ah! ne dira-t-on pas, sans hésitation :
Aline, par le cœur et par le caractère,
Mérite l'adjectif qui forme mon second,
Chacun de nous aura cette douce pensée.
Dans la terre, mon tout se trouve en quantité,
On l'obtient par la flamme avec art concentrée ;
L'un et l'autre nous sont de grande utilité.

CIX.

Une voyelle, une consonne,
Ami lecteur, sont mon premier.
Bien pauvre serait la personne
N'ayant pas mon second, fût-ce même au grenier.
Mon troisième est le nid des gros oiseaux de proie ;
Enfin mon tout est un état,
Honorable, brillant d'éclat :
Le Français l'embrasse avec joie ;
Mais il n'est point l'emblème du bonheur :
Amour-propre blessé, trop de fois le caprice
Vient vous faire éprouver la cruelle douleur
Qu'avec elle toujours entraîne l'injustice.

CX.

Tout ce qu'a créé la nature
En fait d'hommes et d'animaux,
Objet d'entretien, de parure,
Ont mon premier, dont la structure
Varie à l'infini. Les uns sont laids et beaux,
D'une forme et couleur plus ou moins agréable ;
La nature et la mode en décident toujours.
Mon dernier peut nous plaire, il devient détestable,
Et peut même abréger nos jours

Si notre liberté s'en trouve compromise ;
L'humble fille des champs, mais les dames surtout,
　　Selon leur fortune et leur guise
　　Font un grand cas, se parent de mon tout.

CXI.

　　Les jardiniers, les cuisinières,
Peintres et pharmaciens, tout le monde, ici-bas,
　　Pour l'employer de diverses manières,
　　De mon premier font un grand cas.
Chaque instant, chaque jour passés dans cette vie
Finissent par degrés à faire mon dernier.
Malade ou bien portant on aime mon entier,
Selon sa qualité, plus ou moins, on l'envie.

CXII.

　　Notre raison commande mon premier
　　Pour protéger un pays, une ville ;
Ce travail important ne peut s'édifier
　　Que par les soins d'un homme habile.
　　Un adjectif est mon dernier.
　　Riche ou pauvre, sur cette terre,
　　On fait des vœux pour avoir mon entier.
　　Hélas ! comme une ombre légère,
Lorsque l'on croit l'atteindre, il s'échappe à nos yeux ;
Alors viennent s'offrir les besoins, la misère,
　　Ah ! sans mon tout, on ne peut être heureux.

CXIII.

Une glace, la mer, vous offrent mon premier ;
　　Il fait le fond de votre caractère.
　　　Construit par l'homme, mon dernier
A divers ouvriers est souvent nécessaire.
Mon tout plaît à la vue, aux dames, à l'enfant ;

Il séduit, et parfois on a vu qu'il fait faire
Des pas, des actions dont on gémit souvent.

CXIV.

Je dis que mon premier
Est une particule;
Et, puisque mon dernier,
A mon gré s'accumule,
Je vais bientôt posséder mon entier.

CXV.

Un instrument est mon premier.
Si tel ou tel objet vous plaît par sa nature,
Par sa richesse, sa sculpture,
Vous le faites connaître en disant mon dernier.
Mon tout est un oiseau de sinistre plumage,
Dans nos climats, il n'est que de passage.
Si mes jours s'écoulaient dans votre intimité
Je voudrais avoir en partage,
Non son lugubre chant, mais sa longévité.

CXVI.

Avec la main vous faites mon premier,
Selon l'esprit, le caractère,
Un peu plus, un peu moins, il a le don de plaire.
Le marin chérit mon dernier.
Comment m'y prendre et que puis-je vous dire
Pour bien vous dépeindre mon tout?
Utile à celui qui sait lire;
Dans la ville, au village, on le trouve partout;
Objet muet, pourtant il fait connaître
Tantôt un jugement ou le désir d'un maître.
Par l'enfant, sur le dos, il est souvent porté,
Comme signe certain de sa légèreté.

CXVII.

Animal domestique, on aime mon premier
Plus par utilité que par son caractère ;
  Le méchant ne peut le nier
  Et doit le prendre pour un frère.
  Que ferait-on sans mon dernier ?
  Tout périrait dans la nature.
Par son brillant aspect, par son architecture,
Plus ou moins on estime, on vante mon entier.

CXVIII.

  Mon premier est un instrument ;
  Mon second sourit à l'enfance,
  Qui s'en fait un amusement.
Un maître de maison, selon sa convenance,
Fait faire mon entier dans un appartement,
En plâtre, en bois, avec plus ou moins d'élégance.

CXIX.

Etes-vous mon premier, c'est pénible à tout âge :
Le fat, la précieuse en gémissent toujours ;
Aussi, pour le cacher, à l'art ils ont recours ;
Il est enfin, pour tous, d'un sinistre présage.
Dans les champs, les maisons, animal destructeur,
A mon dernier on fait une guerre incessante.
Redoutant la clarté, sans doute la chaleur,
Dans la belle saison, presqu'à la nuit tombante,
  C'est lorsqu'autour de lui tout dort
Que mon tout se décide à prendre son essor.

CXX.

On aime mon premier résonnant dans les bois.
Lorsque de l'amitié mon second est le gage,

On l'accueille avec grâce, il nous plaît davantage.
Sur ce que vous savez, s'il vous advient parfois,
Au lieu de l'avouer, d'affirmer le contraire,
Vous faites mon troisième, et, soit dit en passant,
　　C'est dévoiler un mauvais caractère.
　　　　Que vous dirai-je de mon tout?
　　　C'est un état qui, sans être honorable,
　　　Est fort utile et s'exerce partout ;
Aussi, cet ouvrier est-il indispensable.

CXXI.

　　　Chez les anciens, s'il faut en croire
　　　Ce que nous rapporte l'histoire,
Mon premier excitait la curiosité.
　　　Par sa richesse et sa légèreté,
　　Pour le commerce et pour l'agriculture,
　　On en fait bien usage de nos jours,
　　　Mais ce n'est plus la même structure.
On veut qu'il soit solide et propre au long parcours ;
　　　　Alors, il devient nécessaire.
Mon second est immense, il embrasse la terre.
En voyant ma Cloris, mon tout doit se nommer,
N'a-t-elle pas les dons qui savent nous charmer ?

CXXII.

Le moindre bâtiment nous montre mon premier.
　　　Mon second est, du sanglier
Ce que l'on doit offrir comme chose excellente ;
Les châteaux, les palais font briller mon entier,
Soit par son hardiesse ou sa forme élégante.

CXXIII.

　　　Presqu'aussitôt que j'ai su lire
On m'a dit : Ce premier est préposition.
　　　Plus tard : Que tout ce qui respire
　　　Doit l'existence à mon second,

Source de notre nourriture,
C'est la mère de l'univers.
Chaque jour, de mon tout on soigne la parure,
On y met mille objets divers :
C'est un délassement, dont le doux avantage
Est celui d'amuser, de nous plaire à tout âge.

CXXIV.

Mon premier est une voyelle,
Chez le riche et le pauvre, on trouve mon second,
La forme en est plus ou moins belle :
C'est l'objet principal d'une habitation.
Mon tout, selon l'histoire sainte,
Par nos aïeux, fut un lieu vénéré.
Avez-vous un domaine? Avec joie, avec crainte,
On va voir le bétail qui s'y trouve enfermé.

CXXV.

Deux lettres forment mon premier,
Une consonne, une voyelle.
Plus ou moins, chaque jour, nous faisons mon dernier,
En sommes-nous privés; notre peine est cruelle;
Deux et trois fois aussi nous faisons mon entier.

CXXVI.

On aime à cultiver mon premier à tout âge;
Pour la femme surtout, c'est un délassement.
En varier, en faire un nombreux assemblage,
Flatte son amour-propre et lui fait, bien souvent,
Supporter, oublier les peines de la vie.
Un pronom personnel, dit-on, est mon dernier.
Un privilége, un terme encor d'imprimerie,
Ami lecteur, est mon entier.

CXXVII.

Un bâtiment fait voir quatre fois mon premier ;
L'homme, dans sa structure, a deux fois mon dernier ;
Et, pour se présenter, il lui faut mon entier.

CXXVIII.

Avec plus ou moins d'élégance,
Un habit offre mon premier.
Entre les mains de l'enfance
On ne saurait redouter mon dernier ;
Il n'en est pas ainsi lorsqu'elle arrive à l'âge
Où les vices nombreux, sous des dehors riants,
Cherchent à la corrompre en flattant ses penchants :
C'est alors un objet d'un bien sinistre usage.
Comment vous dépeindre mon tout ?
Il n'est pas la plus petite race ;
Mais, pour bien dire, il se trouve partout.
Malgré soi, bien souvent, on y porte la vue,
Et cette curiosité
Finit par devenir une nécessité,
Qu'on ne saurait blâmer : souvent on peut en rire,
Comme il arrive aussi qu'on peut s'instruire.

CXXIX.

En feuilletant mon vieux Dictionnaire,
Mon premier est, dit-il, une conjonction.
Avec goût et souvent, employer mon second,
C'est posséder l'heureux talent de plaire.
On sert mon tout, comme entremêts,
C'est une plante potagère,
Dont le goût plaît, même aux gourmets,

CXXX.

Mon premier nous est d'un grand bien ;
Sa masse, sur la terre, on peut dire, est immense :
Sans lui, que ferait-on ? Rien, absolument rien ;
   Aussi, fort de l'expérience,
S'en consommant beaucoup, selon notre souhait,
Nous obligeons la terre, avec intelligence,
   A réparer la perte qui s'en fait.
   Egalement produit de la nature,
A divers animaux, pour bonne nourriture,
   On donne parfois mon dernier ;
Avec quelque embarras, j'arrive à mon entier.
Pour le gazer un peu, que dois-je vous en dire ?
Si, de la vie, il est une nécessité
   En abuser, c'est chercher à se nuire ;
Aussi, le sage dit, en voulant nous instruire :
    J'en accepte la qualité,
    J'en repousse la quantité.

CXXXI.

Qui cherche mon premier, doit fouiller dans la terre ;
D'habitude, il en fait son habitation.
S'il faut m'en rapporter à mon Dictionnaire,
C'est un département, naguère le Simplon,
Vous nomme mon dernier ; mais comment dois-je faire
Pour vous faciliter celui de mon entier ?
L'interprétation étant facile et claire,
Alors le résultat ne saurait se nier ;
Mais, parfois incorrecte, elle est tout le contraire.

CXXXII.

Mon premier vous présente une surface unie,
Vous est, pour un repas, de toute utilité ;

Sa forme en est variée, infinie ;
Son prix est en rapport avec sa qualité.
Mon second, on peut dire, est l'âme de ce monde,
Elément nécessaire à la prospérité.
Semblable à mon premier, forme allongée ou ronde,
Mon tout se fait aussi, lorsqu'on y met le prix,
Citer par le fini d'une peinture exquise,
Par les objets divers qu'on y place à sa guise.
La jeune fille, au rang de ses cadeaux chéris,
Remarque sa poupée et fait tout son possible
  Par amour-propre, à la parer
Avec le soin, le goût dont elle est susceptible ;
De même, dans le but de le faire admirer,
Cloris, dans ses festins, avec délicatesse,
  Avec bonheur, orne ce tout,
  Déjà brillant par sa richesse,
De ce qui peut flatter l'œil et le goût.

CXXXIII.

Sans mon premier, bien triste est la nature !
  C'est lui, lorsque vient le printemps,
  Qui participe à sa parure ;
Mais, comme toute chose, hélas ! il n'a qu'un temps,
Le moindre vent, un choc suffit pour le détruire.
  Un adjectif est mon second,
Mon tout est attrayant, on se plaît à le lire ;
Mais il est bon d'avoir l'âge de la raison.
Est-il entre les mains de la faible jeunesse ?
Le vice, mis en scène, agit avec ardeur,
  Met à néant tout espoir de sagesse,
Et, tôt ou tard, parvient à faire son malheur.

CXXXIV.

Sur le poirier, le chêne et même l'aubépine,
Dans toutes les saisons, on trouve mon premier.

Devant son nom, on aime à placer mon dernier.
Mon tout est bien souvent cause de notre ruine,
On le donne à l'enfance et toujours au barbon;
Il devient précieux lorsqu'il se trouve bon.

CXXXV.

Un pronom personnel se trouve mon premier,
Une voyelle est mon dernier.
Mon tout d'un insecte est l'ouvrage,
Et nous tous, plus ou moins, en faisons grand usage.

CXXXVI.

Mon premier forme un son, objet de charité,
Le pauvre le reçoit avec humilité.
Mon dernier, cher lecteur, est une particule.
Mon tout, bien rarement, le soldat l'accumule;
D'abord il n'est jamais conforme à ses désirs;
Aussi, le recevant, chaque fois il soupire.
A plus d'un chef, de même, il ne saurait suffire
Pour satisfaire en tous points ses plaisirs.

CXXXVII.

Une consonne, une voyelle
Composent mon premier. Sans une affliction,
Une cause exceptionnelle,
Tous, en naissant, nous avons mon second,
Qui, chaque jour, nous est plus ou moins nécessaire.
Maintenant, cher ami lecteur,
Si de Cloris tu peux faire parler le cœur,
Après cette faveur première
Elle te donnera, sans peine, ce dernier;
Mais si, privé de l'art de plaire,
Par de fades discours tu viens à l'ennuyer,
Elle te répondra souvent par mon entier.

CXXXVIII.

On a toujours dit mon premier
L'emblème de la vigilance.
Deux voyelles sont mon dernier.
Ouvrage de la Providence,
Pour la blancheur on cite mon entier.

CXXXIX.

On aime à voir dans mon premier
Bondir en liberté le superbe coursier.
Demander mon second est chose nécessaire
Envers certaines gens de la société,
Surtout si l'on soupçonne un peu leur probité.
Mon entier, en un mot, exige de le faire.

CXL.

Mon premier, chez les Grecs, dans leur temps glorieux,
Se faisait remarquer dans les fêtes, les jeux.
Pour être mon second, l'homme devrait tout faire,
C'est une qualité sans cesse nécessaire.
        Le forgeron, le cuisinier,
A chaque instant du jour consomme mon entier.

CXLI.

Mon premier, plus ou moins, se découvre avec l'âge;
Une mère, à sa fille, objet de son amour,
De l'amitié veut-elle accorder tendre gage,
        Sur ce premier, bien des fois dans le jour
Elle applique un baiser dont le prix se devine.
Mon second est utile à tout dans l'univers,
Il émane, on le sait, de puissance divine.
Pour mon tout, il s'emploie à des objets divers :

Dans leur temple, les juifs le mettaient à leur tête ,
On y voyait inscrit des dogmes révérés,
Le saint nom de leur Dieu; mais ici je m'arrête ,
Vous êtes, sur mon tout, déjà trop éclairés.

CXLII.

Un roc, une masse de terre ,
Cher lecteur, forment mon premier.
On recherche avec soin la peau de mon dernier.
Dans la rude saison, Chaque riche héritière,
A sa parure ajoute encor cet ornement.
Près de Paris, mon tout est un endroit charmant.

CXLIII.

Mon premier, cher lecteur, aisément se devine ,
L'étude nous apprend qu'il est conjonction.
Mon dernier adjectif, et terme de marine.
Mon tout, quelques instants , fixe l'attention;
Motifs de grands plaisirs, la raison se délaisse ,
Et qu'en résulte-t-il? parfois de la tristesse.

CXLIV.

Une particule, lecteur,
Est mon premier selon notre grammaire.
Celui qui se pique d'honneur
Redoute mon dernier, jamais ne peut le faire ;
C'est un acte qui fait mépriser son auteur.
Dans le système monnétaire,
Jadis mon tout avait peu de valeur.

CXLV.

Jamais l'homme de bien ne fera mon premier ;
Aussi, dans ses discours, il le combat sans cesse.
On est heureux d'avoir, comme don , mon dernier ;
Mais on peut l'acquérir, l'homme a tant de souplesse !

32..

Que dire de mon tout? bien des gens, ici bas,
Malgré tout leur esprit, le font à chaque pas.

CXLVI.

Nos aïeux s'exerçaient souvent à mon premier ;
Certains chasseurs encore y montrent de l'adresse.
   De jour en jour on acquiert mon dernier.
   D'après nos lois, il faut que la jeunesse
   Au jour fixé subisse mon entier.

CXLVII.

Mon premier, à vos doigts souvent est nécessaire ;
Sans lui, pour travailler, comment pourriez-vous faire ?
   Soir est matin, mon second, chaque jour
Vous occupe et vous rend belle comme un amour.
Mon entier nous arrive, hélas ! sans qu'on y pense,
Et fait trouver bien lourd le poids de l'existence.

CXLVIII.

Dans un orchestre on voit figurer mon premier ;
Les puissants d'ici-bas ont créé mon dernier
Pour donner un éclat utile à leur couronne ;
On le regarde encor comme objet d'agrément.
Mon tout a lieu de plaire à plus d'une personne.
   Dans une ville on le voit rarement ;
Mais, chez le bon fermier, il en est autrement.

CXLIX.

Chez les Grecs, les Romains, figurait mon premier ;
On en citait l'éclat, la forme et l'élégance.
Un pronom personnel se trouve mon dernier.
   Mon tout engage à la constance,

C'est un don qu'à la femme a fait le créateur ;
Tout le monde en connaît la divine puissance ;
Mais pour faciliter ta recherche, lecteur,
C'est un arbre commun qu'on voit partout en France.

CL.

Mon premier, au printemps, est émaillé de fleurs
Qui doivent leur éclat à la simple nature.
Trop vite, mon second leur ravit leurs couleurs.
Mon entier est d'un bon ou d'un mauvais augure ;
Le ciel nous est propice ou bien doit nous punir ;
Enfin, dis-je, il nous sert à juger l'avenir.

CLI.

Mon premier entoure la terre,
C'est, pour mieux dire, un élément ;
Mon second est une rivière,
Si l'on veut, un département,
Connus dans notre belle France.
Sur mon entier, on voit l'homme à talent
Y graver et des noms et des traits de vaillance.

CLII.

Mon premier est, lecteur, un insecte rampant ;
On trouve mon second à la ville, au village,
C'est un objet utile et d'agrément.
Mon tout survient à l'homme à la main, au visage,
On le brûle ordinairement :
L'eau forte est bonne à cet usage.

CLIII.

La femme, ainsi que le tailleur,
S'ils veulent se mettre à l'ouvrage,
Recherchent mon premier. Trop souvent, par malheur,
D'autres peuvent en faire un fort mauvais usage,

Si, pour jouer, il leur sert d'instrument.
 Mon second, et c'est l'habitude,
 Ennuie et fatigue l'enfant ;
 Il veut, chez lui, de l'aptitude ;
 Alors ce n'est point amusant.
Mon entier est un mal frappant l'espèce humaine,
Qui dénote parfois que sa fin est prochaine.

CLIV.

Mon premier pourrait être élégant, amoureux,
Facile, naturel, burlesque, harmonieux ;
On le consacre aux grands et maintes fois aux belles.
Si vous voulez unir avec soin trois voyelles,
 Vous connaîtrez aussitôt mon dernier ;
Un signe du zodiaque enfin est mon entier.

CLV.

Dans leurs jeux, les Romains employaient mon premier ;
Un oiseau très commun, noir et blanc de plumage,
 Et cité pour son caquetage,
 Ami lecteur, est mon dernier.
 Pour la blessure, on fait usage
 D'un grand amas de mon entier.

CLVI.

 Mon premier est bas, élevé ;
 Il est de rochers ou de terre,
 Parfois aride ou cultivé ;
 Sa structure partout diffère.
Dans la Lithuanie, on trouve mon dernier ;
 C'est, nous dit-on, un animal sauvage.
Chacun, plus ou moins cher, achète mon entier,
Animal d'agrément, il vous sert en voyage.

CLVII.

Si tu le veux, lecteur, tu peux voir mon premier
A la pomme d'un lit, au bout d'une tenture;
Dans la main d'un mauvais ou d'un bon perruquier,
Il orne les harnais du cheval de voiture.
Mon second est aride et parfois sablonneux,
Il y croît des genêts, surtout de la bruyère.
Mon entier est d'un drap fort gros pour l'ordinaire,
On le met lorsqu'il fait un hiver rigoureux.

CLVIII.

Le citadin, le villageois,
De mon premier font grand usage.
Aujourd'hui, bien moins qu'autrefois,
De la femme, je suis l'ouvrage;
L'art a su tout simplifier;
Aussi, me fait-on au métier.
Un quadrupède très utile,
Ami lecteur, est mon dernier,
Il est au village, à la ville,
Sobre et l'on peut dire docile.
Au culottier, au relieur
Mon tout est nécessaire,
Il varie en couleur;
Mais chut, il est temps de me taire.

CLIX.

Si mon premier n'est pas l'ouvrage de l'amour,
Il est l'avant-coureur d'une chaîne cruelle;
Aussi, voit-on gentille pastourelle
Le désirer, le craindre tour à tour.
L'homme, par mon second, connaît une distance.
Mon tout a, cher lecteur, plus ou moins d'importance;
Chaque ville a la sienne, elle en fait le contour.

CLX.

L'homme fait mon premier plus ou moins chaque jour,
Ses besoins ; sa santé le rendent nécessaire ;
Le premier, a-t-on dit, lorsqu'il s'agit d'amour,
    N'est pas toujours facile à faire.
Une ancienne cité, renommée autrefois
    Où des chrétiens, par mille exploits,
Ont fait preuve à jamais de leur sainte croyance,
    Ami lecteur, est mon dernier.
    Fort d'une mûre expérience,
Le vrai sage, toujours redoute mon entier.
    Du genre humain, c'est une maladie,
Il en sent les effets mille fois dans la vie :
    Trop heureux celui dont le cœur
    Reste muet à cet appas trompeur.

CLXI.

Les souverains par luxe ont créés mon premier,
    A tout le monde il est utile,
Aussi chacun le voit au village, à la ville.
Dans nos champs, nos jardins, prospère mon dernier.
C'est un plat d'entremets ; à la personne vile,
Aux courtisans laissons le soin de mon entier.

CLXII.

Plaignons le malheureux devenu mon premier,
    Hélas ! une horrible souffrance
Lui fait payer trop cher le prix de l'existence !
En Lorraine surtout on aime mon dernier.
    De l'homme, mon tout est l'ouvrage.
    Ami, combien j'aime à le voir
    A celle qui m'est destinée :
    Prêts à nous quitter, chaque soir,
    Sa belle tête en est ornée ;

S'il était possible, je crois,
Il ajouterait à ses charmes;
Mais j'en ai trop dit, je le vois,
Car, pour me deviner, vous voilà bien des armes.

CLXIII.

Le dieu qui nous caresse et nous trompe, ici-bas,
Se sert de mon premier pour fléchir la cruelle.
La décence, l'honneur ne vous guident-ils pas?
Mon second, malgré vous, se connaît, vous décèle.
Mon tout, chez nos anciens, était des magistrats.

CLXIV.

Un animal qui varie en grosseur,
Que l'on voit dans les champs, à la ville, au village,
Est mon premier, mon cher lecteur;
Mon dernier est, dit-on, un animal sauvage.
Sur un état, dans un acte important,
Evitez mon tout, c'est prudent.

CLXV.

Mon premier, chez Cloris, s'admire
Par sa parure et sa blancheur;
Ah! dans mon amoureux délire,
L'embrasser ferait mon bonheur.
Lucas seul a ce droit; mais chacun le désire.
Dans la chronologie, on connaît mon dernier,
C'est un terme usité. Redoutez mon entier,
C'est un péché, personne ne l'ignore;
Il afflige souvent, parfois il déshonore.

CLXVI.

Sans mon premier, Thaïs dont on cite l'adresse,
Blesserait ses beaux doigts, modèles de blancheur.

Un pays de la France est mon second , lecteur.

Près de l'objet de sa tendresse ;

Mon entier est toujours dirigé par le cœur ;

Il en est autrement près de celui qui gronde,

De certains grands seigneurs aveuglés par l'orgueil ;

Mais c'est ainsi que tout va dans ce monde :

Là, se voit le plaisir ; plus loin, c'est un écueil.

CLXVII.

L'homme m'a fait pour son plaisir ;

Mais sujet au sort qui me guide,

Par trop souvent je suis contraire à ses désirs,

Il me traite alors de perfide.

Un pronom possessif se nomme mon dernier.

L'être qui tourmente sans cesse,

Qui fait un jeu de tout renier,

Même les lois de la sagesse,

Devinez-le, c'est mon entier.

CLXVIII.

Chez vous, mon premier plaît par sa blancheur, sa grace,

Seulement la nature a pris soin de l'orner ;

Non , chez vous le moindre art ne saurait trouver place,

Simplicité, vertu, savent vous gouverner.

De tout temps, à nos yeux, mon dernier, invisible,

Est parfois désiré, souvent nous est nuisible.

Mon tout est un lieu saint ; des plus rares talents

De l'austère vertu, c'est le modeste asile.

L'homme, le sexe en leurs printemps,

Par un travail agréable et facile

Des arts, de la science y puisent les vrais dons,

Il en sort des sujets, par vous, nous le voyons.

CLXIX.

Sans mon premier, dans ce bas-monde,
Vous le savez, on ne peut rien ;
Dans nos projets, il nous seconde ;
Avec lui, plus d'un sot se croit homme de bien.
Une consonne, une voyelle,
Si vous voulez, sont mon dernier ;
Comme arbre, le charron estime mon entier ;
Arrêtons-nous, je me décèle.

CLXX.

Hélas ! mille fois malheureux
Celui qui, sans expérience,
S'adonne à mon premier ; il devient soucieux,
Et mène sans tarder une triste existence,
Une négation, lecteur, est mon dernier ;
Le prêtre et l'indigent font souvent mon entier.

CLXXI.

Fatigués d'être en but à la fureur des flots,
Les passagers, les matelots,
A mon premier portent envie.
Le cuisinier, le malheureux,
Usent de mon second maintes fois dans la vie ;
Son goût et son odeur lassent le merveilleux.
Mon tout a certaine importance ;
Il est pour un hôtel de toute utilité ;
L'un est vaste, hardi, plaît par son élégance ;
L'autre est étroit, petit ; mais j'en dis trop, je pense ;
Vous allez me nommer avec facilité.

CLXXII.

Lorsque mon premier part du cœur,
Il nous flatte, même console ;

33

S'il est l'effet de la rigueur,
Adieu plaisir, il nous désole.
Un arbre toujours vert est mon dernier, lecteur.
Si, dans ce que l'on fait, mon tout n'est pas louable,
Même aux yeux d'un ami vous êtes méprisable.

CLXXIII.

Mon premier, selon la grammaire,
Est une préposition ;
Dans les ruisseaux, au bord d'une rivière,
On place mon dernier pour prendre du poisson ;
Si tu n'es favori du Dieu de la lumière,
Si de ton faible esprit, tu dois te défier,
Garde-toi de chercher à gravir mon entier.

CLXXIV.

A son doigt, bien souvent, Zelmire a mon premier ;
C'est, vous le savez tous, un éloge à lui faire.
Un pronom possessif, lecteur, est mon dernier.
L'enfant fait-il fàcher sa mère,
Il est à ses yeux mon entier.

CLXXV.

Mon premier est un jeu qui veut certaine adresse ;
Mon second, malgré nous, se forme tous les jours.
Mon tout est détesté, pourtant on le caresse :
Vous me direz pourquoi? C'est qu'on le craint toujours,
Et qu'à la ruse alors il faut avoir recours.

CLXXVI.

On peut, de mon premier, faire un amusement ;
Mais contre lui si l'on ne se met pas en garde,
De votre propre ruine il devient l'instrument.
J'accepte mon dernier pour ce qui vous regarde ;

Oui, je mettrai toujours le même empressement
A me charger de tout ce qui pourra vous plaire.
Si vous avez un chef, et s'il vous dit de faire
    Ce que l'honneur peut et doit renier,
Vous devez à l'instant user de mon entier.

CLXXVII.

    Voyez cette lourde machine
    Portant ces énormes fardeaux,
A cet emploi mon premier se destine.
Dans les villes, surtout les quartiers les plus beaux,
On cite mon second, soit par son étendue.
Où le luxe qu'il offre aux regards étonnés.
C'est à la main de l'homme ingénieux qu'est due
    La forme ou changements donnés
    A mon entier, inventé par nos pères.
Les heureux résultats en sont mentionnés
Par les produits féconds et brillants de nos terres.

CLXXVIII.

Si votre bien consiste en mon premier, lecteur,
    Ah ! vous devez ressentir la misère,
    Seul, ayant si peu de valeur.
    Son nombre vous est nécessaire;
Si d'un peu vous pouvez quelquefois vous priver,
    Pensez alors à l'indigence.
Voulez-vous faire un don, aimable remontrance,
A celle dont le cœur a su vous captiver,
Employez mon second qui lui plaira, je pense,
L'amitié n'aimant pas les termes de respect.
N'acceptez pas mon tout s'il vous paraît suspect.
    Il console, soulage,
    S'il en est autrement;
    Enfin, on peut dire à tout âge,
    Qu'il est utile à chaque instant.

CLEF DES LOGOGRIPHES ET CHARADES.

LOGOGRIPHES.

I. Argent.
II. Mare.
III. Orgueil.
IV. Cheval.
V. Dame.
VI. Charles.
VII. Ouie.
VIII. Château.
IX. Vertu.
X. Sagesse.

XI. Charme.
XII. Charade.
XIII. Mort.
XIV. Place.
XV. Fort.
XVI. Amidon.
XVII. Poisson.
XVIII. Alexandrine.
XIX. Froid.
XX. Roc.

CHARADES.

I. Bon-jour.
II. En-vain.
III. Mer-veille.
IV. Par-don.
V. Vin-aigre.
VI. Ma-tou.
VII. Chât-eau.
VIII. Mari-age.
IX. Char-don.
X. Bois-son.
XI. Char-rue.
XII. Mois-son.
XIII. Pas-sage.
XIV. Cor-don.
XV. Cour-age.
XVI. Cou-rage.
XVII. Contre-vent.
XVIII. Vol-age.
XIX. Vol-taire.

XX. Bon-bon.
XXI. La-cet.
XXII. Cor-de.
XXIII. Rais-on.
XXIV. La-pin.
XXV. De-vin.
XXVI. O-tage.
XXVII. Mal-heur.
XXVIII. Dé-tour.
XXIX. Caillou-tage.
XXX. Cor-billard.
XXXI. Bât-on.
XXXII. Non-ce.
XXXIII. A-vis.
XXXIV. Vis-age.
XXXV. Garde-fou.
XXXVI. Mer-ci.
XXXVII. Ment-on.
XXXVIII. Masse-pain.

XXXIX. Coupe-rose.

XL. Ma-lice.

XLI. E-loge.

XLII. On-ce.

XLIII. Cou-chant.

XLIV. Dé-cime.

XLV. Ris-sole.

XLVI. Bat-eau.

XLVII. Blanc-bec.

XLVIII. Fard-eau.

XLIX. As-pic.

L. Mari-ne.

LI. Entre-sol.

LII. Fi.

LIII. Drap-eau.

LIV. Pas-sage.

LV. Car-rosse.

LVI. Four-mi.

LVII. Fort-une.

LVIII. Ami-don.

LIX. Bon-soir.

LX. Four-rage.

LXI. Main-tien.

LXII. Bis-sac.

LXIII. Beau-ne.

LXIV. Ta-page.

LXV. Chat-ras.

LXVI. Pré-cieux.

LXVII. Dé-tour.

LXVIII. Bon-jour.

LXIX. Or-age.

LXX. Cou-rage.

LXXI. Or-ange.

LXXII. Porte-feuille.

LXXIII. Chien-dent.

LXXIV. Pin-son.

LXXV. Cor-de.

LXXVI. Bât-on.

LXXVII. Cor-ne-muse.

LXXVIII. La-pin.

LXXIX. Four-rage.

LXXX. Ami-don.

LXXXI. But-or.

LXXXII. A-mi.

LXXXIII. Ver-tige.

LXXXIV. A-mi-don.

LXXXV. Four-mi.

LXXXVI. Mer-ci.

LXXXVII. Mou-ton.

LXXXVIII. Char-la-tan.

LXXXIX. Ecu-moire.

XC. Buis-son.

XCI. Poli-ce.

XCII. Fa-mi-ne.

XCIII. Char-pie.

XCIV. Mes-sage.

XCV. Bon-soir.

XCVI. Sou-lier.

XCVII. Dé-tour.

XCVIII. Dé-jouer.

XCIX. Bas-si-noire.

C. Ecu-me.

CI. Ver-tu.

CII. Tour-elle.

CIII. Lait-ue.

CIV. Rais-on.

CV. Tour-ne-broche.

CVI. Part-age.

CVII. Sou-ci.

CVIII. Char-bon.

CIX. Mi-lit-aire.

CX. Col-lier.

CXI. Pot-age.

CXII. Fort-une.

CXIII. Uni-forme.

CXIV. Trés-or.

CXV. Cor-beau.

CXVI. Ecrit-eau.

CXVII. Chât-eau.

CXVIII. Cor-niche.

CXIX. Chauve-souris.

CXX. Cor-don-nier.

CXXI. Char-mer.
CXXII. Toit-ure.
CXXIII. Par-terre.
CXXIV. E-table.
CXXV. Re-pas.
CXXVI. Fleur-on.
CXXVII. Pan-talon.
CXXVIII. Pan-carte.
CXXIX. Cor-don.
CXXX. Bois-son.
CXXXI. Ver-sion.
CXXXII. Plat-eau.
CXXXIII. Feuille-ton.
CXXXIV. Gui-de.
CXXXV. Soi-e.
CXXXVI. Sol-de.
CXXXVII. De-main.
CXXXVIII. Coq-ue.
CXXXIX. Pré-caution.
CXL. Char-bon.
CXLI. Front-eau.
CXLII. Mont-martre.
CXLIII. Car-naval.
CXLIV. Der-nier.
CXLV. Mal-adresse.
CXLVI. Tir-age.
CXLVII. Dé-tresse.
CXLVIII. Basse-cour.
CXLIX. Char-me.

CL. Prés-age.
CLI. Air-ain.
CLII. Ver-rue.
CLIII. Dé-lire.
CLIV. Vers-eau.
CLV. Char-pie.
CLVI. Mont-ure.
CLVII. Houppe-lande.
CLVIII. Bas-ane.
CLIX. Ban-lieue.
CLX. Pas-sion.
CLXI. Cour-bette.
CLXII. Fou-lard.
CLXIII. Arc-honte.
CLXIV. Rat-ure.
CLXV. Col-ère.
CLXVI. Dé-marche.
CLXVII. Dé-mon.
CLXVIII. Cou-vent.
CLXIX. Or-me.
CLXX. Jeu-ne.
CLXXI. Port-ail.
CLXXII. Mot-if.
CLXXIII. Par-nasse.
CLXXIV. Dé-mon.
CLXXV. Tyr-an.
CLXXVI. Dé-mission.
CLXXVII. Char-rue.
CLXXVIII. Sou-tien.

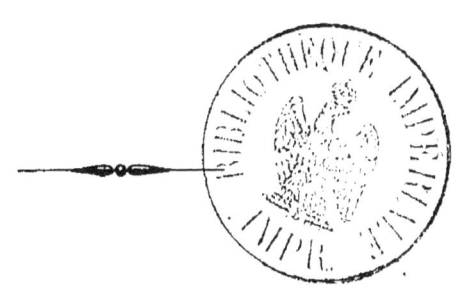

TABLE DES MATIÈRES.

ERRATA.

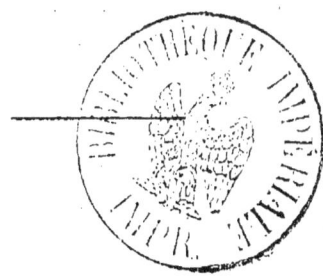

Limoges, typ. de J.-B. CHATRAS, place de la Préfecture, 8